KB221089

사랑하라
하고 싶은 일을 하라

Die Schule der Moenche. Inspirationen fuer unseren Alltag

수도원에서 배우는 삶의 기술

사랑하라
하고 싶은 일을 하라

페터 제발트 · 손성현 옮김

문학의숲

차 례

수도자들을 찾아
떠난 여행

삶을 살아가다 보면 흐린 날이 있게 마련이다. 때로는 어지간히 흐린 정도를 넘어서 아주 불쾌한 날도 종종 있다. 모든 일이 꼬이고 계획한 대로 되지 않아 짜증이 난다. 맨 처음의 좋은 의도는 간데없고 갈등이 일어난다. 그럴 경우 우리는 대개 일을 차분히 처리하지 못한다.

수도자들을 만나는 여행을 떠나면서 나는 비행기 출발 시간을 되돌아올 때의 출발 시간과 혼동하는 바람에 공항 터미널에 세 시간이나 일찍 도착했다. 오는 사람, 가는 사람, 창구에 서 있거나 탑승권을 보여주는 사람, 자기 이름이 호명되기를 기다리는 사람들로 공항 안은 북적거렸다. 그러다 어느 순간 그 넓은 홀이 갑자기 한산해졌다. 나는 의자에 웅크리고 앉아 막 이륙하려는 비행기와 승객들을 쳐다보면서 이런저런 생각에 잠겼다.

왜 사람들은 여행을 하면 전혀 다른 존재로 변하는 걸까? 공항은 왜 이토록 차가운 느낌일까? 뒤이어 아주 근본적인 질문이 떠올랐다. 도대체 세상은 왜 이토록 많이 달라졌을까? 이제 우리의 삶은 원래의 신비한 힘을 잃어버린 걸까?

수년 전 나는 신문에서 사진 한 장을 오려 책상 옆에 붙여놓았다. 지금은 누렇게 바랜 그 사진에는 수염이 덥수룩한 노인들이

탁자 하나를 중심으로 모여 서 있는 모습이 담겨 있다. 그들은 몸을 구부려 어떤 책을 읽는 중이었는데, 그 책에 대해 토론하면서 옛 말씀으로부터 지혜를 얻고자 했던 것이다. 그 사진은 19세기에서 20세기로 넘어가는 시기에 찍은 것이었다.

내가 여행을 떠난 곳은 바로 그 지혜로운 사람들이 사는 장소였다. 아마 그들은 사진 속 노인들만큼 나이가 많지는 않을 것이다. 하지만 앉아서 책을 읽는 그들도 마찬가지리라. 지금으로부터 1,500년 전 몬테카시노(이탈리아 라치오 주에 위치한 구릉으로 529년 성 베네딕토가 설립한 유명한 수도원이 있음)의 수도원에서 신비로운 가르침이 집필되었다. 조화로운 삶을 위한 가르침으로는 단연 으뜸이며, 머지않아 전 유럽의 헌장이 될 작품 〈성 베네딕토 규칙서〉가 곧 그것이다.

세상의 위대한 전통들 중 많은 부분이 점점 잊혀가고 있다. 몬테카시노 수도원으로 떠나기로 결심한 나 역시 수도자들에 대해 아는 바가 거의 없었다. 그들이 지닌 비밀에 대해서는 더더욱 문외한이었다. 우리는 그들에 무지하다. 그들의 겸손과 인식이 어느 단계에 있는지 알지 못한다. 저 위대한 스승들이 이 세상의 숨겨진 법칙에 있어 얼마나 높은 수준의 깨달음에 이르렀는지 우리는 알지 못한다.

그들에게 내가 관심을 갖게 된 동기 또한 매우 세속적인 것이었다. 나는 그저 삶이 지독하게 권태로웠던 것이다. 세상의 문화, 세상의 사고방식이나 생활 양식에 나는 질려 있었다. 나의 내면에 대해서도 지루해했으며, 팔다리는 무겁고 머리가 몽롱했다. 그러다 갑자기 건강한 삶에 대한 욕구가 강하게 일어났다. 한 번쯤은 모든 것으로부터 떠나 외적으로나 내적으로 고요한 시간을 느껴보고 싶었다.

언젠가 귀스타브 티봉(1903-2001 프랑스의 철학자. 스스로를 어떤 경우에도 흙을 떠난 적 없는 농부였다고 말하는 그는, 숱한 정치적이고 철학적인 삶의 여정 속에서도 생명의 리듬과 오묘한 침묵의 깊이를 이해하고 자연과 교감하며 평생을 살았다)이 말했다.

"수도원은 과거의 생기 없는 유물이 아니라 우리의 시간 속에 '영원'이 존재하고 있음을 확인시켜주는 전령과 같다."

사실이다. 다른 어떤 정신 운동보다도 수도원의 정신은 세상을 가장 많이 변화시켰다. 수사들과 수녀들은 서구 문화의 위대한 스승이었다. 그것은 글쓰기나 산술에 국한되지 않았다. 수도원은 존재의 근원적인 척도 같은 곳이었다. 바로 이 '기준점'의 도움으로 사람들은 자신이 중심으로부터 얼마나 멀리 떨어져 있는지 그때그때 살펴볼 수 있었다.

그러나 지금은 수도자들의 삶의 방식들 중 많은 부분이 케케묵은 것이라는 인상을 준다. 천 년이 넘게 존중되던 규칙들이 오늘을 사는 우리의 눈에는 해묵은 것으로 보인다. 언제부터인가 중요한 가르침의 말씀들이 왠지 '거추장스런 진리'가 되어버렸다. 그래서 이제는 마치 담뱃갑에 인쇄된 경고 문구를 무시하듯 그 말씀에 신경 쓰지 않으려 한다.

하지만 어쩌면 수도자들의 학교는 우리 영혼을 위한 유일한 평화 운동일는지도 모른다. 산처럼 쌓인 우리의 걱정을 비워버리고 정신적 빈곤에 맞서 에너지의 그물망을 형성할 수 있는 가능성, 제대로 보고 듣고 행동하고 사랑하기 위한 구체적인 실천 말이다. 안 될 것도 없지 않은가? 오늘날 문명의 발전은 우리에게 전혀 새로운 물음들을 던지고 있다. 우리는 도대체 어떻게 살기를 원하는가? 우리의 가치와 기준은 무엇인가? 우리의 건강, 우리의 우정을 어떻게 해야 유지할 수 있는가? 우리의 아이들은 어떻게 키워야 하는가? 우리는 어디에 골몰하는가? 그것은 인간의 삶과 밀접한 문제들이 아닌가? 예를 들면 우리의 환경을 되살리는 것, 점점 심각해지는 소음 공해를 억제하는 것, 우리를 망가뜨리는 삶의 속도를 줄이는 것 등이 모두 그런 일 아닌가? 더 나은 관계, 특히 우리보다 더 높고 더 넓은 차원, 더 큰 사랑의 차원으로 관계를 개선하는 일도 거기에 포함된다. 그리고 우리가 하는 역할 속에서도 항상 새로운 균형이 필요하다. 일상의 고단함을 누그러뜨려줄 수 있는 믿을 만한 규칙이.

수도자들의 학교에는 다양한 차원이 있다. 나는 그중 몇 군데만을 찾아갔으며, 누르시아의 베네딕토(480?-550? 중세 기독교의 수도원장이자 서방교회의 수도원 제도를 창설한 사람으로 '서유럽 수도회의 아버지'라 불린다. 몬테카시노에 대수도원을 만들어 530년경 수도 규칙을 정하고 공동 수도 생활을 실시했다. 그의 계율에 따르는 수도회를 베네딕토회라 한다)가 '영적인 기술 도구'라 불렀던 가르침, 지금은 잊힌 그 가르침을 특히 세상 사람들에게 소개하고 싶었다. 어떤 측면들은 제대로 살펴보지 못했고 또 어떤 부분은 한정된 시간 때문에 충분히 이해하지 못했다. 하지만 일단 시작은 한 셈이다. 우리가 여행의 목적지로 곧잘

선호하는 별의별 희한한 지명보다 더 낯선 느낌이 드는 세계로 이제 막 첫발을 내디딘 것이다.

내가 머물렀던 수도원의 바실리카 양식(고대 로마의 법정 건물에서 유래한 특수한 건축 양식으로 일반적인 장방형 성당 형태를 이름) 경당에서는 이따금씩 웅장한 오르간 소리가 울려 퍼졌다. 운이 좋으면 수도자들의 장엄한 합창 '주님, 저희를 불쌍히 여기소서!(미사 첫머리의 참회 예식 때 바치는 자비송)'를 들을 수 있었다. 나는 너무나도 지배적이고 압도하는 주류 사회의 사슬을 끊어버리는 그들의 생활 방식과 사고방식이 좋았다. 아주 단순한 것들만 가지고도 잘 살아가는 그들의 모습이 좋았다. 수도자들 가운데 항상 성자만 있는 것은 아니겠지만, 나는 그들의 밝음과 베네딕토 수도원 특유의 평정이 좋았다.

내가 만난 많은 사람들, 특히 이탈리아 남부의 몬테카시노 수도원, 뮌헨의 프란치스코회 소속 성 안나 수도원, 오버팔츠의 플랑크슈테텐 대수도원에서 만난 분들 모두에게 감사한다. 또한 오랜 대화를 통해 나에게 가르침에 대한 기본적인 이해를 심어주고, 그로써 수도자들의 학교를 찾아갈 계기를 마련해준 교황 베네딕토 16세에게 감사드린다.

이 책에서 펼쳐지는 장면들은 실제로는 다양한 수도원에서 있었던 일이다. 하지만 나는 그 다양한 경험들 전부가 수도원 정신의 본산이라 할 수 있는 몬테카시노 수도원에서 일어난 일인 것처럼 기록했다. 그리고 많은 신부님들이 내게 가르쳐준 내용은, 내가 특히 좋아했고 또 나와 가까웠던 존 신부라는 인물에게서 나온 것으로 묘사했다. 존 신부는 떠나는 나를 붙잡고 이렇게 말했다.

"수도원을 찾아온 사람은 반드시 무엇인가를 가지고 돌아갑니다. 모든 것이 가능합니다. 꼭 정신적인 혁명 같은 것이 일어나지는 않습니다. 당신의 삶 전체가 바뀔 필요도 없습니다. 하지만 당신 자신의 모습을 되찾을 수 있으며, 당신의 삶 전체가 더 좋고 더 기쁘고 더 견고해지는 데 도움이 될 수는 있습니다."

그런 다음 그는 다시 한마디 덧붙였다.

"우리가 이 규칙을 잘 지킨다면 우리가 가진 문제 중 최소한 절반이 한꺼번에 사라질 것입니다."

어쩌면 이 말은 수도자답지 않은 과장인지도 모르겠다. 내가 알고 있는 존 신부라면 이 서문을 자신이 몸담은 수도원에 먼 옛날부터 전해 내려오는 어느 문구로 끝맺을 것이다. 성 베네딕토가 한 말이다.

"이 규칙은 '삶을 사랑하고 좋은 날을 보고 싶어 하는 사람들을 위해' 생각해낸 것이다."

몬테카시노의 위대한 스승은 또 이렇게 약속한다.

"이 규칙을 따르는 사람은 말로 표현할 수 없는 사랑의 행복을 얻게 되리라."

그것 참 괜찮은 일 아닌가?

페터 제발트

1 정지 신호판을 든
사람들

수도원에 있는 사람들은 이 시대의 잘못된 삶들을 향해
정지 신호판을 치켜든 사람들이다. 인간을 망쳐놓는 생활 방식은 이제 그만!
거짓과 폭력은 이제 그만! 쾌락 중독은 이제 그만!

어제는 지나갔다. 내일은 아직 오지 않았다.
우리에게는 오늘만이 있다. 이제 시작하자.
__마더 데레사

나폴리로 가는 비행기 좌석은 완전 매진이었다. 내 여행의 목적지
인 몬테카시노는 이 비행기가 내리는 첫 번째 공항이다. 어떤 이
들은 대기자 명단에 자신의 이름을 올려놓고 기적 같은 일이 일어
나기를 기대했으나 결국 좌석을 얻지 못했다.

나는 창구에 서서 신경을 곤두세우고 전화를 하면서 불친절하
게 비행기 티켓을 내미는 사람들을 지켜보았다. 얼마 후 그들은
출발하고 다른 사람들이 왔다. 드디어 방송에서 내가 탈 비행기의
편명을 불렀고, 오래지 않아 땅 위의 길이며 건물, 풀밭, 숲이 시
야에서 멀어지고 비행기는 구름 속을 뚫고 날아올랐다.

첫 책이 출간된 이래로 나는 여러 차례 강연 요청을 받아왔다.
하지만 낯을 가리는 성격 탓에 대부분의 요청을 거절했다. 더러는
중요한 주제들을 다룬 책을 써보라는 제안도 있었다. 어떤 독자는
몇 장이나 되는 편지를 손으로 직접 써서 내게 보냈다. '신비주의
를 단지 죽은 문자로 취급하는 교회가 복음을 미라로 만들어놓고
있다.'고 써 보낸 사람도 있었다. 한 청년은 신비주의가 정말로 고

대나 중세시대와 관련된 현상에 불과한 것인지 물으면서, 자신은 스스로의 삶을 변화시킨 어떤 신비로운 빛을 보았노라고 했다.

이 여행을 떠나기 며칠 전 포츠담에서 있었던 나의 강연이 끝난 뒤 나를 찾아온 누군가는, 과거 동독 시절 사회주의 사상을 가진 한 교사가 때때로 자기를 같은 반 학생들 앞에 세워놓고 중세 독일어로 된 성경을 읽었다고 했다. 그러고는 경멸하듯 성경 책을 교탁에 내던지며 이렇게 말하곤 했다고 한다.

"서양 세계가 한때 이런 허튼소리를 믿었단다."

나는 창가 좌석에 꽉 끼인 듯이 앉은 채 앞쪽 의자 너머로 시선을 던졌다. 많은 사람들이 사업 관련 서류를 읽거나 전자수첩을 펴고는 손가락으로 뭔가를 기입하고 있었다. 그 순간만큼은 그 사회주의자 교사의 말이 맞는 것 같았다. 우리 모두는 이미 오래전부터 그저 하느님이 있다고 가정하는 세상에서 살고 있지 않은가? 평범한 신자든 기독교인 정치인이든 성직자든 간에 누구를 막론하고 하느님이 이 세상에 적극 개입하고 있다는 것을 진정으로 믿는 사람이 과연 몇 명이나 될까?

'더 높은 권능'과 같은 표현은 이제 우리의 일상 언어에서 거의 찾아볼 수 없게 되었고, 기껏해야 폭풍이나 우박 등의 자연재해 관련 보험증서에 보일 듯 말 듯 한 작은 글씨로 나타나는 게 고작이다. 신이란 확실한 설명 없이는 인생을 살 수 없는 사람들의 이상에 불과한 것인가? 도대체 신은 어디에 있는가? 혹시 이 세상이 너무 지겨워서, 혹은 우리가 더 이상 신경을 쓰지 않는 것 같아서 다른 은하계로 가버린 것은 아닐까?

이런 주제와 씨름하다 보니 결국 이 책을 쓰게 된 셈이지만, 처음에 나는 아는 게 거의 없는 사람이었다. 수도자들의 규칙과 습관 등 모든 것들이 내게는 완전히 낯선 세계였다. 스페인 아빌라 출신의 여성 신비주의자(아빌라의 성녀 데레사)가 말하는 '아무것(하느님을 얻는 사람은 그 외에 아무것도 필요로 하지 않는다는 의미로, 하느님을 향한 무한한 신뢰가 집약된 단어)'이란 무슨 뜻인가? 저 사람들은 왜 저렇게 거친 옷을 입고 다니는 걸까? 왜 이 세상과 스스로 담을 쌓은 채 외로운 공동생활을 하고, 순종을 서약하고, 심지어 섹스까지 포기했을까?

내가 수도자들을 처음 만난 것은 이미 오래전 일이었다. 당시 나는 공산주의 분파의 활동가였다. 밤중에 우리는 전단을 찍어냈고, 이른 새벽 공장가에 그 전단을 뿌리려 할 때면 경찰이 우리를 체포하려고 기다리고 있었다. 무슨 도박과도 같은 괴상한 짓이었지만 그때 우리는 꽤 중요한 일을 하고 있다고 믿었다. 어깨까지 내려오는 길고 아름다운 머리카락은 추운 겨울에 털모자 역할을 톡톡히 해주었다. 하지만 봄이 되면 이 긴 머리카락을 잘라야만 했다. 프롤레타리아답지 않은 모습 탓에 대중의 지지를 잃을 수도 있기 때문이었다. 근본적으로 우리는 어른들의 세상이 프롤레타리아든 그렇지 않든 편협하고 고지식하며 거짓투성이라고 생각했다. 우리는 새롭고 급진적인 현실을 찾고자 노력했으며, 동시에 인간성과 친밀감을 추구했다. 정의, 자유, 사랑 같은 개념이 우리 마음 안에서 메아리쳤다. 그러나 우리 가운데 누구도 그것이 산상수훈(예수의 설교 가운데 가장 포괄적인 것으로, 하느님 나라에 들어가려면 어떻게 살아야 하는가를 제시한 가르침)의 메시지와 일맥상통한다는 사실을 알아차리지 못했다. 우리는 혁명의 규칙이 일상을 지배하는 미래를 손꼽아 기다렸으며, 중국과 알바니아가 우리의 모델이었다.

그 무렵 나는 늘 잠이 부족했다. 전단을 만들기 위해 인쇄기에 매달려 살았던 탓이다. 하지만 그것만이 원인이었던 것은 아니다. 당시 진보적인 여자들은 우리가 모여 살던 방의 무질서한 분위기를 아주 좋아했고 덕분에 우리에게는 손님이 자주 있었다. 우리가 무조건 자유연애를 주장한 것은 아니었지만 적어도 그쪽 방향으로 강하게 끌려가는 양상이었다. 앞서 말했듯이 그때 나는 잠이 부족했고, 항상 주위만 빙빙 맴돌 뿐 앞으로 나아가지 못하는 것 같다는 느낌이 들기 시작했다.

어느 날 나는 짐을 꾸렸다. 강 저편 산 위에서 내가 사는 도시를 향해 희망에 찬 손짓을 보내는 수도원을 찾아가기 위해서였다. '물론 저곳에는 인쇄기가 없겠지.' 하고 나는 생각했다.

수도원으로 올라가는 길은 가파른 비탈길이었다. 지금도 수도원의 무거운 문, 짙은 향내, 퀴퀴한 냄새가 나는 옷들, 낡은 나무와 오래된 책들에 대한 기억이 생생하다. 그곳에는 과수원, 관리 상태가 엉망인 농장, 수도자들을 위한 작은 묘지가 있었으며, 나무 아래에는 조그만 벤치가 있었다. 무덤들 앞에 다가서면 그 너머로 멀리 계곡과 강이 내려다보였다. 그런 곳에서 저녁을 맞으면 누구라도 인생의 유장한 흐름에 대해 한 번쯤 깊이 생각하지 않을 수 없을 것이다.

내가 배정받은 방은 도시가 내다보이는 2층에 있었다. 그 방에는 침대 하나, 낡았지만 그런대로 운치 있는 소파, 책상, 옷장, 세면대가 있었다. 나는 난로에 나무토막 몇 개를 집어넣었고, 얼마 지나지 않아 바작바작 장작 타는 소리가 여유롭게 들려왔다.

첫날부터 나는 몇 시간 동안 도서관에 앉아 있었다. 정원을 산책하고, 방에 틀어박혀 벽만 뚫어져라 쳐다보기도 하고, 내 딴에는 실존주의적이라고 할 만한 우울한 시를 끼적이기도 했다. 수도원은 신비로운 곳이지만, 이따금씩 병원이나 유령의 집 같은 느낌이 들게 하는 일도 있다. 어떤 노인은 한밤에 긴 팬티를 입고 복도를 이리저리 돌아다니는 버릇이 있었다. 누군가 그를 붙잡아 세워 방으로 데려다 주면 그는 거듭거듭 고맙다고 말했다.

수도원에 처음 가보는 사람은 많은 부분을 제대로 이해하기 어려울 것이다. 잔뜩 때가 낀 안경을 쓰고 보는 것과 같기 때문이다. 처음에는 수도자들이 무서운 얼굴로 꼭 무슨 생각에 잠겨 있기라도 한 듯이 느껴져 다가서기가 어렵다. 그러나 상황은 금방 달라진다. 수도자 한 사람 한 사람과 얘기를 나누다 보면 그들 중에도 똑똑한 사람이 있는가 하면 덜 똑똑한 사람이 있고, 겸손한 사람이 있는가 하면 매일 기도를 한다고 해서 반드시 거룩해지는 것은 아니라는 것을 보여주는 아주 허영심 많은 사람도 있음을 차츰 알게 된다.

한번은 어떤 수도자와 스트레스를 극복하는 방법에 대해 이야기를 나누었다. 서구 사회에 아유르베다(인도의 전승의학으로 아유르는 '장수', 베다는 '지식'이라는 뜻이며 생명과학을 의미하는 고대 힌두교의 건강관리 체계) 코스가 생겨나고, '기분을 좋게 하는 차'나 '정신을 맑게 하는 차' 등 새로운 종류의 차들이 아침 식탁에 등장하기 훨씬 전의 일이었다. 나는 한 수도자에게, 정신적인 부담이 너무 심해서 그냥 주저앉고 싶은 생각이 들 때면 어떻게 하느냐고 물었다. '스트레스'라는 말은 의도적으로 피했다. 내심 심오한 답변을 기대했던 내게 그는 아주 간단하게 대답했다.

"밖에 나가서 맑은 공기를 마시고, 몸을 약간 움직여주고, 산책도 하면서 머리를 비웁니다."

내가 물었다.

"그게 답니까?"

내 얼굴에 실망한 기색이 역력했으련만 그는 내 비위를 맞추려 하지 않았다.

"물론 우리에게는 규칙적인 기도 시간이 있습니다. 그 기도가 온종일 우리를 도와주기 때문에 스트레스가 생길 틈이 없습니다."

이 주제에 관해서는 그 이후 더 이상 듣지 못했다.

수도자들은 식사를 끝낸 뒤 어떤 방에 모였고, 그곳에서 일종의 오락 시간, 즉 기분 전환을 위한 시간을 보냈다. 마실 게 있는 것도 아니었고 담배를 피우는 사람도 없었다. 과거에 농부들이 하루 일을 마치고 마을 술집에 모여 앉아 그랬듯이, 그냥 조용히 앉아서 수다를 떠는 것이 전부였다. 그들은 살바토르(1520-1567 스페인의 가난한 집에서 태어나 어려서 부모를 잃고 거리의 신기료장수가 되었으나 수도자가 되려는 열망으로 프란치스코회 수도원의 부엌일부터 시작해 대성인의 경지에 올랐다) 수도회 소속이었다. 한번은 어느 수도자가 자기가 농촌 아낙네 오십 명과 함께 비행기를 타고 파티마(포르투갈 중서부에 있는 마을로, 제1차 세계대전 중이던 1917년 5월부터 10월까지 매월 13일 6회에 걸쳐 성모 마리아가 발현한 일로 유명함)에 갔다 온 얘기를 늘어놓았다. 이 시골 여자들 대부분은 비행기를 처음 타보는 터라 상당히 불안했던 모양이다. 결국 그들 가운데 한 여자가 입을 열었다.

"우리가 여기서 추락하면 집에 얼굴 비칠 일 없겠구면."

나이 많은 수도자들은 이 이야기를 수백 번도 더 들었다고 했다. 그런데도 그들은 매번 재미있게 들었고, 방문자들을 향해 싱긋 웃으며 고개를 끄덕였다. 그 모습이 꼭 이렇게 말하는 듯했다.

"그래요. 이 세상에 존재하는 모든 것이 정말 놀랍기만 하군요!"

등이 심하게 굽은 수도자가 있었다. 그의 몸은 오후 서너 시를 가리키는 시곗바늘처럼 굽어 있었다. 어느 날 그가 나에게 다가와 내 소맷자락을 붙잡았다. 그러고는 천천히 나를 끌고 걸어가면서 말하기 시작했다.

"보시다시피 여기에는 수도자들이 그리 많지 않아요. 어쩌면 머지않아 우리의 수도원이 없어질지도 몰라요. 하지만 열린 눈으로 여러 나라를 두루 다녀봐요. 우리 수도자들의 정신적 유산과 노동이 없었다면, 그리스도교의 문화적 공헌이 없었다면 이 세상에 있지도 못했을 것들이 하나하나 눈에 들어올 겁니다. 아름다운 성당, 작고 아담한 성전, 찬란한 문화 유적들……. 그런데 지금은 어떻죠? 지금의 우리는 우리 조상의 성스러운 전통에서 나온 헤아릴 수 없이 많은 지식을 아무렇지도 않게 포기해버렸어요. 그래도 아무도 불안해하는 것 같지 않아요. 도무지 나는 그걸 이해할 수가 없어요. 그 지식이 우리 한 사람 한 사람을 더 나은 삶으로 이끄는 중요한 것이라는 사실을 아무도 깨닫지 못하는군요."

나는 그렇게 경건한 사람은 아니었다. 그러나 신앙을 정신적 복종 내지는 구시대의 산물로 치부하며 잘난 척하면서도 말과 행동에 있어 다른 사람들과 전혀 다를 바 없는 세상의 속물들한테는 금방 흥미를 잃었다. 수도자들의 세계가 나를 매혹시킨 것은, 그들이 다른 누구도 하지 않는 일을 한다는 사실 때문이었다. 이 세상과 너무나도 동떨어져 있고, 너무나도 불합리하고 괴상해 보여서 사람들이 우스꽝스러운 짓이라고 생각하는 일들을. 하지만 그때 이미 나는 어렴풋하게나마 알아차리고 있었다. 정신적 가치의 몰락, 폭력성으로 치닫는 문화, 결국에는 우리를 질식시켜버릴 저질 문화의 문제와 비교하면 전 세계를 위협하는 환경 파괴 문제는 오히려 사소한 일이라는 것을. 나는 수도원에 있는 사람들이야말로 이 시대의 그릇된 문화를 향해 정지 신호판을 치켜든 사람들이라는 인상을 받았다. 인간을 점점 망쳐놓는 생활 방식으로 인한 자기 파괴는 이제 그만! 거짓과 폭력은 이제 그만! 향락 중독, 마약 중독은 이제 그만! 우왕좌왕은 이제 그만!

등이 굽은 노수사가 조금은 슬픈 눈으로 나를 바라보며 말했다.

"많은 사람들이 아무 대책 없이 살고 있어요. 누구를 믿어야 하는지, 누구를 바라봐야 하는지 모르는 겁니다. 사람들은 생명의 법칙을 무시하는데 이러다가는 어떤 식으로든 벌을 받게 됩니다. 잘 아시다시피, 우리의 신앙은 인간이 만들어낸 규범이 아니에요. 간혹 그것이 인간적인 것처럼 보일 수는 있지요. 나도 알고 있어요. 하지만 나 정도의 나이가 되면 그것은 분명 하느님께서 이 세상에 보내주신 것이라는 걸 확실히 알 수 있지요."

몬테카시노로 떠나기 전 나의 삶에 이상한 변화가 찾아왔다. 밤이 되어 잠자리에 들면 날씨가 아주 좋은 하루를 보낸 뒤임에도 몇 시간 비를 맞고 서 있다가 빗물이 피부 속까지 스며든 것 같은 느낌이 들었다. 신경은 예민해졌고 몸은 탈진 상태였다. 그리고 몹시 추웠다. 나는 지속적이고 무자비한 추위에 시달렸다. 사무실로 가는 길에 아침을 먹은 지 얼마 되지도 않았는데 마치 배고픈 게 두려운 사람처럼 또 샌드위치를 사서 야금야금 씹어 먹으며 눈송이들이 땅 위로 내려앉는 것을 바라보곤 했다.

나를 둘러싼 온 세계, 그리고 내 안에 있는 세계가 유난히도 좁아지고 거칠어진 듯했다. 남자들도 우울증에 빠질 수 있다. 그렇지만 남자들의 경우는 그런 처지에서도 동정이나 간호를 받지 못한다. 오히려 그 반대이다. 아이들은 아빠에게도 그런 정신적 어려움이나 감정이 있을 수 있다고는 전혀 생각하지 않았고, 내 상태에 대해서도 신경 쓰지 않았다. 아내는 사람이 어느 정도라도 조용히 지낼 수 있도록 도와주지 못한다면 그게 무슨 종교냐는 말을 던지면서 집을 나섰다. 어떤 면에서는 아내의 말이 맞다. 어떤 면에서는.

내 계좌에 남아 있던 돈은 봄 햇살에 눈 녹듯이 사라져갔다. 그러나 그것이 나를 당황스럽게 한 것은 아니다. 아주 사소한 일들이 나를 불안하게 만들었고 나에게 큰 짐으로 다가왔다. 커피머신에 석회가 끼었는지, 청소부 아줌마가 내 와이셔츠를 다렸는지, 그런 시시콜콜한 문제에 신경이 쓰였다. 나는 모든 일에 적잖이 알레르기 반응을 보였다. 대중매체, 정당, 대도시에 대한 알레르기, 무엇보다도 나 자신에 대한 알레르기가 나를 힘들게 했다. '안락한 삶에 취해 있는 나', '중요한 일은 차일피일 미루기만 하고 거짓을 진실인 양 믿고 사는 나', '가슴을 열고 진정한 우정을 꽃 피우지 못하는 나'. 책상 위에는 노란색의 작은 쪽지들이 수북했고 거기에는 내가 휘갈겨놓은 말들이 적혀 있었다. 예컨대 '책꽂이 정리할 것' 혹은 '무엇이 시대정신인가? 무엇이 우리를 휘몰아 가는가?' 또는 '쪽지들 정리할 것!'

살다 보면 자신이 늙어가고 있구나 하는 것을 더 이상 숨길 수 없는 시점이 찾아온다. 그는 거울을 보고 깜짝 놀란다. 멀찍이 떨어져서 다시 한 번 들여다본다. 이 환자에 대한 진단서가 나온다.

'치료 불가!'

무엇인가를 이루려고 하는 것이 정말 가치 있는 일일까? 어쩌면 우리가 사는 이 세상은 우리의 생물학적인 삶을, 우리의 오감을, 우리의 육체를 오래전부터 지나치게 혹사시키고 있었던 것이 아닐까? 저녁에 지하철을 타고 집에 올 때면 나 스스로에게 이런 질문을 던졌다. 과연 신은 모든 사람들 안에 있는가? 호감이 가지 않는 사람, 못생긴 사람한테도? 내 옆자리에서는 어떤 뚱뚱한 아줌마가 마찬가지로 뚱뚱한 딸아이의 머리를 사랑스럽게 쓰다듬고 있었다. 어쩌면 저렇게 평범하고 별 볼일 없는 행동이 이 세상을 지탱해주는지도 모른다.

매일같이 나는 어떤 중요한 일이 일어나기를 기다렸다. 저 광활한 우주에서 들려오는 메시지는 아니라 해도 어떤 지시, 어떤 부름을 듣고 싶었다. 그러나 아무 일도 일어나지 않았다. 나는 폭설에 고립되어 있다는 생각이 들었다. 한겨울에 바깥에 서 있는 기분이었다. 추위가 엄습했고 어떻게 손써볼 도리가 없었다. 며칠 동안 아무 일도 하지 않았는데 몸은 피곤했고 망가진 느낌이었다. 도무지 이해할 수 없는 피로에 숨쉬기조차 힘이 들었다.

오만 가지 생각이 난무하며 나를 마비시켰다. 그렇게 몇 시간 동안 앉아 있으면서 담배를 피우고 뭔가를 마시고 겨자 바른 빵을 먹기도 했던 것 같다. 나의 온 존재에 부딪쳐 오는 것, 내 존재의 새로운 기반, 아니 최소한 새로운 버팀목이 되어줄 무엇인가를 하고 싶었다. 뭔가 금방 효과를 낼 수 있는 것, 갑자기 하늘에서 뚝 떨어진 현금처럼 당장 나에게 도움이 되어줄 수 있는 것. 하지만 그것이 무엇인지 나는 알지 못했다.

이런 총체적인 혼란 속에서 나는 무작정 시내를 돌아다니다가 새로운 의술에 관한 광고를 발견했다. 한 의사가 '내부 청소'라 불리는 치료법을 제시하고 있었다. 그 말이 나를 매료시켰다. 거센 비바람에 휘청거리고 몸은 완전히 지친 상태에다 머리는 마구 헝클어지고 누구한테 두들겨 맞은 것처럼 아프고 피곤한 사람에게, 한구석의 의자에 앉아 고요히 쉴 수 있다는 생각은 아름다운 상상이다. 카타르시스의 밤을 보낸 뒤엔 몸은 탈진 상태라도 마음은 가볍다. 더 이상 엄격한 사람으로, 성공을 추구하는 사람으로 살지 않아도 된다면 정말 기분 좋은 일이다. 더 이상 화를 낼 필요도 없다. 뭔가를 의지력으로 밀고 나가지 않아도 되고, 조금은 마음이 맑아져서 겸손해질 수도 있다. 그리고 생각한다. 자, 이제 나도 마음을 고요히 가라앉히고 단호한 용기와 확신을 가지고, 인생의 성숙한 단계에 접어든 사람이 할 수 있는 일, 아니 어쩌면 마땅히 해야 할 일을 하는 거다!

비행기 안에서 깜박 잠이 들었다. 금발의 곱슬머리 천사가 내 앞에 나타났다. 공기가 서늘했다. 그 천사는 책상에 앉아 황금빛 펜으로 편지를 쓰기 시작했다. 조금 가까이 가서 봤더니 편지의 내용을 읽을 수 있었는데 종이 위에는 이렇게 쓰여 있었다.

"가브리엘, 너는 내가 본 걸 믿을 수 없을 거야. 요즘 사람들은 아주 이상한 상태가 되어버렸어. 전에는 이런 적이 없었는데 말야. 뭔가가 잘못되었어. 아니, 뭔가가 아니라 모든 게 비정상이야. 악마의 수레에 올라타서 거침없이 곤두박질하고 있는데 아직도 사태를 파악하지 못하고 있어. 가브리엘, 넌 믿지 못할걸. 사람들이 생각하는 것, 말하는 것이 모두 공허하기만 해. 그 옛날 시나이의 산기슭에서 아론과 이스라엘 사람들이 그랬던 것처럼(십계명을 받기 위해 시나이 산에 올라간 모세를 기다리다 지친 아론과 이스라엘 사람들은 부인과 아이들의 금귀고리를 모아서 자신들을 인도할 신을 만들었다), 사람들은 여기저기 금송아지를 세워놓고 휘둥그런 눈으로 그걸 경배하고 환호하지. 그만큼 어리석어졌다니까. 지식이야 그 어느 때보다도 넘쳐나지. 하지만 이 세상을 정말로 지탱해주는 것에 대해서는 많은 사람들이 점점 무식해지고 있다고 보면 돼. 게다가 이제는 인간 자신의 품종 개량에까지 착수했지 뭐야. 사람을 생물학적 조직 체계로 상정하고 특징에 따라 분류하고 돈 많은 사람들을 위한 대용 부품 창고로 간주하는 세상이야!"

그 이상은 해독할 수가 없었다. 나는 땀에 흠뻑 젖은 채로 잠에서 깨어났다. 천만다행으로 악몽이었다.

나는 눈을 비벼 뜨고 비행기에 타고 있는 수백 개의 머리들, 이발이 잘된 혹은 잘못된 뒤통수들을 보았다. 저 머리의 주인들이 얼마나 오랫동안 이런 식으로 여행을 할 수 있을까? 저들의 능력은 머지않아 시들해질 것이고, 자신들보다 더 강한 다른 사람에게 티켓을 넘겨주게 될 것이다. 그때까지 얼마나 더 남았을까? 십 년? 삼십 년? 그래, 맞아. 우리는 하루살이 인생이 아닌가. 진정신이 없다면 인생이란 놀이에 불과하다. 아주 우습고 보잘것없는, 무서울 정도로 짧은 놀이.

비행기 좌석에 몸을 기대어 생각에 잠겼다. 아마도 나는 너무 욕심이 많아서 그런 삶에는 만족하지 못할 것 같다. 영원히 죽지 않는다는 생각이 더 마음에 든다. 나는 눈을 감고 가만히 그것을 즐겼다. 그리고 꿈을 꾸기 시작했다. 전혀 다른 세상의 꿈을.

2 너의 작은 방에
머물라

자기 자신과 잘 지내지 못하는 사람이 어떻게 다른 사람과 잘 지내겠는가.
자기 자신을 잃어버린 사람이 어떻게 온전한 사람일 수 있는가.
자기 자신과 함께 있다는 것은 움켜쥐고 있던 것을 내려놓는 것,
침묵하는 것, 귀를 기울이는 것을 의미한다.

내가 힘든 시기에 처해 있을 때

어머니가 내게 다가와 지혜의 말씀을 해주셨지.

"렛잇비! 그냥 내버려두렴."

__ 비틀즈

내가 몬테카시노를 처음 찾은 것은 2000년 초의 일이다. 그때 나는 라칭거 추기경(1927년 독일 출생. 1977년 추기경에 서임되었으며, 2005년 교황 요한 바오로 2세의 뒤를 이어 베네딕토 16세로 제265대 교황의 자리에 올랐다. 가톨릭이 세속주의와 시류에 영합하지 않고 정통 교리를 지켜야 한다는 입장이다. 이 책의 원서인 〈수도자들의 학교〉는 교황 서임 전에 출간되었으므로 '라칭거 추기경'이라 표현되어 있고 내용상 무리가 없기에 그대로 두었음을 밝힌다)과 새로운 책 출판을 위한 인터뷰를 하기로 약속을 잡아놓은 상태였다. 내 생각에, 그 주제에 관해 조용히 이야기하기에는 몬테카시노의 베네딕토 수도원이 가장 적합한 장소였다. 추기경의 운전기사인 알프레트가 우리를 태우고 출발했다. 로마에서 나폴리까지는 그리 멀지 않았으나, 얼마 가지 않아 우리는 차들로 북적대는 고속도로를 벗어나 한적한 휴게소로 들어갔다. 추기경은 리소토(버터에 쌀을 넣고 살짝 볶은 뒤 뜨거운 육수를 부어 만드는 이탈리아 중북부 롬바르디아의 전통 볶음밥) 한 접시와 물 한 잔을 받침대에 올려놓고 계산대로 갔다. 그곳에서 일하던 여자 점원은 추기경을 알아보고 흥분을 감추지 못했다. 그녀는 몹시 격앙되어 계속해서 "에미넨차(추기경을 높여 부르는 말로 '위대하신 분'을 의미함), 에미넨차!" 하고 소리쳤다. 그날은 그녀에게 멋진 날이었음을 그 얼굴에서 읽을 수 있었다.

알프레트는 해발 오백 미터에 달하는 높은 산의 꼬불꼬불 가파른 길을 조심스럽게 운전해서 올라갔다. 뒷좌석에 앉아 있던 우리는 눈앞으로 펼쳐지는 장관에 도취해 넋을 잃었다. 성 베네딕토는 이탈리아 전문가였으니 자기 수도회의 본산이 될 장소로 가장 좋은 곳을 찾아냈으리라. 공기는 차갑고 신선했으며, 한 굽이 한 굽이를 돌 때마다 푸른빛이 감도는 흰 산꼭대기는 전혀 새로운 모습을 드러냈다.

이런 곳을 나귀를 타고 오르려면 얼마나 힘들었을까. 하지만 그 옛날 빛나는 눈매의 순례자들도 저 위에 있는 '낙원의 로지아(하나 이상의 면이 벽 없이 트인 방 또는 회랑으로, 지중해 연안 지역에서 발달했다. 탁 트였으면서도 햇빛을 가릴 수 있는 방을 만들려는 의도에서 비롯되었다)'에 올라, 비옥한 '테라 디 라보로(이탈리아 남부 지역의 옛 이름으로 '노동의 땅'이라는 의미)'에서 아펜니노 산맥의 장엄한 산봉우리에 이르는 숨 막히는 풍광을 감상했을 것이다.

몬테카시노는 로마 가톨릭교회에서 가장 유명한 수도원이다. 역사와 명성에서 이 수도원에 필적할 만한 곳은 없다. 1964년 이곳에 재건된 성당의 축성식에서 교황 바오로 6세는 성 베네딕토를 교부('교회의 아버지'란 뜻으로 신앙이나 교회 생활 면에서 중대한 영향을 준 사람을 일컫는 말)로, 유럽의 수호성인으로 임명했다. 그때 교황은 우리가 그곳에서 '신비롭고도 황홀한 역사의 음성'을 들을 수 있을 뿐 아니라, 그 어느 곳에서보다 '가톨릭교회의 숨결을 생생하게' 느낄 수 있다고 말했다.

계주 마라톤 경기를 하는 선수들이 바통을 이어받아 달리는 것처럼 수도자들은 소명의 횃불을 계속해서 이어받았고 그 일은 지금도 계속되고 있다. 이집트 사막의 안토니오 교부(251-365 이집트 중부의 그리스도인 농부의 아들로 태어나, 스무 살 무렵 교회에서 "가서 가진 것을 팔아 가난한 이들에게 주고 나를 따르라!"는 성경 말씀을 듣고는 바로 자기 자신을 향한 말이라 믿고, 그대로 실천하기로 결심한 뒤 마을 근처에 사는 은둔자의 지도하에 금욕 생활을 시작하였다)나 파코미오 교부(292-346 안토니오와 동시대 사람으로 이집트에 거주하던 비그리스도인 부모 사이에 태어났다. 군 생활 중에 나일 강의 배 위에서 자신의 몸을 정성껏 보살펴준 그리스도인들의 사랑에 감동받아, 군 복무 후 세례를 받고 금욕 생활을 시작하였다. 318년 이집트 테베 지역의 타벤니시 근교에 수도원을 설립해 정형화된 수도원 제도의 창시자가 되었다) 같은 사람들에서 콜카타의 마더 데레사에 이르기까지!

'예수님을 따르되 그저 평범한 길에서 머물지 않고 한 걸음 더 나아가려는 소박한 사람들이 어떻게 하면 함께 모여 그리스도인답게 살아갈 수 있을까?'에 대한 물음이 그 출발점이었다. 그리고 그것이 최초의 세계화라 할 수 있는 하나의 대열, 전 세계를 포괄하는 대열이 되었다. 수도 생활을 결심하고 깊은 산속의 계곡이나 움막에 기거하기 시작한 사람들이 밤이 되어 불을 밝히면 그것이 고스란히 불빛의 고리가 되었던 것이다.

그리스도교 수도원이 서구 세계의 가장 소중한 유산이라는 말은 결코 과장된 표현이 아니다. 수도자들은 수도원의 담장과 자신의 마음속에 올바른 삶의 길을 가르쳐주는 근원적인 암호를 새기고 하느님과 인간을 섬기면서 '영원의 빛'을 묵묵히 지켜왔다. 그들의 삶은 촉매제 역할에 비교될 수 있다. 우리의 정신적 공기를 정화하기 위해서라도 그들의 존재는 꼭 필요하다. 거대 도시의 스모그 속에서도 그나마 숨 쉬고 살기 위해선 알프스가 필요하듯이.

황제 나폴레옹은 수도자들을 좋아하지 않았다. 수도자의 겸허함이 국가를 위태롭게 한다고 느낀 그는 수백 개의 수도원들을 허물어버렸다. 그러나 수도원 사람들은 자코뱅 당원이나 볼셰비키당원, 홍위병을 비롯한 그 밖의 모든 혁명적인 몸짓을 하는 수많은 단체들보다도 이 세상을 더 많이 변화시켰다. 그들의 존재 그 자체, 그들의 실천적인 행위, 모범, 고요한 경고, 좌초한 인생들을 언제나 받아들여 껴안는 넉넉한 품 등은 그리스도교의 역사 속에서 탄생한 모든 책과 이론들을 합친 것보다도 더 비중이 크다. 또이들은 모든 영역에 걸쳐 위대한 대가들을 배출하지 않았던가? 음악의 대가, 종교 의식의 대가, 의술의 대가, 정신의 대가, 고요와 침묵의 대가, 농사일의 대가, 정원 가꾸기의 대가, 묵상의 대가, 참회의 대가, 피정의 대가, 심지어는 요리와 포도주의 대가에 이르기까지.

수도원의 문화는 그리스도교적인 것과 나란히 서 있는 무엇이아니라, 어떤 의미에서는 그리스도교의 진수다. 핵심적인 것, 즉엑기스였기에 일반 소비자들에게는 너무 진하다고 느껴질 수도 있겠지만 긴 세월을 견뎌내고 강력한 효과를 낼 수 있었으리라. 결론적으로 말해, 수도원이 이 세상의 소음으로부터 아주 멀리 떨어져 있기 때문에 오히려 그들의 목소리는 언제 어디서나 들을 수 있으며 혼잡한 시대 속에 휘말려들지 않는 것이다.

수도원으로 가는 여행길에 오르기 한참 전부터 내 안에서는 그리움이 요동치기 시작했다. 내 마음은 기대로 가득 찼고 미리부터 많은 계획을 세웠다. 나는 도움을 청하기로 했다. 오래전부터 내 앞에 쌓여 있던 많은 물음에 명쾌한 답을 얻기로 했다. 정신을 가다듬고 나의 정체성을 재발견하기로 작정했다. 먹는 양을 줄여 살을 빼고 영혼을 살찌우기로 했다. 침묵 수행을 하기로 결심했다. 그리고 나는 내 안에 있는 재판관의 명령을 들었다.

"너의 삶은 아직도 성숙에 이르지 못했고 이 상태로는 전혀 진전이 없을 뿐 아니라 혼란과 불행만을 야기할 터이니, 너를 2주간의 침묵형에 처한다!"

나는 신뢰하는 법을 배우기로 작정했다. 거대한 산처럼 나를 둘러싼 물음과 문제들을 그냥 벗어던지기로. 당시 나는 삶의 기력과 건강을 되찾으려는 소망으로 가득 차 있었으며, 당장이라도 모든 걸 시작할 듯한 태세였다. 그러나 수도원에 도착한 바로 그날, 이런 나의 조급함을 바로잡아주는 훈계의 시간이 나를 기다리고 있었다.

손님을 담당하는 신부가 다가와 내 손에서 가방을 빼앗아 들고는 나를 방으로 인도했다. 내 가방을 남이 들고 가는 것이 못마땅

했지만, 그는 전혀 개의치 않았다. 그는 자기를 '존 신부'라고 소개했다. 산책을 좋아했던 교황 요한 23세의 별명을 따서 동료 수도자들이 그에게 '조니워커'라는 애칭을 붙여주었다는 얘기는 나중에 들었다. 어쩌면 위스키 병에 그려진 남자를 보고 붙인 별명일 수도 있겠고, 혹은 그가 미국인이라서 그냥 그렇게 부르는지도 모르겠다.

존 신부는 보스턴 출신으로 키가 크지도 작지도 않았으며, 달걀형의 얼굴에 머리카락은 희끗희끗한 데다 약간 대머리였다. 수도복이 불룩할 정도로 배가 나온 스타일은 아니었지만 그렇다고 금욕 고행자라 할 만한 풍모도 아니었다. 그의 특기는 몇 시간 동안 꼼짝 않고 앉아 있어도 몸이 경직되지 않는다는 점이었다. 나는 그를 보면서 집중력이 뛰어나고 열려 있는 사람이라는 인상을 받았다. 한번 웃음을 터뜨리면 그는 그 작은 눈에서 눈물이 나올 정도로 웃었고, 피곤할 때는 참 선량해 보였다. 하지만 처음 도착했을 당시 나는 이런 것들을 아직 모르고 있었다.

"이곳에 잘 오셨습니다."

존 신부가 나를 보고 말했다. 그러고는 잠깐 뭔가를 생각하더니, 오늘은 첫날이니까 푹 자라고 했다. 오후에는 커피와 케이크를 가져와서 먹을 수 있다고도 했다. 그렇게 말한 다음 그는 내 손에 기도 시간이 적힌 쪽지를 쥐여주고는 가버렸다.

글쎄, 잠이나 푹 자는 건 내가 하고 싶었던 것과는 거리가 먼 일이었다. 나는 가능하면 빨리, 가능하면 많은 것을 배우고 싶었다. 케이크를 먹어서 이 불쾌한 근수를 늘리기보다는 기어코 몸무게를 줄여야만 했다. 게다가 이 방은 또 뭔가! 나는 그렇게 까다로운 사람이 아니다. 침대 하나, 책상과 의자 하나 정도면 충분하다. 예부터 전해 내려오는 어느 수도자의 금언이 떠올랐다.

"네 작은 방에 머물라. 그러면 그 방이 너에게 모든 것을 가르쳐주리라."

나는 바로 그런 방을 원했던 것이다. 물론 그 방에는 침대, 의자, 책상 등 내가 바라는 모든 게 다 있었다. 거기에 다만 분위기가 빠져 있었을 뿐이다. 바닥에는 카펫이 깔려 있었고, 창문으로는 주차 중인 자동차들이 보였다. 이런 방이 뭘 가르쳐줄 수 있단 말인가?

더 좋은 자리, 더 좋은 전망, 더 좋은 기회는 언제나 있게 마련이다. 식당, 영화관, 심지어 산 정상에도. 나는 그런 면에서는 전문가다. 그 방에 서서 나는 생각했다. 마침 옆방이 비어 있었다. 이것은 우연일까? 어쩌면 저 방이 좀 더 편안하고, 더 좋은 느낌을 줄지도 모른다. 어쩌면 그 방은 다른 사람이 아니라 바로 나를 위한 방일지도! 실제로 창문도 하나 더, 침대도 하나 더 있었다. 하지만 다른 방보다 책상 배치가 잘되어 있는 것 같진 않은데? 침대가 두 개니까 어떤 게 더 잠자기에 편한지 살펴볼 필요가 있었다. 나는 테스트를 해보기로 했다. 그래서 양쪽 방을 왔다 갔다 하면서 두 방의 장단점을 비교해보았다. 어떤 때는 이쪽 방이, 어떤 때는 저쪽 방이 더 나아 보였다. 금방 확신이 섰다가 다시 '아니올시다'였다. 짐가방을 이쪽에 놓았다가 다시 저쪽에 놓기를 반복하는, 두 방 사이를 오가는 여행이 계속되었다. 그러다 차츰 상황이 우스꽝스러워지더니 급기야는 거의 자포자기하는 지경에 이르고 말았다.

좀 더 나은 것을 얻기 위해 쉴 틈 없이 계산을 하는 사이 나는 어느덧 지쳐 침대에 몸을 던졌다. 그때 갑자기 이 모든 것이 우스워 보인다는 듯 고개를 흔들고 있는 어떤 사람이 눈에 들어왔다. 하느님의 사람 베네딕토였다. 벽에 걸려 있는 베네딕토 성인의 사진. 지금 내 모습을 보고 있는 건 벽에 걸린 사진에 불과했지만 그 순간 나는 충분히 고통스러웠다.

'이제 그만 놓아두지그래.'

수염을 기른 그 사람이 말하기 시작했다.

'그냥 가볍게 생각하게나. 누가 열쇠를 건네주면 그냥 받는 거야. 순리에 맡기라고. 있는 그대로 받아들여. 그대는 무엇이 가장 좋은 건지 미리 좀 알고 싶은 건가? 그대가 직접 선택한 것이라도 다른 사람이 선택한 것과 마찬가지로 자꾸만 의심하고 따져 묻게 될 거야. 그렇게 따져 묻는 버릇 좀 버리게! 이 방을 그냥 받아들여. 그리고 이제는 좀 쉬도록 해!'

할 말이 없었다. 나는 내게 주어진 그 방을 받아들였다. 침대에 누웠지만 잠을 자지는 않았다. 그저 눈을 감고, 아무것도 결정할 필요가 없는 이 황홀한 자유를 즐겼다. 그러자 조금 전의 내 모습을 비웃을 수 있었다. 단단히 한 수 배운 셈이었다. 이제 나는 순종하기로 결심했다.

수도원에 처음 온 사람은 일단 낯설고 불편하다는 느낌을 받는다. 수도자들의 삶은 이미 우리에게 너무나 생경한 것이 되어버렸다. 절제, 기도, 묵상, 금식, 철저한 질서와 규칙. 하지만 생각해보면 우리의 삶도 분야만 다를 뿐 그에 못지않게 얼마나 극단적인가! 무절제, 무신론, 식탐……. 수도자들의 명상과 우리의 행위주의, 그들의 질서와 우리의 무질서, 그들의 규칙과 우리의 무원칙이 대조를 이룬다. 우리가 '문명화'된 삶의 일부로 자연스럽게 받아들이는 것들이 수도원의 분위기와 비교해서 보면 무엇인가 껄끄러운 것으로 다가온다.

어니스트 헤밍웨이가 투우 경기의 비밀을 묘사한 적이 있다. 투우를 처음 구경 온 사람은 경기에서 전개되고 있는 수많은 내막과 그 관련성을 찾아내지 못한다. 그 모든 걸 금방 읽어냈다고 주장한다면 그건 황당한 거짓말이다. 수도원 생활도 이와 크게 다르지 않다. 영혼의 대가들의 가르침을 처음 대할 때는 비지성적이고 예리하지 못한, 케케묵은 얘기처럼 들린다. 사실 수도자는 투우사가 아니다. 그러나 그들이 지닌 전통의 깊이와 다양한 가능성의 정교한 체계는 투우사의 한 걸음 한 걸음처럼 쉽게 측량할 수 없는 수준이다. 나는 그들의 가르침이 위대한 것은 너무나도 단순해 보이기 때문이라고 생각한다. 하지만 그 가르침은 아주 복잡한 것이기도 하다. 삶에서는 가장 단순해 보이는 것을 실천하는 일이 가장 어렵기 때문이다.

어느 날 우연히 반백의 수염을 기른 금욕적인 분위기의 수도자와 함께 길을 걷게 되었다. 나는 마침 잘됐다 싶어 곧장 말을 걸었다. 그에게 동방 수도회의 신비주의 전통에서 아주 오래전부터 전해 내려오는 성스러운 기도문인 '예수기도'에 대해 물었는데 이 기도는 '주 예수 그리스도, 하느님의 아들이시여, 저 이 죄인에게 자비를 베푸소서!'라는 단 하나의 문장이다. 기도 훈련을 하는 사람들은 이 기도가 완전히 몸에 밸 때까지 하루에도 수천 번씩 반복한다. 나의 접근 방식은 수도자들의 세계를 경박스럽게 파고들려다가 어리석기 짝이 없는 물음을 늘어놓고 마는 전형적인 사례였다.

잠시 후 나는 물었다.

"그럼 머릿속에서 어떤 일이 일어나는 겁니까? 그러니까, 예수기도를 그렇게 오래 반복하면 잠이 들기도 하고 그러다가 다시 깨기도 하는 거 아닐까요?"

나의 스승은 마지못해 입을 뗐다.

"머리요? 머리에서는 떠나야지요! 만일 당신이 자꾸 거기에 머무른다면 한 치도 앞으로 나아갈 수 없습니다. '너희가 나를 부르기도 전에 나는 너희가 하는 말을 들으리라.'는 말씀도 있잖아요."

"기도할 때 호흡은 어떤 식으로 합니까?"

"숨이야 들어오면 들어오고 나가면 나가는 것이지요."

"그러면 어떤 일이 일어납니까?"

"아무것도요. 아무 일도 일어나지 않습니다."

늙은 수도자는 화가 나기 직전의 목소리로 말했다.

"만일 당신이 뭔가 일어나기를 기대한다면 당장이라도 세상으로 돌아가시오. 당신은 여기서 아무것도 얻을 수 없을 테니. 아무

것도! 이러이러해서 내가 얻는 게 뭘까, 하는 식의 생각 좀 그만두
시오. '모든 일에 하느님의 영광 받으시기를!' 나는 아무것도 갖지
않소. 다만 섬기려 할 뿐이오."

"우리는 배로 삽니까, 아니면 가슴으로 삽니까?"

그는 고개를 저었다.

"그게 아니지. 우리는 본질로 존재합니다. 인간의 본질은 배나
근육이나 가슴에 있는 게 아니에요. 그것은 그저 '있음' 그 자체입
니다."

수도자들을 처음 대하면 똑같은 모양의 검은 구름이 이쪽으로
갔다 저쪽으로 갔다 하는 것처럼 보이지만, 차츰 그들을 구별할
수 있게 된다. 그리고 그들 안에 있는 특성과 약점도 알게 된다.
하느님의 특수 부대는 모델들로만 선발되는 것이 아니다. 수도자
들 중에는 얼굴이 길쭉한 사람도 있고 달처럼 둥근 사람도 있다.
모든 수도자가 좋은 수도자인 것은 아니며, 수녀들 가운데는 공격
적인 여성들도 있다. 심지어는 주교들 중에서도 '거룩한 영(성령)'
이 오래전에 떠나버린 것처럼 사는 이들이 있다. 성 아우구스티노
(354-430 북아프리카 교구의 가장 위대한 주교 중의 한 사람으로 거의 35년을 봉
사하였다. 그는 사목자의 권위를 행사하되 백성들의 복리와 행복을 위해 사용했
고, 대성당의 성직자들과 공동체를 이루어 살았으며, 엄격한 규율 아래에서 생활
하였고, 교회와 가난한 사람들의 재정 지원을 물색하는 등 사회정의를 위하여 주
교직을 활용했다. 틈나는 대로 글을 썼는데 자신의 개종 과정을 기록한 자서전적
저서인 〈고백록〉으로 유명하다)도 이러한 상황을 정확하게 지적한 바
있다.

"나는 수도원에서 부단히 덕을 쌓아 올리는 사람들보다 나은 그리스도인을 거의 만나보지 못했으며, 수도원에서 타락의 길에 빠지는 사람보다 나쁜 그리스도인도 알지 못한다."

성 베네딕토는 수도자들의 길이 아주 특수한 길이라고 말하면서 '가운데 머리를 밀고 수도자가 되어 하느님을 기만하는 사람들'에 대해 언급기도 했다. 불행히도 이 길을 걸어갈 만한 능력이 되지 않는 너무나 많은 평범한 사람들이 너도나도 이 길을 가고 있으며, 그래서 결국 실패하고 마는 것이다.

내가 가장 좋아하게 된 수도자는, 감정이 풍부한 나머지 금방이라도 울 듯한 표정으로 사람을 바라보는, 차우차우 강아지 같다는 느낌을 주는 수도자였다. 그의 볼은 바람을 집어넣은 것처럼 통통했고, 입은 삐죽했으며, 자동차의 방풍 유리만큼 두꺼운 안경을 쓰고 다녔다. 그는 언제나 불안하고 어색해 보였으며 어쩌다 몇 마디 나눌 때도 지나치게 빠르게 말했다. 미사를 드릴 때, 두 손을 높이 쳐들고 미사집을 보면서 큰 소리로 기도를 올리는 신부를 위해 옆에서 미사집을 넘겨주는 일을 그 수도자가 맡게 되면, 책장이 자꾸만 손가락에 달라붙는지 몇 장을 한꺼번에 넘기는 바람에 기도드리는 신부가 규칙적으로 말을 더듬게 되는 일이 발생했다. 그것은 차우차우 수도자 자신도 어떻게 해볼 도리가 없었다. 그가 책상 옆을 지나가면 허둥대는 통에 최소한 책 한 권은 쳐서 바닥에 떨어뜨리는데, 다시 주울 생각은 하지도 않는다. 식사를 할 때는 포크를 자꾸 떨어뜨리고, 포크가 착륙한 접시는 '덜커덩' 소리를 내며 식탁 위에서 춤을 춘다. 그가 계단을 올라갈 때면 수도복이 어딘가에 걸려, 제대로 걸어갈 때보다 넘어지는 때가 더 많다. 정말 끔찍했다.

하지만 가톨릭교회의 논리를 조금이라도 이해하는 사람이라면, 훗날 교회가 제단의 영예를 위해 누군가를 임명해야 할 때 학문적 수준이 뛰어나서 모든 일에 똑똑한 결정을 내리는 것처럼 보이는 학자풍의 수도자가 아닌, 모든 수도자들 중에서도 단순하기 그지없는 차우차우 형제를 임명하리라는 것을 분명하게 예감할 수 있으리라.

새벽 네 시. 몬테카시노에서는 글자 그대로 죽은 사람도 무덤에서 깨워 일으킬 듯한 종소리가 수도원 건물을 울린다. 이 세상 어떤 사람이라도, 심지어 청각 장애인이라도 이 소리에 익숙해질 수는 없을 것이다.

다른 한편, 여기에는 나를 찾는 전화도 없고 나를 홀리는 서른 개의 텔레비전 채널도 없으며, 한밤의 정적쯤이야 상관없다는 듯 야단법석을 떨며 거리를 쏘다니는 패거리들도 없다. 수도원에서는 밤이면 그저 밤일 뿐이다. 모든 것이 정지된다. 아무도 어디선가 술로 몸을 망치지 않고, 댄스 클럽에서 고막을 망가뜨리지도 않는다. 당신의 침대 머리맡을 휩쓸고 지나가는 자동차 소음도 없다. 하늘에는 구름이 보이고 구름이 없으면 깜빡이 별이 창공에서 빛난다. 신은 가장 아끼시는 저 별들을 창조 세계의 둥근 아치에 매달아놓았다.

시간이 흐르면서 사람들의 생각과 행동은 수도원의 고요와 경건한 분위기 속에서 투명성을 갖게 되고, 모든 사물을 좀 더 분명하게 인식할 수 있을 것 같은 느낌이 든다. 사람들의 움직임은 전혀 다른 박자로 흘러 들어가 마치 영화를 완전히 다른 속도로 보는 듯한 기분을 갖게 한다. 정숙한 분위기에서 식사를 하는 동안 당신의 접시 옆에 놓인 주름투성이 전구는 오히려 영감을 자극한다. 어떤 때는 생소하고, 심지어는 의심스럽게 들렸던 시편의 문장들이 수도자들의 공동기도 속에서 살아 있는 메시지로 다가온다. 그 문장들은 어디선가 갑자기 특별한 영양분이라도 공급받은 양 생동감이 넘친다.

새들의 지저귐이 시작되기도 훨씬 전인 이른 새벽에 창문을 여는 행복이 무엇인지는 일찍 일어나는 사람만이 알 수 있다. 그 사람은 영적인 충만감을 느끼게 되고, 그것은 내적인 진리의 깨달음으로 이어진다. 물론 인간은 기쁨으로 높이 날 수 있는 만큼 깊은 곳으로의 추락도 가능하다. 생각이 궤도를 이탈해 어두운 방향으로 치달으면 두 손을 경건히 모을 수 있다. 그러나 사람이 홀로 침묵하는 것과, 수도자들과 함께하는 것에는 차이가 있다. "당신께서는 저에게 피신처, 원수 앞에서 굳건한 탑이 되셨습니다." 영원히 변하지 않을 이 진리의 말씀을 혼자서 읽는 것과 노래로 함께 부를 때는 엄연한 차이가 있다.

물론 나는 첫날 늦잠을 잤고 그 사실에 대해 아주 기분이 좋았다. 존 신부는 처음부터 알고 있었던 것이다. 그는 나에게 새로운 속도에 적응하기 위해서 일단은 휴식을 취하는 게 좋을 것이라고 말했다. 이런저런 문제들이 엄습할 때, 가끔씩은 가만히 이불을 뒤집어쓰고 누워 있는 게 좋다. 한 번쯤은 모든 걸, 정말 모든 걸 포기할 준비가 되어 있어야 한다. 큰일을 하기에는 힘이 미치지 못할 때도 그나마 할 수 있는 작은 일들이 있기 때문이다. 때로는 그 작은 일들이 더 큰 도움이 되기도 한다.

존 신부의 그런 생각을 나는 알지 못했던 것이다. 아침 식사 후 그가 나를 기다리고 있었다. 누가 말을 꺼내지도 않았는데 우리는 곧장 270미터 길이의 복도를 걷기 시작했다. 그 복도는 비 오는 날 산책을 해도 젖을 염려가 없는 실내 산책로라 할 만했다. 존 신부가 말문을 열었다.

"두 번째 단계에 접어들면 이제는 어떻게든 굴러가겠구나 하는 생각이 들 겁니다. 세 번째 단계에서는 우리를 괴롭히는 어려운 문제를 처리해낼 힘을 느끼게 됩니다. 항상 그런 건 아닐지 몰라도 대체로 그렇습니다. 어느 순간이 되면 우리는 다른 사람의 눈을 의식하는 습관을 멈춰야 합니다. 다른 사람이 나를 비난하고 초라하게 만들지도 모른다고 지레 겁먹어서는 안 됩니다. 그렇지 않습니까? 그리스도는 철창 안에서 이리저리 돌아다니며 기분 나쁘게 으르렁거리는 호랑이를 위해 메시지를 주지는 않으셨으니까요. 또 누가 성적이 좋은지, 사업에 성공했는지, 똑똑한 수도자인지에 따라 사람을 판단하진 않으십니다. 사실 똑똑한 수도자는 저의 희망 사항이긴 합니다만."

맞는 말이다. 클레르보의 베르나르도(1090-1153 프랑스 디종 지방의 백작의 궁정에서 태어났으나 '그리스도와 더불어 가난하게 되는 것'을 소원하던 그는 아우베 강 계곡의 습지에 위치한 시토의 낡은 오두막집에서 친구들과 함께 신앙생활을 하다가, 베네딕토의 계율을 엄격하게 준수하는 시토 수도회를 창립했다. 시토회의 특징은 장원을 비롯한 농경지의 기증을 거부하고, 직접 황무지를 개간하여 이를 수입원으로 삼았다는 점이다. 그들에 의하여 많은 황무지가 개간되었다)도 이렇게 말한 바 있다.

"자기 자신과 잘 지내지 못하는 사람이 어떻게 다른 사람과 잘 지내겠는가? 자기 자신을 잃어버린 사람이 어떻게 온전한 인간일 수 있는가?"

성 베네딕토의 첫 번째 요구 가운데 하나는 자기 스스로를 받아들이는 일이다. 스스로를 부정하고 미워하는 사람은 하느님과도, 동료인 인간과도 좋은 관계를 맺을 수 없다. 교황 그레고리오 1세가 쓴 베네딕토의 생애를 보면, 수도자들의 아버지인 베네딕토 역시 완전에 이르는 훈련의 길에서 수비아코(이탈리아 라치오 주에 위치한 도시로 494년경 베네딕토가 은둔했던 동굴이 남아 있는데, 그는 이곳에서 525년 몬테카시노로 갈 때까지 제자들과 함께 살았다)의 토굴에 은거하며 '자기 자신과 함께' 있고자 했다. 이는 무엇인가 꽉 움켜쥐고 있던 것을 내려놓는 것, 침묵하는 것, 귀를 기울이는 것, 자기 안에 오랫동안 억눌려왔던 것을 분출시키는 일로 이해할 수 있다. 또한 자기만의 그리움, 실망감, 죄책감의 실체에 대해 물음을 던지고 결국에는 자기 자신에게로 돌아오는 것을 의미한다.

"평화를 뒤따라가라!"

베네딕토는 사람들을 그렇게 독촉했다고 한다. 존 신부는 이 말이 우리 자신과의 평화를 뜻한다고 했다. 사람들은 그 평화를 너무나도 쉽게 놓쳐버린다.

"사악함을 멀리하고 선을 행하며 평화를 찾아서 뒤따라가라."

베네딕토는 우리에게 뛰라고 말한다. 모든 가능성의 문이 '덜커 덩' 잠겨버릴 때까지 앉아서 기다리지만 말고 뛰라고. 지금 이 순간은 영원한 것이 아니므로.

"생명의 빛을 가지고 있는 동안 뛰어가라!"

하느님은 이 생명의 빛 속에서 항상 새롭게 묻고 계신다.

"생명을 사랑하며, 좋은 나날을 보내기를 원하는 선한 사람이 누구인가?"

누군가 이 물음을 듣는다면 크고 분명하게 "접니다!"라고 대답할 수 있어야 한다고 베네딕토는 충고한다. 그는 자신의 규칙서에서 복음서에 나오는 그리스도의 약속을 인용하고 있다.

"그리고 너희가 이대로 행한다면 내 눈은 너희를 바라보고 내 귀는 너희의 간구를 들을 것이며, 너희가 나를 찾아 부르기 전에 내가 너희에게 '나 여기 있노라.'고 말할 것이다."

존 신부는 이야기를 멈추었다. 깊은 생각에 잠긴 듯한 모습이었다. 그의 눈은 뭔가를 발견한 사람처럼 반짝였다.

"아마도 대부분의 사람들은 눈치채지 못했겠지만 주목할 만한 것이 하나 있습니다. 그것은 마태복음에서 예수님의 가르침이 소박한 충고와 더불어 시작된다는 점입니다. 요르단 강가에서 세례자 요한이 부끄러움 때문인지 아니면 무슨 다른 생각이 있어서인지 위대한 하느님의 아들에게 세례 주기를 꺼리는 대목이 나옵니다. 그때 직접 예수님의 입에서 나온 말, 예수님의 첫 번째 말은 '지금 이대로 하십시오.' 입니다."

그 말과 함께 내 쪽으로 몸을 돌린 존 신부의 얼굴은 상기되어 있었다. 그는 내 눈을 뚫어져라 쳐다보면서 이렇게 말했다.

"그분은 '지금 이대로 하십시오.' 하고 말씀하셨습니다. 긴장을 풀라! 그냥 놓아버려라! 여러 가지 문제가 너를 힘들게 하고 네 영혼을 옥죌 때, 신경이 팽팽하게 긴장되어 끊어질 정도가 되었을 때, 한 걸음 물러서는 것이 다시 앞으로 나아갈 수 있는 유일한 방법이다."

수도자들에게 '놓아버린다'는 것은 고르디아스의 매듭(그리스 신화에 나오는 고르디아스는 프리지아의 왕으로, 농부의 아들이었던 그가 왕이 되자 신전에 마차를 묶어 기념했는데 그 매듭이 매우 복잡하게 꼬여 있었다. 뒤에 이 매듭을 푼 자가 아시아의 지배자가 될 것이라는 신탁이 전해졌고, 많은 사람들이 이 매듭 풀기에 도전했으나 실패한다. 원정길에 나선 알렉산더 대왕이 마침내 고르디아스의 매듭 앞에 다다랐다. 그는 그 매듭을 단칼에 잘라버렸고 신탁대로 아시아의 지배자가 되었다. 고르디아스의 매듭은 아무리 애를 써도 해결하기 어려운 문제를 의미하거나 알렉산더 대왕처럼 대담한 행동으로 복잡한 문제를 해결하는 것을 가리킨다)처럼 해결이 불가능해 보이는 어떤 문제를 놓아버리는 데 그치지 않고 자신의 에고, 즉 자신의 고집을 놓아버리는 일까지 포함한다. 바로 그런 것들이 우리를 끝까지 유혹하고 괴롭히며, 우리의 영혼이 그 영혼 자체보다 무가치한 것을 추구하도록 만든다.

수도자들이 보기에 자신의 의지를 사랑하는 것이야말로 우리 존재의 본질에 도달하는 데 있어 가장 큰 장애물 중 하나다. 그런 까닭에 수도자의 길에 들어선 사람에게 가장 기초 단계에서 주어지는 최초의 과제는 자기 고집을 포기하는 것, 영원한 불행과 불만족의 근원인 그 고집을 아예 미워하는 것이다. 우리의 영혼은 자기 자신의 이기적인 소망에 저항하고, 하느님의 손에 삶을 맡기는 자세를 통해서 진정으로 필요한 평안과 조화를 누리게 된다. 이것이 성 베네딕토가 말하는 복된 평화이다.

자기 수행은 나의 자아를 놓아버리는 것, 나를 지치게 하는 에고와의 동거에서 벗어나는 일이다. 베네딕토는 자기 수행을 위한 도구로 참회의 채찍이나 안쪽에 못을 박은 신발을 권하지는 않았다. 그가 자기를 극복한 방식은 주로 일상생활에서의 작은 불편을 참고 견디는 것이었다.

육체의 고행에 관련해서는 상당히 관대한 베네딕토였지만 자신을 따르는 수도자들에게 자기 의지를 포기할 것을 요구하는 데 있어서는 아주 엄격했다. 베네딕토의 규칙서는 말하자면 '자기 의지를 단념한' 사람들을 위한 것이다. 그는 이렇게 말했다.

"수도자는 자기의 마음대로 살지 않는다. 수도자는 자기의 소망과 기분을 따르지 않는다."

여기서 포기한다는 것이 죽여 없애는 일을 의미하는 것은 아니다. 베네딕토는 자기 의지가 인간 생존의 필수적인 요소임을 전제한다. 그렇기 때문에 바로 이 의지를 시시때때로 정화할 수 있는 최고의 가능성은 자기 훈련과 참회라고 본 것이다.

우리는 자기 자신에게 중독되어 결국에는 불필요하고 파괴적인 에너지를 끌어안고 사는 삶에서 우리의 영혼을 구출하지 않으면 안 된다. 그리스도는 이 신비에 대해 직접적으로 언급한 바 있다.

"누구든지 내 뒤를 따라오려면 자신을 버리고 자기의 십자가를 지고 나를 따라야 한다. 정녕 자기 목숨을 구하려는 사람은 목숨을 잃을 것이고 나 때문에 자기 목숨을 잃는 사람은 목숨을 얻을 것이다."

'자기 중독'을 '자기 수행'으로 고치는 것, 이 처방에서 성 베네딕토의 종교적 천재성이 드러난다. 자기 의지를 포기하는 것은 일반인이나 수도자나 매한가지로 어려운 일이다. 남이 나를 알아주었으면 하고 바라는 마음을 제어하고, 남이 알아주지 않아도 만족할 줄 알며, 남이 나를 무시하는 것 같을 때도 조용히 견디는 것은 인간에게 있어서 최대의 도전이다. 그러나 그것은 평화로운 삶의 전제 조건이기도 하다. 다른 사람과, 그리고 나 자신과 평화롭게 사는 삶 말이다. 자기 수행은 우리 시대의 유행어가 된 '긍정적인 사고'를 넘어서는 강력한 덕목을 요구한다. '긍정적인 행동'이 바로 그것이다.

존 신부는 그날 우리의 대화를 이렇게 끝맺었다.

"중요한 건 당신이 잠을 많이 자느냐 적게 자느냐, 살을 빼느냐 마느냐, 얼마나 많은 지식을 습득하느냐가 아닙니다. 그 모든 건 그리 중요하지 않습니다. 중요한 건 거기서 한 걸음 더 나아가는 것입니다. 나의 존재, 나의 생명이 온 우주의 법칙에 고이 감싸여 있음을 볼 수 있는 넓은 시각이지요. 즉 몸과 정신과 영혼이 모든 존재의 근원과 조화로운 관계를 맺을 때 이루어지는 대화합의 삶입니다. 우리는 우리의 영혼을 살리려고 합니다. 그 이상도 그 이하도 아닙니다. 이 조화와 균형을 찾고, 나아가 우리의 비천한 세

속적 욕망을 완전히 해체시키는 새로운 차원으로의 돌입, 바로 그
것입니다. 그것을 위해서 수도자들의 학교가 존재하는 겁니다. 그
학교의 핵심은 성 베네딕토가 말한 두 가지, 기준과 중심입니다.
하지만 거기에 대해서는 다음에 얘기합시다. 자, 이제 뭘 좀 먹어
볼까요?"

3 목적지에 이르려거든
속도를 줄이라

수도자들과 함께 있으면 삶의 속도를 제 궤도로 돌려놓기 위해서는
멈춰 서는 것이 얼마나 중요한가를 배우게 된다.
수도원은 미친 듯 달려가는 속도를 제어하는 속도 조절 구간이다.
하느님은 침묵 속에, 바람의 세밀함 속에 존재한다.

우리는 하루하루를

하나의 새로운 삶처럼 시작해야 한다.

＿에디트 슈타인

그리스도교에서 시간은 근본적인 의미를 지닌다. 신약성경은 "때
가 차자 하느님께서는 당신의 아드님을 보내시어"라고 말한다. 그
리고 그때를 기준으로 새로운 시간 계산이 시작되었다. 그리스도
인은 시간을 붙잡고 시간을 구성하며, 노동 시간과 기도 시간 그
리고 축제의 시간 등으로 갈무리한다. 수사, 신부, 사제와 같은 사
람들이 성무일도(매일 각각의 정해진 시간에 공통적으로 올리는 기도)를 준
수하는 데도 정확한 시간의 분류가 필수적이다. 세계에서 가장 오
래된 시계는 교회에, 즉 프랑스 북부 피카르디 지역의 보베 성당
에 걸려 있다.

그리스도인들은 벌레나 코끼리로 이 세상에 다시 태어나지 않
는다. 지옥에 가든지 천국에 가서 다른 데로 옮겨 가지 않는다. 그
리스도교 신앙은 '우리는 어디서 와서 어디로 가는지 모른다.'는
식의 안개와도 같은 인생관에서 인간을 끄집어낸다. 그 신앙의 관
점에서 보면 이 세상에서 우리가 하는 모든 일은 시간적이다. 다
시 말해 우리가 하는 모든 일은 어떤 특정한 시간 안에서만 일어

날 수 있다. 시간이 돌고 도는 것이 아니라면 우리의 하루하루는 전혀 새로운 역동성을 지닐 뿐 아니라 나름대로의 기회를 담고 있는 셈이다. 하지만 '카르페 디엠', 즉 '지금 이 순간을 붙잡으라.'는 옛 모토에서도 벌써 조급함과 불안함의 분위기가 조금은 느껴진다. '어쩌면 이렇게 화창한 날이 마지막일 수도 있어!' '아름다운 사랑의 여름이 그냥 지나가버릴지도 몰라!' 이러한 조급함이 맹목적인 소유욕으로 발전하고, 오락 사회가 제공하는 수많은 놀거리들을 누리지 않으면 안 될 것 같은 강박증을 낳는다면, 그래서 카지노의 외팔이 강도(슬롯머신을 풍자해서 일컫는 말)에게 빠진 사람처럼 중독 증세를 보인다면 그건 정말 위험한 일이다.

오늘날 우리의 삶이 점점 '10억 분의 1(1나노)초 문화'로 발전하고 있다는 사실은 누구나 실감할 것이다. 그런 삶은 기차를 타고 여행하는 일에 비교할 수 있다. 처음에는 별다른 느낌이 없다. 모든 것이 이전과 똑같이 움직이는 것처럼 보인다. 그러나 기차의 통로를 따라 걸으면서 창밖을 내다보면, 특히 곡선을 그리며 돌때면 이 기차가 미친 듯한 속도로 달리고 있다는 사실을 분명히 느끼게 된다. '24/7'이라는 구호가 한창 유행이다. 이 말은 일반적으로 사람들이 이해하고 있는 '현대의 삶'이 무엇인지를 잘 보여준다. 한마디로 하루에 24시간, 일주일에 7일 동안 쉬지 않고 무엇인가를 하는 생활을 말한다. 대형 할인마트, 텔레비전 오락 프로그램, 온라인 서비스 등 모든 것이 24시간 단위로 돌아간다. '아름다운 신세계는 곧 쉼 없는 삶'인 것이다.

지금 우리 시대에는 신종 강도들이 판치고 있다. 범죄와의 전쟁

선포에도 끄떡없는 이 범죄 집단은 바로 시간 강도들이다. 그들은 수많은 개인 접촉, 의무, 활동 등으로 구성된 고도로 복잡하고 힘겨운 우리 삶의 구조를 하나의 시간적 구조에 비끄러매고 있으며, 그 시간의 구조는 쥠틀처럼 모든 사람을 짓누른다. 그 결과는 우리 삶의 도처에서 확인할 수 있다. 모든 일에 가속이 붙음에 따라 시간의 압박이 홍수처럼 밀어닥치면서 그것과 분명한 연관이 있는 질병들, 예를 들어 탈진, 우울증, 고혈압 같은 질병이 전 세계적으로 증가 추세에 이른 것은 결코 우연이 아니다.

컴퓨터 세대의 어린이들 사이에서는 과잉행동, 활동 장애, 집중력 결핍 등의 증상이 점점 더 빈번해지고 있다. 신세계의 분주한 생활 리듬이 아직 그리 힘들지 않아서인지 우리는 잊을 만하면 한 번씩 몸을 혹사시켜 이제는 아예 만성피로에 시달린다. 만성피로, 그것은 이미 우리 사회에서 가장 일반적인 질병이 되었다. 생물학적 구조상 인간은 해가 지면 잠을 자고—밤에 잠을 자지 않는 건 이제 젊은이들만의 문제가 아니다—해가 뜨면 일어나게끔 되어 있다. 그런데 우리는 이 사실을 철저하게 무시한다. 20세기 초까지만 해도 평균 아홉 시간에서 열 시간은 자던 인간들이 지금은 일곱 시간을 자고서도 많이 잤다고 호들갑을 떤다. 남의 말에 귀 기울이는 능력을 점점 잃어가고, 긴장을 풀고 편히 쉬거나 깊이 생각하거나 인내심을 가지고 뭔가를 하는 능력도 없어지고, 길거리나 학교나 사무실이나 가정에서 다른 사람들과 자꾸만 불화를 일으키며 사소한 일에 격분하여 폭력을 사용하거나 공격적인 말로 상대방을 몰아붙이는 것이 혹시 이 시대의 과속 문화 때문은 아닌지 진지하게 묻는 사람이 없다.

　미국의 사회학자 제레미 리프킨(세계적인 경제학자이자 문명 비평가로, 1989년 기계적 세계관에 근거한 현대 문명을 비판하고 에너지 낭비가 가져올 인류의 재앙을 경고한 저서 〈엔트로피〉로 세계적인 이름을 얻었다)은 말한다.

　"이 세계 전체가 정보혁명의 시대에 뒤처질까 봐 안간힘을 쓰며 페달을 밟고 있다."

　매일 새로운 소프트웨어와 이동통신 기술의 성과물들이 시장으로 쏟아져 나온다. 그리고 우리는 그것들을 가지고 우리의 시간을 눌러 짜서 더 신속하게 움직일 수 있게 된다. 그러나 리프킨은 묻는다.

　"정보혁명, 이동통신의 혁명이 인간의 삶을 아슬아슬할 정도로 가속화시킨 나머지 우리가 이 사회와 우리 자신에게 심각한 손상을 입힐 위험이 있지 않을까?"

　그는 또 묻는다.

　"원래는 인간에게 더 많은 자유를 주기 위해 생산된 첨단 제품들이 오히려 우리를 노예로 만들고, 점점 가속화되는 연결망 속에 우리를 가두어 도무지 빠져나올 수 없게 만들고 있는 건 아닌가?"

　이 물음에 대한 대답은 이것이다.

　"그렇게 된 지 이미 오래되었다네!"

　시간은 돈? 아니다. 시간은 돈으로 환산할 수 없다. 그렇다면 이 비교할 수 없는 실체를 어떻게 얻을 수 있을까? 우리는 그것을 무시하거나 그냥 놓쳐버릴 때가 너무 많지 않은가? 수도자들은 어떻게 하는가?

일전에 엘리자베트 랑게서(1899-1950 1936년에 '절반이 유대인'이란 이유로 나치의 문예국에서 제명당하고 판금당한 독일의 여류 시인이자 산문 작가이며 방송 극작가. 제2차 세계대전 동안 공장에서 강제노동을 했으며, 그녀의 장녀는 아우슈비츠로 보내졌다. 19세기의 서정시 전통을 계승하면서 세기 전환기의 '현대적인 것'과 거리를 둔 서정시를 썼다)는 어느 수녀원에서 수녀들이 옷을 재단하고 구두창을 갈고 빵을 굽고 악보에 가사를 넣는 등의 일을 하는 것을 글로 묘사한 적이 있다. 그녀는 성체로 쓸 제병을 만드는 곳에서 부드럽고 하얀 반죽이 '알파와 오메가(그리스어의 맨 처음과 맨 마지막 알파벳), 물고기(초대교회로부터 사용된 그리스도교의 중요한 상징 중 하나), 그리고 저 힘 있는 IHS(예수를 뜻하는 그리스어 IHSOYS를 처음 석 자로 줄여 쓴 것) 글자 모양으로' 와플 석쇠에서 바삭바삭 소리를 내며 구워지는 걸 지켜보았다. 어떤 수녀들은 건초용 쇠스랑을 손에 들고 소에게 여물을 먹였고, 또 어떤 수녀들은 과일을 조리하거나 향기로운 자두 잼을 유리병에 담았다. 재봉 작업은 '숨죽인 인내 속에서 달그락거리는' 일이었다. 수녀들은 모든 일을 아주 유유자적하게 했다. 오히려 그들은 이런 노동을, 지속적인 성무일도를 잠시 쉴 수 있는 좋은 시간으로 여겼다고 한다.

전자 제품이라고는 하나도 눈에 띄지 않는 이런 장면은 우리 세계와는 전혀 다른 속도로 굴러가는 낯선 세상의 소식처럼 들린다. 잠깐 동안 일상에서 물러 나와 성무일도를 드린다고 해서 탈 날 일은 없건만 그렇게 하는 프로그래머, 화물트럭 운전사는 찾아볼 수 없다. 우리는 시간을 붙잡지 못한다. 그러나 시간의 속도를 늦출 수는 있다.

수도자는 원칙적으로 그렇게 살도록 배워왔다. 보이지 않는 세상의 깊은 비밀을 깨달은 사람으로 통하는 성 안토니오도 그렇게 가르쳤다. 수도자들은 매일 죽음을 마주하는 사람들이다. 물론 그것은 기분 좋은 훈련은 아니다. 하지만 그렇게 함으로써 매일 자신의 모든 행동을 성찰하고, 나아가 한 순간 한 순간의 가치를 다른 사람들보다 더 강하게 의식할 수 있게 된다.

감각에 따라 끝없이 요동치는 인간들에게 수도원은 그 외관만으로도 실질적인 영향을 끼친다. 수도원은 우리를 평온하게 해준다. 명상의 세계를 간직한 삶은 시계 종소리만 들어도 뒤통수를 뭔가 둔중한 것으로 얻어맞은 듯한 느낌에 시달리는 삶과 확연히 다르다. 수도자들로부터 우리는 무엇을 배우는가? 예컨대 일을 잠시 멈추는 것, 한밤의 고요를 회복하는 것, 그로써 우리의 시간이 탄력 있게 늘어난다는 것 등을 배운다.

사실 시간에는 신축성이 있다. 아무도 없는 방에서 잔잔한 음악을 틀어놓고 조용히 앉아 보내는 한 시간과, 사람으로 넘쳐나는 대도시의 쇼핑센터에서 물건을 사기 위해 악착같이 뛰어 돌아다니는 한 시간은 비교가 안 될 정도로 다르다. 하루에 한 번쯤은 번잡한 일상에서 벗어나 어느 성당에 들어가서 잠깐이라도 앉아 있는 사람은 삶의 여유와 평화를 느낄 수 있다. 어지럽게 소용돌이치던 온갖 잡념이 서서히 가라앉기 시작할 것이다. 어쩌면 그 순간은 창문으로 환한 빛이 스며드는 시간일 수도 있다. 누군가가 곧 있을 미사를 위해 제단을 정돈하는 걸 볼 수도 있다. 숨을 고르기에 좋은 시간이다. 이렇게 짧지만 거룩한 변화의 시간이, 우리를 질식시킬 것 같은 나쁜 공기를 신선한 산소로 바꿔줄 수 있지 않을까? 마음의 긴장을 푸는 이 30분을 통해서 우리의 시간은 모든 방향으로 퍼져나갈 수 있다.

어떤 수도자는 일을 매우 많이 하면서도 언제나 정신이 흐트러지지 않고 집중력 있는 모습을 보여주었다. 그래서 사람들에게 어떻게 그럴 수 있느냐는 질문을 받았나 보다.

그가 말했다.

"나는 서 있을 때는 서 있고, 길을 걸을 때는 걷고, 앉아 있을 때는 앉아 있고, 음식을 먹을 때는 먹는답니다."

질문을 던진 사람들이 말을 받았다.

"그런 건 우리도 하는데요."

그러나 수도자가 그들에게 말했다.

"아니요. 당신들은 앉아 있을 때 벌써 서 있습니다. 서 있을 때는 벌써 걸어가고 있지요. 걸을 때는 벌써 목적지까지 가 있습니다."

수도원 생활의 기본적인 특징 중에서 우리의 시간을 되찾는 데 확실하게 도움을 주는 방법이 하나 있다. 고요 속에 잠기는 것이 바로 그것이다. 자발적으로 고독을 선택해 그 세계로 들어가는 일은 모든 인간의 삶에 반드시 필요한 과정이다.

파코미오가 그랬듯이, 성 베네딕토 역시 수도자들을 은둔자의 토굴로부터 이끌어낸 사람이다. 그는 이 단계를 몸으로 직접 경험했고, 공동의 수도 생활이야말로 수도원 생활의 중요한 형식이라

역설하기도 했다. 그러나 그는 자신의 수도자들을 사막에서 이끌어내려 하진 않았고 고독의 훈련을 면제해주지도 않았다. 인간들의 행동과 만남 사이에 있는 이 공간, 흔히 텅 빈 공간이라고 일컬어지는 이 깊은 간격은 사실 우리에게 새로운 힘과 창조적인 정신을 제공해주는 우물이다.

파스칼(1623–1662 프랑스의 사상가, 수학자, 물리학자이다. 현대 실존주의의 선구자로, 예수회의 방법에 의한 이단심문을 비판하였다)이 유명한 말을 남겼다.

"인간의 모든 불행은 자기 방에 홀로 머물러 있지 못하는 데서 온다."

이 문장의 논리는 그리 분명하지 않다. 자기 방에 틀어박혀 있는 인간은 굶어 죽거나 지겨움에 치여 죽을 수도 있다. 하지만 전쟁을 획책하거나 해변을 가득 메운 인파를 형성하거나 휘발유 값을 올리는 짓 또한 할 수 없을 것이다.

나는 멈춤이야말로 인간의 기본권이며 나아가 건강한 삶을 위한 필요조건임을 수도자들의 학교에서 배웠다. 사실 고독의 훈련은 요가 학원 같은 데서 흔히 떠들듯이 '영혼 깊은 곳에 신비의 문을 열어준다.'든지 '영원의 숨결을 느끼게 해준다.'는 식의 광고 문구와 반드시 일치하는 것은 아니다. 그러나 그것은 참된 나를 재발견하고, 이 시대의 문화적 쓰레기들 및 불안정한 상태로부터 자유로워지기 위해 없어서는 안 될 치료제이다. 고독의 훈련은 다람쥐 쳇바퀴처럼 제자리를 맴도는 바쁜 하루하루로부터, 앞뒤가 꽉 막힌 낡은 가치관의 틀로부터 우리를 구해줄 것이다.

모든 종교 사상은 사막의 고독 속에서 탄생했다. 엘리야와 모세가 그러했고, 수도자들의 아버지인 안토니오 교부도 사막의 연단을 거쳤다. 예수도 시시때때로 사막의 외로움 속으로 물러나 음식을 끊고 기도하며 정신을 가다듬었다. 이 과정에는 하나의 규칙이 있다. 예수가 공적인 활동을 시작하기 직전에 체험한 사막의 외로움과 고요는 힘들고 험한 길을 준비하는 데 중요한 도움이 되었다는 것이다. 예수는 이 체험이 모든 새로운 출발을 위한 필수적 전제 조건임을 보여주기라도 하듯 꼬박 사십 일 낮과 밤을 그렇게 보냈다.

사막은 내적인 투쟁과 극복의 은유이다. 사막은 위기를 상징하기도 하지만, 헛된 목표를 버리고 새로운 방향을 설정할 수 있도록 도움을 주는 곳이기도 하다. 많은 사람들이 사막 체험을 하고 난 뒤, 출세욕과 자만심과 눈먼 욕망을 버리고 이전보다 다정다감하고 이해심 가득한 사람이 되는 건 단지 우연일까?

존 신부와 시간 약속을 하고 내 방에서 그와 대화하기 시작했을 때, 그는 나에게 일장 연설을 했다.

"사막에서는 자기와의 대면이 시작됩니다. 그것이 무슨 세뇌 훈련인 것은 아닙니다. 자기와의 대면은 고통스러운 과정이며, 그것이 없으면 치유가 되지 않습니다. 또한 사막은 거리 두기를 의미합니다. 익숙한 환경, 고착 상태에 빠진 인간관계, 구태의연한 생활 습관, 거의 일상이 되어버린 스트레스, 그리고 자극과 유혹들을 떨치고 나오는 것입니다. 이것은 공허한 지껄임만 있는 파티 문화와 소음을 떠나는 것이기도 합니다. 동시에 자기 자신으로부터 벗어나는 것을 의미합니다. 수도자들의 아버지로 추앙받는 사람 가운데 바실리오(330?-379 아버지가 사망하자 재산을 팔아 가난한 이들에게 나누어준 다음 이리스 강변 안시에 은수자로 정착한다. 불과 5년 동안만 공동체 생활을 했으나 정교회 수도 생활에 깊은 흔적을 남겨 주요한 원리로 자리 잡게 됨으로써 동방 수도 생활의 아버지로 높이 평가받는다. 병자와 가난한 사람을 구하는 데 매우 적극적이었고 요양원을 짓고 대대적인 진료 사업을 펼쳤으며 설교가로도 명성을 얻었다)라는 분이 있는데, 그분도 자기의 '껍데기를 벗고' 나오는 것의 중요성을 말씀하셨습니다. 하지만 사막은 우리를 야멸치게 몰아붙이기도 합니다. 우리를 잡아 흔들며 호된 모욕을 주기도 합니다."

수도자들의 아버지라 불리는 사람들, 즉 성 베네딕토를 비롯한 몇몇 위대한 영혼들이 사막의 체험에 대해 이야기하면서 은거와 정화의 시간에 악한 세력들과 악마적인 유혹, 인정사정없는 귀신들이 말 그대로 끊임없이 공격을 퍼부었다고 한 것은 단순한 판타지가 아니다.

존 신부가 말했다.

"누구나 그것을 생생하게 체험할 수 있습니다. 우리가 일상적으로 먹고 마시는 것을 아주 조금만 절제해도 자신이 얼마나 거기에 의존하고 있는지 쉽게 느낄 수 있습니다. 보통 우리는 아무런 저항 없이 그런 습관에 매달려 있지요. 사막의 교부들은 이런 기초적인 반란을 경험합니다. 안토니오 교부는 이것을 '막강한 생각의 폭풍'이라고 표현했습니다. 우리의 생명을 위협하고 끊임없이 병들게 하는 어두운 생각의 힘이라는 겁니다. 이것은 우리의 균형

감각을 무너뜨리는 사악한 힘입니다. 비디오 게임에서 행복으로 가는 길을 가로막는 작은 몬스터를 이겨야 하는 것과 마찬가지로 우리는 이런 유혹을 이겨내야 합니다. 물론 이것은 인간이 처해 있는 상황의 일부분입니다. 금에서 쇠 찌꺼기를 분리해내기 위해서는 제련소의 뜨거운 불이 꼭 필요한 것처럼 악 중에도 필요악이 있습니다."

얼마 전 나는 바이에른의 어느 수도원에서 애너라는 이름의 스코틀랜드 여성을 만나게 되었다. 그녀는 이십 년 동안 사막의 길을 걸어온 여인이었다. 자신이 걷는 길이 바로 그 길이라는 사실도 모른 채 이십 년을 걸어왔던 것이다. 그리고 마침내 은둔자로서의 삶을 서원하기로 결심한다. 처음 시작은 스코틀랜드의 플러스카르덴이라는 수도원에서였다. 그녀가 처음 그곳에 갔을 때 수도원은 폐허나 다름없었다. 시간이 좀 흐른 뒤에야 수도자들은 무너진 건물을 다시 세우기 시작했다.

"우리는 영하 27도의 추위를 견뎌야 했지요. 성당에는 천장이 없었고 눈이 내렸지만 나는 매일 수도자들과 기도할 수 있었습니다. 눈 내리는 깊은 산속에서 크게 외로웠던 적은 없습니다. 그건 아주 좋은 경험이었지요. 그 경험이 내 존재의 깊은 곳을 건드렸고 나는 항상 그때를 떠올리지 않을 수 없습니다."

그녀는 뭔가를 찾고 있었고 그것이 동기가 되어 아프리카의 수많은 선교 센터에서 활동하게 되었다. 남아프리카에서 인종차별주의가 한창일 때 그녀는 케이프 주의 수도 카프스타트에서 프란치스코 수도회, 도미니코 수도회, 레뎀토리스트회(1732년에 창립된 수도회로, '지극히 성스런 구세주 수도회'라고도 불린다), 보혈선교 수녀회 (시토회 중에서도 특별히 엄격성을 강조한 트라피스트회의 프란치스코 판너가 아 프리카 선교를 위해 남아프리카 공화국 마리안힐에 세운 선교 수도원)와 연합 회를 형성해 함께 일했다. 나중에는 예수회 회원들의 고된 건축 사업을 지원하기도 했고 런던에서는 아예 어느 수녀원에 가입하 기도 했다.

"저는 그때 스물여섯 명의 여자들과 한집에서 지냈습니다. 원 칙적으로 수녀들은 침묵을 지켜야 했지요."

이 말을 하면서 애너는 웃음을 터뜨렸다.

"생각해보세요. 스물여섯 명의 여자들이 침묵 속에서 함께 지 낸다는 것은 정말 불가능한 일이에요."

애너는 현재 마흔여덟 살이고 산부인과와 외과 전문의이다. 또 한 현재 유럽에만 수백, 아니 어쩌면 수천 명에 이르는 새로운 형 태의 은둔자 가운데 한 사람이기도 하다. 때때로 그녀는 일상에서 물러나 깊은 산속의 움막이라든지 대도시에 있는 알려지지 않은 주거지에서 '고독의 시간'을 보내곤 한다. 우리가 만나서 이야기 를 나누었을 때 그녀는 소박한 무명 스커트에 블라우스, 그리고 연두색 조끼를 입고 있었다. 맨발에 샌들을 신은 그녀는 놀라울 정도로 솔직하고 순수했으며, 허영심이나 자만심의 흔적은 전혀 찾아볼 수 없었다.

나는 그녀에게 그 오랜 시간 동안 무엇을 찾아다녔느냐고 물어 보았다. 그녀가 말했다.

"하느님이죠. 바로 하느님."

그러면서 그건 뭐라 설명하기가 어렵다고 했다.

"성경이나 그 밖의 다른 책들을 읽어보면 고독에 관한 말이 많이 나옵니다. 어떤 때는 모든 사람이 하나같이 고독을 경험하는 것은 정말 중요하다고 말합니다. 그러려면 철저한 집중력이 필요합니다. 그렇게 집중할 수 있는 경지에 오르면 어느 순간 고독을 훈련해야 하는 때가 옵니다."

내가 물었다.

"은둔 생활을 할 때는 내내 뭘 하고 지내십니까?"

그녀가 말했다.

"기도합니다. 나는 이십 년 전부터 시간에 맞춰 기도를 드려왔습니다."

잠시 그녀는 깊은 생각에 잠기는가 싶더니, 다른 언어를 쓰고 있어서 전혀 이해할 수 없을 것 같은 사람을 앞에 두고 얘기하듯 한마디 던졌다.

"하느님과의 우정, 그건 정말 환상적이죠."

자기만의 사막, 자기만의 내적 투쟁은 그 누구도 빼앗을 수 없는 영역이다. 사막은 경험이다. 내가 계획하고 계산했던 모든 것, 나 자신만 생각하던 삶이 덧없이 허물어지는 경험. 사막은 시간이다. 본질적인 것에 마음을 모으는 시간. 사막은 우리를 오락 문화로부터 해방시킬 뿐만 아니라 지금까지 우리의 내면을 내리누르고 있던 짐으로부터 자유롭게 한다. 사막에서는 물음이 일어나고 답이 뒤따른다. 그 답이란 하느님은 침묵 속에, 바람의 세밀한 속삭임 속에 존재한다는 것이다. 그 옛날의 예언자들도 바로 이것을 들었다. 다른 어떤 곳에서도 들을 수 없었던 '침묵의 소리'를.

사막은 우리에게 기회를 제공한다. 모래 위에 새로운 발자국을 남길 수 있는 기회를.

존 신부가 말했다.

"이곳에서 우리는 드디어 우리 자신에게 귀를 기울이게 됩니다. 하지만 동시에 다른 목소리와 영감에도 귀가 열리게 되지요. 바로 여기서 새로운 아이디어와 창조적 사고의 실마리가 작동합니다. 그뿐만이 아닙니다. 이 고독의 공간에서 당신은 돌연 삶의 문제에 대한 확실한 대답을 듣게 됩니다!"

아마 글자 그대로 사막에서 샤를르 드 푸코(1858-1916 사제 서품을 받은 후, 당시 세상에서 가장 버림받은 사람들이 살고 있던 사하라 사막으로 들어가 원주민들과 더불어 살면서 사랑을 실천했다. 아무런 지원도 받지 않은 채 끊임없이 사막을 홀로 걸어다니며 복음을 전파했고, 극도의 가난함과 비천함을 추구했으며, 가장 경멸받는 이들에게 사랑과 헌신을 베풀어 수많은 사람들의 영혼을 일깨웠다. '예수와 똑같이' 살고자 했던 그의 유지를 받들어 예수의 작은 자매들의 우애회와 예수의 작은 형제회가 설립되었다)의 작은 형제들과 새로운 삶을 시작한 이탈리아인 카를로 카레토(1910-1988 이탈리아 가톨릭 운동의 기수로 이름난 인물. 특히 젊은이들에게 많은 호응을 받으면서 교수 생활을 하던 중 돌연 사하라 사막으로 잠적해 사회를 놀라게 했다. 그는 사하라 사막에 은둔하며 샤를르 드 푸코의 예수의 작은 형제회의 한 사람이 되어 그리스도의 복음을 살고자 했다)도 이것을 체험했으리라. 카레토가 요한 23세를 알현했을 때 교황은 그에게 물었다.

"그대 자신이 수도원에 들어가리라고 생각해본 일이 있소?"

카를로 형제가 대답했다.

"아닙니다."

그러자 교황은 카를로가 앉아 있던 의자로 자꾸만 몸을 기울이면서 당신 자신에게 말하듯 이야기했다.

"나도 아니오. 나도 내가 교황이 될 줄은 생각지도 못했소."

한참 후 교황은 또 이렇게 덧붙였다.

"아니, 아니지. 바로 그거였어. 우리 인간은 전혀 생각지도 않았던 자리에 자기가 있는 걸 갑자기 깨닫게 된다오."

수도자의 학교에서 가장 중요한 합성어 가운데 하나가 성 베네딕토의 스타빌리타스, 즉 정주 서약('스타빌리타스'는 일반적으로 '굳게 서 있음', '확고함', '지속성' 등의 의미를 지니고 있으며, '서 있다'라는 뜻의 동사 stare, '확고하고 단호함'을 뜻하는 형용사 stabilis의 합성어이다. 우리나라의 베네딕토 수도회에서는 스타빌리타스를 '정주'로 번역하고 있다)이다. 정주는 원래 어느 한 장소에 머물러 있음을 의미한다. 구체적으로 말하면 수도자가 자기가 들어간 수도원에 끝까지 남아 있는 것을 뜻한다. 정주는 수도자로서 자신에게 주어진 의무와 구속을 받아들이고 그것을 지키며, 공동생활에 수반되는 과제를 충실하게 이행하라는 요청이다. 그러나 정주는 시간과도 관계가 있다. 요컨대 멈춰섬, 정지, 고요함에 다다르는 것이다. 그럼으로써 마침내 시간을 얻게 된다.

정주의 계명은 원래 유럽에 살던 민족들이 처음으로 대규모 이동에 돌입한 시기에 그 무질서한 이주의 흐름에 맞서 '멈춤'을 촉구하는 말이었다. 오늘을 살아가는 이들에게도 경탄을 자아냄과 동시에 매우 교훈적이다. 정주는 21세기 우리 시대의 상황에 대한 수도자들의 실질적인 대답인 것이다. 또한 이것은 우리 시대에 가장 큰 도전이 될 만한 요구, 즉 '감속 명령'으로 해석될 수 있다.

쾌속 질주하는 모든 일의 진행 속도, 누구도 제지할 수 없는 과학기술이라는 마술 빗자루, 나아가 빠른 기동력을 향한 열광적인 분위기는 앞서 제레미 리프킨이 언급한 인간 존재의 불안을 더욱 강화시키고 있다. 우리는 아직도 말이 끄는 짐마차를 고집하고 있는 미국의 아미시(보수적인 프로테스탄트 교파로 주로 미국의 펜실베이니아 주 등에 집단적으로 살고 있다. 새로운 문명을 완강히 거부하며, 일상생활에서 18세기의 검은 모자나 검은 양복을 상용하고 마차를 사용하고, 예배당도 없이 신자 개인 집에서 예배를 드린다) 사람들에게 감사해야 한다. 적어도 그들이 최고 속력으로 질주하고 있는 우리들에게 이것이 유일한 방법이 아니며, 게다가 건강한 방법은 더더욱 아니라는 것을 상기시켜주기 때문이다.

점점 극단으로 치닫는 빠른 기동력의 시대를 맞아 크고 작은 자동차들의 행렬이 도로로 쏟아져 나오는 것을 이제 누구도 통제할 수 없게 되었다. 대규모 관광 행렬이 전 세계를 휩쓸고 다니고 있다. 결국 어디선가 도살할 동물들을 싣고 유럽의 이곳저곳 수천 킬로미터를 돌아다니는 괴상망측한 현상이 벌어지고 있는 것이다. 인류의 기술적 진보가 앞으로도 자기만족적이고 무절제한 질주를 계속하지 못하게끔 하려면 문명이 움직이는 속도를 늦추는 것이 필수적이다. 특히 이 문명이 치유보다는 파괴를 일으키는 곳에서 그런 노력이 더욱 필요하다.

수도자들과 함께 있으면, 우리 삶의 속도를 다시 제 궤도로 돌려놓기 위해서 정주의 요소를 갖추는 것이 얼마나 중요한지를 금방 배우게 된다. 여기서 정주는 질서를 잡아주는 힘, 방향의 제시, 분명한 규칙이다. 특히 이것은 우리 사회의 가공할 원심력에 대항할 수 있는 확실한 정지 신호판이다. 어쩌면 수도원은 광적으로 치솟던 속도를 제어하는 속도 조절 구간으로서, 가속이라는 이름의 '죄'에 맞서 싸워 생명을 온전히 보호하는 역할을 하고 있는지도 모른다.

몬테카시노 수도원의 모든 것은 정주의 신비한 매력을 생생하게 표현한다. 수도원의 생활 방식 곳곳에 배어 있는 고요함과 오랜 산화작용으로 인해 푸른색을 띠는 거죽을 두른 사물들은 멈춤과 보존의 신호판이 되어 달려감과 소비에 맞서고 있다. 수도자들의 아버지 베네딕토가 지금 여기에 살고 있다면 정주의 규칙을 새로이 활성화함으로써 다음과 같은 목적을 이루려 할 것이다.

이미 입증된 바와 같이 우리의 몸과 마음을 망가뜨리고 있는 조급증과 분주함에 감속으로 대응한다.

인간의 삶을 해체의 과정으로 유인하는 무절제를 극복한다.

의무를 소홀히 하는 것은 인간관계에 지속적인 손상을 입히므로 이에 따른 책임 회피를 사전에 예방한다.

무엇인가를 찾아다니는 것 같지만 결국에는 항상 무엇인가에 쫓겨 다니는 존재로 전락하게 되는 것을 막기 위해 불필요하게 여기저기 돌아다니는 것을 삼간다.

과도한 흥분과 신경과민을 피하고 자신을 차분히 돌아본다. 이로써 삶의 문제에 대한 해답을 찾는다. 스쳐 지나가기만 하는 삶에서는 아무것도 얻는 것이 없으므로.

새로운 집중력을 키워 우리의 과제를 흐트러짐 없이 마무리하고 노력의 열매를 수확할 수 있도록 한다.

길 떠남의 새로운 형태를 발견한다. 겉만 훑고 지나가는 여행은 무의미하다. 여행에는 좀 더 심층적이고 내적인 차원이 있다. 이런 차원을 의식하지 못하고 이곳저곳으로 이색적인 관광지를 찾아다니는 등 나중에 친구들에게 토털 서비스가 어쩌고 하면서 떠벌리는 데나 필요한 패키지여행에서는 아무것도 얻는 것이 없다. 사람이 온 세상을 얻어도 저 자신을 잃는다면 무슨 소용이 있겠는가?

존 신부가 나에게 말했다.

"정주, 곧 확고부동은 현대인에게 가장 기대하기 어려운 덕목에 속합니다. 어떤 사람은 그것을 감옥 같다고 느낄 겁니다. 자유롭고 유연한 삶이 구속당하고 갇혀 있다는 느낌에 사로잡히는 것이지요. 그들은 일체의 의무나 구속을 받아들이지도 않고 지키지도 않습니다. 그러나 우리 수도자들에게는 정반대지요. 철저하고 무조건적인 매임이야말로 수도 생활의 위대함입니다. 바로 이것을 통해서 우리의 삶은 특유의 내적인 힘을 확보하니까요."

그가 이어서 말했다.

"이제, 지금부터 내가 들려줄 정주의 슬로건을 당신이 다른 사람들에게 어떻게 전파할 수 있을지 잘 생각해보시기 바랍니다."

네가 너 자신으로부터 도망쳐 달아나고 싶을 때, 가만히 머물라.

네가 이 학교를 그만두고 싶을 때, 가만히 머물라.

네가 네 사랑하는 이에게 싫증이 났을 때, 가만히 머물라.

네 가족이 너의 신경을 건드릴 때, 가만히 머물라.

네가 하는 일을 내팽개치고 싶을 때, 가만히 머물라.

네가 삶에 지쳤을 때, 가만히 머물라.

네 아이를 누군가에게 주어버리고 싶을 때, 가만히 머물라.

네가 죽을 정도로 아플 때, 가만히 머물라.

네가 더 이상 기다리고 싶지 않아도, 가만히 머물라.

네 인내심이 바닥난 것 같아도, 가만히 머물라.

네가 모든 걸 포기하고 싶을 때도, 가만히 머물러 있으라.

나는 이런 걸 통해서 시간을 얻는 일이 궁극적으로 가능하느냐고 물었다. 존 신부는 어깨를 으쓱하더니 팔을 뒤로 쭉 폈다.

"시간요? 시간이야 어디에나 널려 있지요. 그냥 가져다 쓰면 됩니다."

존 신부는 말이 끝나기가 무섭게 사라지고 없었다. 수도원에도 이따금씩 시간 문제가 있는 걸까.

4 고요히 흐르는 강물이
거대한 화물선을 나른다

고요함과 침묵은 신에게로 들어가는 문이며, 일체의 소음 너머에서
인간 영혼과 신의 만남이 이루어지는 공간이다. 고요함에 이르지 못하는 것은
이미 우리 안에서 진행되고 있는 위험한 상태, 즉 우리의 몸과 영혼이
매우 불안한 상태에 있음을 나타낸다.

내가 만약 의사라면, 그래서 사람들이 내게 와서

당신은 어떤 처방을 하겠느냐고 묻는다면

나는 이렇게 대답할 것이다. 침묵하시오!

＿쇠렌 키르케고르

이 세상은 신기한 것들로 가득하다. 어떤 사람들은 고속도로 갓길에서 휴가를 보내고, 또 어떤 이들은 아주 이상한 클럽에서 시간을 죽이는데 클럽 이름이 '권총'이다. 사방 각지에서 온 사람들이 대도시의 공원을 떼 지어 몰려다니고 기상천외한 악기 소리, 고막을 찢을 듯한 음악 소리가 일대를 뒤덮는다. 내가 사는 곳 근처에 있는 학교에서는 12월이면 축제를 연다. 그날의 소음은 한밤중에 먼 곳에 있는 콘크리트 벽까지 뚫고 들어올 정도이다. 물론 아이들은 그 축제에 열광적으로 참여한다. 이웃들은 그것을 소음이라 주장하고, 학교 당국은 '성탄절 축제'가 원래 이런 거 아니냐며 맞선다.

우리가 사는 세상이 그사이 얼마나 소란스러워졌는지 존 신부는 아마 상상할 수 없을 것이다. 최근 우리 동네에는 몇 킬로미터에 이르는 철제 방음벽이 설치되었다. 도무지 자기 한계를 모르는 적에 대항한 보호벽이다. 우리는 이렇게 댐처럼 생긴 벽으로 집을 에워싸고 귀마개를 꽂고 나서야 밤에 잠을 잘 수 있다. 이따금씩 집에서 나와, 방해받지 않고 하고 싶은 일이 있어 찾아간 곳에서도 기다렸다는 듯이 사람들이 몰려와서 고성능 전기드릴을 대고 힘찬 작업에 들어간다. 나이가 들어 은퇴한 뒤에도 정정하기만 한 이웃 할아버지들은 전기톱으로 부지런히 나무를 토막 낸다. 옆집 애들은 얼마 전에 멀리 사는 친척한테 선물로 받은 오디오의 성능을 시험이라도 하듯이 광란의 음악을 틀어놓는다. 좁은 도로에도 아스팔트 공사가 한창이고 바로 그 옆으로는 굴삭기가 나타나 아무 건물도 들어서지 않은 조각 땅에 드디어 뭔가를 세우는 작업을 진행한다.

이건 농담이 아니다. 내가 이 글을 쓰고 있는 지금 이 순간에도 밖에서는 전화선을 묻기 위해 땅속 깊이 굴을 파고 있으며, 안마당 쪽에서는 집을 보수하고 채광창을 교체하는 작업이 시작되었다. 건물 관리인은 지금이야말로 포장도로를 청소하기에 안성맞춤이라고 생각했는지, 역시 소음이 만만치 않은 고압 청소기를 들고 나와 일에 착수했다.

사람들은 어떻게든 이런 상황을 감수하면서 그럭저럭 살아간다. 하지만 현대사회로의 총체적인 이행 과정에서 우리 삶의 모든 영역으로 파고드는, 뭐라 설명할 수 없는 소음의 증가는 정말이지 설명하기가 어려울 정도이다. 도대체 소음의 진원지가 어딘지 좀처럼 알아낼 수가 없다. 어쨌든 그 소음들은 어지간히 예민한 사람의 뇌는 갈기갈기 찢어놓을 수 있을 정도의 높은 주파수로 울려대고 있다. 윙윙대고 왕왕대는 소리가 우리의 작은 세상에 침입한 이후로 나는 초원 위의 잔디가 비명을 지르는 꿈, 고통의 비명이 들려야 성장하는 곡식들에 관한 꿈을 꾸곤 한다. 최악의 악몽 속에서는 아예 돌들도 신음 소리를 낸다. 숲은 기관총 일제 사격과 같은 난폭한 소리를 내고 시냇물은 거대한 대포의 폭발음을 토한다. 정말 어처구니없는 광경이다. 이것이 그저 허무맹랑한 백일몽인 게 얼마나 다행스러운 일인가. 자연은 그래도 자비롭다. 아직까지는!

우리의 세상을 이토록 소란스럽게 만드는 것은 자동차 엔진의 소음만이 아니다. 그에 못지않게 날마다 떠들어대는 요란하고 시끄러운 광고 문구나 그림, 대형 상점의 할인판매 안내 등이 곳곳에 널려 있다. 여기에 빼놓을 수 없는 것이 이른바 적극적인 여가 활동, 곧 최대한 즐기는 휴가다. 그러나 그런 휴가에는 불안감이 늘 따라다닌다. 이제 '쉬는 사람은 녹이 슨다.'는 슬로건은 더 이상 인간의 지혜가 아니라 우둔함이 되었다. 대부분의 사람들이 이 시대의 속도를 따라가지 못하게끔 되어 있는 것과 마찬가지로 대다수 사람들의 귀는 생물학적으로만 봐도 이 시대의 소음 총공세를 견뎌낼 수 없다. 아마 눈치챈 사람은 거의 없겠지만, 선거공약으로 등장하는 '안정'이라는 단어에는 '고요함'이라는 뜻이 숨어 있다.

참으로 놀라운 것은, 소음을 혐오하고 경고하는 사람들이 구제 불능의 구세대로, 고리타분한 사람으로 간주되기에 이르렀다는 사실이다. 반면 소음을 일으키고 소음 있는 곳을 찾아다니는 사람들은 경박스럽고 무분별한 사람이 아니라, 삶이 뭔지 좀 아는 현대인으로 여겨진다.

수도원은 거대한 침묵이 지배한다. 물론 이 말에는 긍정적인 의
미가 담겨 있다. 수도원 구석구석에는 기분 좋은 정적의 분위기를
자아내기 위해 의도적으로 조성된 장소들이 있다. 신참 수도자들
은 복도에서 뛰지 말고 말하지도 말라는 권고를 받는다. 식사를
하러 갈 때도 성급함 없이 고요히 움직인다. 침묵 속에서 자기 음
식을 받아 먹는다. 일과의 마지막에 해당하는 저녁기도가 끝나면
서 시작되는 한밤의 침묵은 신성불가침이다. 밤은 그저 밤이다.
이 세상에서 한밤의 정적이라는 개념이 이렇게 절대적인 위치를
차지하는 곳은 그 어디에도 없을 것이다. 예부터 베네딕토 수도회
의 표어였던 세 글자 'PAX' 즉 평화처럼, 수도원의 밤은 말 그대
로 평화의 시간이다.

거의 같은 시대에 살면서 전혀 다른 수도회를 창건한 두 사람,
프란치스코(1182?-1226 부유한 포목 상인의 아들로 태어난 그는 젊은 시절 부
와 쾌락과 명성을 누리며 무절제한 생활을 하였으나 돌연 영적 변화를 맞아 모든
세속의 생활을 청산하고 새로운 삶을 시작한다. "아무것도 소유하지 말라."는 복
음 말씀을 따라 허름한 농부의 옷을 입고 극도로 가난한 삶을 실천했으며, 주변에
뜻을 같이하는 친구들이 모여들면서 '작은 형제회', 즉 '프란치스코회'를 창설하
기에 이르렀다. 그의 기도 생활과 선교 활동은 풍성한 열매를 맺어 많은 사람들이
감화되었고, 특히 모든 자연과의 교감은 하느님이 창조하신 피조물에 대한 성인의
놀라운 보편적 형제애를 보여준다)와 도미니코(1170-1221 로마 가톨릭 수도
자이자 도미니코회 창설자이다. 사제 서품을 받은 그는 북유럽을 여행하던 중 이

원론과 영지주의에 바탕을 둔 알비파의 이단 사상을 처음 접하게 되면서 그 신도들을 다시 교회와 화해시키는 일을 평생의 소임으로 삼고 이 목적을 위해 설교 수도회를 설립하였다)는 평생 딱 한 번 만난 적이 있다. 포옹을 나눈 뒤 함께 있는 시간 내내 두 사람은 한 마디도 하지 않았다고 한다. 전설에 따르면, 두 사람이 헤어질 즈음이 되었을 때 비로소 어느 한 사람이 다른 사람에게 자신의 생애를 이야기했다.

아마 존 신부도 바로 이 이야기를 떠올렸으리라. 그가 말했다.

"침묵의 풍요로움을 깨닫는다는 말은 때때로 허무맹랑한 거짓말처럼 느껴지고, 심지어 공허하게 들릴 수도 있습니다. 침묵 속에서 어떤 음성을 듣는 것은 일반적으로 정신이 이상한 사람들에게나 가능한 일입니다. 하지만 침묵을 찬양하는 것은 먼 옛날부터 수행의 한 부분이었습니다. 베네딕토 성인에게도 고요함은 다른 무엇과 비길 수 없는 것이었습니다."

수도자들이 입는 두건 달린 겉옷은 내적인 고요의 상징으로 머리를 덮게 하자는 뜻에서 고안된 것이다. 카르투지오회(11세기 말에 형성된 수도회로 수도자들은 엄격한 은둔 생활을 추구했으며, 숙소는 아주 작은 독방이었고, 각각의 주거 공간마다 작업장과 담으로 둘러싸인 정원이 있었다. 이 교단의 수도자들은 오직 노동하고 기도하는 것으로 삶을 채워나갔으며 그들이 독방을 떠날 수 있는 때는 기도회와 같은 극히 한정된 시간들로 수도원의 규칙에 정확히 명시되어 있었다)의 수도자들은 침묵의 의지가 하도 강해서 죽은 동료 수도자를 시성(교회가 훌륭한 그리스도인에게 성인의 칭호를 부여해 전 세계로 하여금 그를 공경할 수 있도록 하는 선언) 명단에 올리기 위한 절차에 그리 열을 올리지 않는다. 그들은 궁극적으로 침묵과 사랑만이 깨달음과 공동생활의 바른길이라고 믿는다.

수도자들은 인간이 가지고 있는 다양한 능력을 두루 꽃피우기 위해서는 고요한 분위기가 필수적이라고 생각한다. 반대로 소음은 인간의 영적, 정신적 근본 구조에 변화를 일으켜 신경질적인 행위를 낳게 한다. 이는 단순히 소리의 크기에 관련된 문제가 아니다. 실제로 '고요함에 이르지 못하는 것'은 이미 우리 안에서 진행되고 있는 위험한 상태, 즉 우리의 몸과 영혼이 매우 불안한 상태에 있음을 나타낸다.

신체의 질병이 문제를 가리켜 보이기도 한다. 예컨대 위가 예민하거나 심장박동이 불안정하다는 것은 뭔가 좋지 않은 상태를 의미한다. 심장이 불안하다는 것은 벌써 도움이 필요한 상태가 되었다는 신호다. 고요함을 찾지 못하는 사람은 대개 무엇인가에 들떠 있고 분주하고 목표 없이 방황하며 든든한 구석도 힘도 없다. 그리고 이런 사람은 다른 사람에게도 자기 자신에게도 견디기 힘든 존재로 전락하고 만다. 언젠가 엘데르 카마라 주교(1909-1999 브라질 빈민의 대부이자 중남미 해방신학 운동의 선구자이다. 브라질 군사독재 시절 인권 운동을 주도하여 세계적 명성을 얻었으며, 기독교 복음 운동의 사회적 참여를 정당화한 해방신학 이론 작업에 참여해 반대자들로부터 '붉은 주교'라 불렸다. 교외 빈곤층 지역에서 검소하게 살았으며, 그곳에서 미사를 집전하는 등 가난한 사람들의 사제로서 평생을 보냈다)도 이렇게 권고한 바 있다.

"최소한 밤에는 당신의 마음을 고요히 가라앉히라. 최소한 밤에는 달음질을 멈추고 당신을 미친 사람처럼 만드는 온갖 욕망을 잠잠히 가라앉히라."

수도자들은 수도원 안에 멈춤과 침묵의 치유 능력을 극대화하고 왜곡된 것을 바로잡을 수 있는 공간을 만든다. 언젠가 존 신부가 말했다.

"사람들이 자꾸만 급하게 서두르면서 무슨 일을 하면 결국에는 맑은 시각을 잃고 스스로 장애물이 되고 맙니다. 고요히 대지를 흐르는 강물을 보세요. 저런 강물이 크고 무거운 화물선을 나를 수 있습니다. 반대로 휘몰아치는 급류와 억수같이 쏟아지는 비는 논밭과 초원을 황폐화시키지요."

고요함은 새로운 인지 능력을 자극해 우리의 감각을 활짝 꽃피우게 해준다. 자기 자신 및 주위 환경과 실존적으로 만나면 중요한 기준점과 새로운 힘의 원천이 발견된다. 테제(테제 마을 또는 테제 공동체. 1940년 로제 슈츠 마르소슈가 프랑스 테제 지역에 창설한 교회 일치 국제 수도회로, 그리스도교의 화해와 일치를 통한 인류 평화 증진을 목적으로 한다)의 수도자들이 미사 때마다 시행하는 '고요함의 시간'에 나는 어느 여자 신도가 갑자기 울음을 터뜨리는 걸 보았다. 좀 전까지만 해도 부드러운 의자에 팔짱을 끼고 앉아 있던 여자였다. 처음에는 아주 조심스럽고 나지막하게, 그러나 조금 뒤에는 눈물샘이 터져버리기라도 한 듯 하염없이 눈물을 쏟아내기 시작했다. 고요함이 그녀의 영혼을 두드렸고 그녀는 쉬지 않고 눈물을 흘렸다. 어쩌면 그 눈물은 그녀가 이전에 벗어버리지 못했던 수많은 문제의 급류가 분출된 것이리라.

사실 사람들이 너무나 쉽게 무시하는 침묵의 빈 공간에서는 많은 일이 일어난다. 무수한 사건으로 가득 차 있는 것 같은 곳보다 더 많은 일이 일어난다. 더러 질병 때문에 우리는 어쩔 수 없이 일상의 고속도로를 벗어나 한적한 휴게소를 찾기도 한다. 그러나 '시간 밖으로'는 우리도 모르는 사이에 '시간 안으로'가 된다. 참 이상하다. 하지만 가던 길을 멈추고 고요함 속에 머무는 이 시간, 이러다가 시간과 돈을 한꺼번에 잃지 않을까 두려워했던 이 시간의 텅 빈 공간에서 시간은 다시금 풍요로워진다.

존 신부는 열정적으로 주장했다.

"전적으로 자기 자신과 대면하는 데 적합한 시간을 정하십시오. 소일거리로 하는 독서 말고 마음을 가다듬는 데 도움을 주는 독서를 하십시오. 이리저리 돌아다니거나 신문 읽는 일은 그만두어야 합니다. 이것이 첫 번째 단계입니다. 그러면 당신은 곧 고요함에 이르기 위해서 반드시 필요한 시간을 마련할 수 있게 될 것입니다. 고요함은 대단히 중요합니다. 어떻게 그런 고요함을 느낄 수 있냐고요? 아주 간단합니다. 쇠렌 키르케고르(1813-1855 덴마크의 철학자. 어릴 때부터 엄격한 그리스도교적 수련을 받고 청년 시절 신학과 철학을 연구한 그는 대중의 비자주성과 위선적 신앙을 엄하게 비판했으며, 다른 한편으로는 절망의 구렁텅이에서 단독자로서의 신을 탐구하는 종교적 실존의 존재 방식을 〈죽음에 이르는 병〉 등의 저작을 통해 추구했다. 하이데거, 야스퍼스 등 신학자와 실존주의자들에게 커다란 영향을 주었으며, 오늘날 그리스도교 사상과 실존 사상의 선구자로 널리 알려져 있다)가 이런 말을 했습니다. '오늘 이 세계와 모든 삶은 병에 걸려 있는 상태다. 만일 내가 의사라면, 그래서 사람들이 내게 와서 당신이라면 어떤 처방을 하겠느냐고 묻는다면, 나는 이렇게 대답할 것이다. 침묵하시오!' 하지만 침묵에 대해 이야기하기에 앞서 먼저 말에 대해서 이야기하도록 합시다."

존 신부는 베네딕토 성인이 정말 싫어했던 것은 말을 많이 하는 것이라고 했다. 그것을 좋아하는 교부는 하나도 없을 것이다. 베네딕토 성인은 "지혜로운 사람은 그의 적은 말수로 알아본다. 침묵을 위해 때때로 좋은 대화도 포기할 수 있어야 한다."고 가르쳤다. 사람은 필요 이상의 말과 작별하는 것을 배운 다음에야 성숙해질 수 있기 때문이다.

존 신부는 텔레비전이 없는 수도원에 살고 있어서, 오늘날 텔레비전의 모든 채널에서 역사상 그 유례를 찾아볼 수 없는 잡담 문화가 얼마나 성행하고 있는지 알지 못할 것이다. 우리의 밤은 낮이 되고 끝없는 지껄임은 역겨울 정도의 수준이 되었다. 어리석은 수다에 불과한 내용을 퍼뜨리는 인쇄물을 만들기 위해서 하루에도 엄청나게 많은 수의 나무들이 쓰러지고 있다. 프랑스의 저술가 마네스 슈페르버(1905-1984 소설가이자 심리학자. 베를린에서 공산당에 가입해 활동했으나 히틀러가 집권한 뒤 감옥에 갇혔으며, 후에 프랑스로 건너가 군대에 지원하였고, 가족들과 함께 스위스로 망명했다가 전쟁이 끝난 뒤 다시 프랑스로 돌아와 작가로서 활동했다. 3부작 소설 〈바다의 눈물처럼〉을 남겼다)는 "우리 시대는 역사상 가장 수다스러운 시대이다."라고 말했다. 이 시대는 '끊임없이 쉬지 않고' 말을 하고는 있지만 정작 참다운 말은 하지 못하고 있다는 것이다.

수도원을 방문한 사람은 금방 자기 자신의 수다스러움을 눈치채게 된다. 곧이어 그는 빈정대는 말, 냉소적이고 피상적인 어투가 얼마나 쉽게 오해와 고통을 초래하는지 자각하게 된다. 사람들은 아무 생각 없이 말을 내뱉다가 자기 스스로 이미지를 구기기 일쑤다. 이는 어쩌면 오히려 적은 말이 큰 울림을 자아내기 때문일 수도 있다. 말의 인플레이션이 지나간 뒤에는 그 적은 말이 본래의 가치를 되찾는다. 이것은 일종의 언어화폐 개혁이다.

존 신부가 계속해서 말했다.

"말은 아주 독특한 성격을 지니고 있습니다. 어떤 사람을 알기 위해서는 그 사람의 말을 잘 들어보면 됩니다. 사람은 말을 통해서 자신의 성격과 정신 상태를 내보이게 마련입니다. 어느 누구도 '나는 말만 그렇게 해.' 하고 얘기해서는 안 됩니다. 한 사람의 말은 그의 행동과 마찬가지로 영혼의 내적인 특성을 드러내고, 이따금씩 불행한 정신 상태를 나타내기도 합니다. 성 프란치스코 살레시오(1567-1622 제네바 호수의 남쪽 살레시오 성에서 태어났다. 사제로 서품된 뒤 가톨릭교회의 재건을 위해 열심히 일했다. 교황 비오 11세는 그를 작가와 저널리스트의 수호성인으로 승격시켰다)가 이미 지적한 것처럼 어떤 사람은 특이한 옷차림으로 남의 눈에 띄려고 하고 어떤 사람은 독창적인 언어로 똑같은 효과를 노립니다. 어떤 사람은 뻔뻔하고 오만불손하며, 자기 자신에 대한 감탄과 이웃에 대한 경멸로 가득 차 있습니다."

어떤 이는 다른 사람이 불이익을 당했을 때 이상하게 기분이 좋아진다고 이야기한다. 또 어떤 이는 맹목적인 열정에 사로잡힌 나머지 자기에게 유리한 것은 선한 것으로, 자기가 견디기 힘든 건 악한 것으로 간주해버린다. 다른 사람이 말하는 것을 허용할 줄 모르는 수다쟁이와 떠버리는 어쩔 수 없이 자기 집착과 허풍에 빠지고 만다.

존 신부가 말했다.

"사람들이 말을 많이 하는 것은 자기 안에 있는 공허함을 참기 힘들기 때문입니다. 그러나 그럴 때는 차라리 침묵하는 편이 훨씬 나을 겁니다. 일단 자기 입에서 나온 말은 어떻게든 통제할 수 없으니까요."

나는 듣는 사람한테만 파괴적인 효과를 내는 것이 아니라 말하는 사람 자신에게도 엄청난 피해를 주는 말이 있다는 것을 알게 되었다. 쓸데없는 잔소리는 듣는 사람에게는 아주 잠깐 동안 고통을 줄 뿐이지만, 말하는 사람에게는 끈질기게 달라붙어 그의 생각을 맴돌며 마비시키고 나중에는 그의 행동에까지 영향을 미친다. 쉴 새 없이 떠드는 사람은 다른 사람의 말에 귀를 기울이지 못한다. 하지만 문제는 그것보다 심각하다. 그가 쏟아놓은 말들은 곧 무시무시한 힘으로 되살아나 그의 의식 속으로 슬며시 침투한다. 말 중에는 칼처럼 날카롭게 가슴속으로 파고드는 말이 있다. 신랄한 말은 누군가에게 치명적인 상처와 불안을 안겨줄 수 있다. 최악의 모욕은 가까운 사람에게 말로 가하는 모욕이다. 성 프란치스코 살레시오는 이렇게 이야기한다.

"사람이 혀로 짓는 죄가 없다면 모든 죄의 4분의 3은 이 세상에서 사라질 것이다."

수도자들의 학교 지침에 따르면, 모든 말은 세 가지 성격을 지니고 있어야 한다. 진실함, 친절함, 필연성이 그것이다. 이 지침과 잘 어울리는 좋은 이야기가 하나 있다. 어느 날 위대한 철학자인 소크라테스에게 이웃 사람이 뛰어왔다. 그는 얼마나 흥분했는지 한참이나 먼발치에서 이렇게 소리를 질렀다.

"여보게, 소크라테스! 자네에게 꼭 할 말이 있다네. 자네 친구 놈이 말야."

소크라테스는 당장에 말을 끊고 그 사람에게 자기가 하려는 말을 세 가지의 체, 즉 진실의 체, 친절함의 체, 필연성의 체로 걸러냈는지 물었다. 현자는 웃으며 이렇게 덧붙였다.

"만일 자네가 내게 하려는 말이 진실한 말도 아니요, 친절한 말도 아니요, 꼭 필요한 말도 아니라면 그 말은 그저 땅에 묻어버리게나. 그래야 자네나 나나 그것 때문에 괜히 속 썩는 일이 없지 않겠는가."

베네딕토 성인은 침묵의 기술을 겸손 다음으로 두 번째로 높은 자리에 올려놓았다. 그는 이 훈련을 지속하는 것이 얼마나 어려운 일인지 알고 있었다. 최종적으로 그는 이렇게 말했다.

"이 단계에 이른 수도자는 말을 할 때 친절하지만 웃지 않으며, 겸손하고 침착하게 한다. 그는 깊이 생각하여 적게 말하며, 고함을 지르지 않는다. '지혜로운 사람은 그의 적은 말수로 알아본다.'라고 했다."

존 신부가 덧붙였다.

"그렇지만 모든 말을 경멸해서는 안 됩니다. 알맞은 때에 알맞은 말을 하지 않는 것이 무서운 결과를 낳기도 하니까요. 거룩한 미사 때 나오는 표현 가운데서 '한 말씀만 하소서, 제가 곧 나으리이다.'라는 말은 하느님께 드리는 청원에 그치는 것이 아니라, 다른 사람을 대하는 올바른 행동을 위한 지침이기도 합니다. 침묵으로 모든 문제가 풀리는 것은 아닙니다. 예컨대 인간이 고통을 견디기 위해서는 어느 정도 신음 소리를 내야 합니다. 때때로 두려움과 절망이 우리를 괴롭힐 때 소리를 질러 그것을 표현할 수도 있어야 합니다. 성경에 나오는 욥이 그 대표적인 예라고 할 수 있습니다. 그는 침묵하는 것처럼 보이는 하느님을 향해 정말 끔찍스러운 고함을 질러 자신의 모든 절망과 분노를 쏟아냈습니다. 이로써 그는 결국 옴짝달싹 못하는 상황을 극복하고 새롭게 시작할 수 있었습니다."

이 말을 마친 후에 존 신부는 침묵에 관해서는 이야기를 적게 하는 것이 나으며, 실제로 수련해보는 것이 훨씬 낫다고 말했다.

잠시 우리는 '거룩한 침묵'에 들었다. 다른 수도자들과 함께 성무일도를 드리며, 침묵 속에 앉아 얼마간 쉬었다.

그때 내 눈에 띈 것이 있다. 존 신부는 영적인 가르침에 대해 설명하는 동안 대체로 어떤 손짓도 몸짓도 하지 않았다. 발을 의자 아래 받침대에 올려놓았던 것 같기는 하지만 대개는 거의 움직임 없이 창문을 바라보거나 내가 눈치채지 못하는 어느 지점에 초점을 맞추고 있었다. 이렇게 함으로써 그는 오직 자기의 정신적인 노력만을 이용하여, 보이지 않는 깊은 진리의 세계로부터 대답을 길어 올릴 수 있었던 듯하다.

나는 그가 누군가의 말에 반박하는 것을 보지 못했다. 그는 그런 방식이 다른 사람에 대한 무례함이요, 경솔함이라고 여기는 듯

싶었다. 어쩌면 불필요한 논쟁이나 의미 없는 토론이 일어나지 않게끔 미리 조심하는 것이 그의 규칙일 수도 있다. 상대방의 의견과 다른 자신의 견해를 관철시키는 것이 필요한 일이라고 생각될 때면 친절하게 상대방을 설득했다. 적어도 그가 무엇인가를 강요한다는 인상을 받은 사람은 아무도 없었다. 그는 꼭 필요하다고 여길 때가 아니면 이것저것 덧붙이지도 않았다. 나는 이런 자세도 수도자들의 학교에서 훈련하는 것인지 묻지 않을 수 없었다. 물음이 없는 곳에는 대답도 없다고 하지 않던가.

고요와 침묵은 우리 시대의 산만하고 안절부절못하는 분위기 속에서 이리저리 흔들리는 인간들이 중심을 찾아 멈출 수 있도록 도와준다. 또한 한 걸음 더 나아가 새로운 존재를 경험할 수 있는 길이 되기도 한다. 이것은 단순히 소음이 사라진 상태를 훨씬 넘어서는 깊은 영적인 경험이다.

동방 수도회의 시조인 그리스인 바실리오는 그 당시 유행의 중심지였던 고향 아테네의 수다스러움에 혐오감을 느껴 젊은 나이에 고향을 떠났다. 그 자신도 그 사회의 일원으로서 수년 동안 거만함과 허영심을 과시했던 터라, 온 세상이 말하는 이집트 은둔 수행자들의 삶에 처음에는 단순한 호기심으로 접근했다. 그 은수자들은 사막을 찾아온 이 방문객에게 호기심 어린 질문을 일절 허락하지 않았다. 제자는 스승을 멀찍이 떨어져서 따라다니게 되어 있었는데, 잡담을 나누지 못하도록 하기 위함이었다. 사람의 혀가 얼마나 쉽게 잘못을 저지르는지 깨달은 이들은 금세 완전한 침묵을 규칙으로 삼았다.

바실리오는 이 새로운 가능성에 매혹되었다. 그는 완전한 고요를 경험하고 싶었다. 그의 주변은 놀라울 정도로 고요해서 공기의 떨림을 느낄 수 있을 정도였다고 한다. 모든 소음이 사라지고 영혼의 파도는 잠잠해져야 했다. 바로 이 상태에서 그는 가장 내밀한 신비, 평생토록 자신을 떠나지 않을 신비를 느낄 수 있다고 믿었다. 이것이야말로 인간이 하느님의 음성을 들을 수 있는 기회임을 그는 알게 되었다. 곧 신적인 고요함 속에서만 하느님을 경험할 수 있는 것이다.

고요함은 영원의 숨결이며 인간은 고요함 속에서 창조 세계의 목적을 발견할 수 있다. 이것은 우리가 거의 잊고 지내던 고요함의 또 다른 차원이며 내면의 신비이다. 수도자들의 경험에 따르면 고요함과 침묵은 신적인 것으로 진입하는 문이며, 일체의 번잡스러움 너머에서 인간 영혼과 신성의 만남이 일어나는 공간으로 들어가는 출입구다. 바실리오가 말한 것처럼 고요함은 치유의 첫걸음이다.

인간은 명상을 통해서 현세의 것에 대한 병적인 집착으로부터 벗어날 수 있다. 침묵과 고독은 피상적인 것을 지나 내적인 고요함과 침착함에 이르는 길이다. 예수의 가르침에 따라 걱정을 털어버리고 좋지 않은 생각은 떨쳐버리며 자기 자신을 괴롭히던 온갖 잡념으로 되돌아가지 않는 것이다. 이로써 한 걸음 한 걸음 자신의 내면을 찾아가는 여행을 떠나는 것이다.

다시 존 신부가 내 쪽으로 몸을 돌리고 말했다.

"이제는 무엇 때문에 수도자들이 고요함과 침묵을 추구하는지,

왜 영적인 고요함의 능력을 얻고자 하는지 알겠지요? 그것은 낭만주의나 스트레스 극복과는 아무런 상관이 없습니다. 내적인 영역의 일입니다. 모든 생각과 인식을 초월하는 어떤 것 말입니다. 이런 거룩한 침묵을 통해 자신의 마음을 정화하고 말로는 표현할 수 없는 방식으로 빛과 하나가 된 사람들은 오직 하느님만을 바라보게 됩니다. 이것은 인간의 언어나 지식으로는 파악할 수 없는 신성한 비밀의 계시입니다. 이런 경지에 이른 사람은 거울 속에서 자신을 보듯이, 자기 안에서 하느님을 봅니다. 침묵의 훈련이 높은 수준에 다다른 사람에게 이 거룩한 고요는 삶의 구성 요소가 되고, 그는 이 고요 속에서 완전히 자유롭고 초연하게 숨 쉴 수 있습니다."

내가 곧바로 물었다.

"베네딕토 성인이 그 경지에 이르렀나요?"

"내 생각으로는 그렇습니다. 그레고리오 대교황의 베네딕토 전기에도 '그의 길에서 묵상은 중요한 단계였다.'고 적혀 있습니다. 위대한 수도자들은 자기의 에고 주변을 맴돌지 않고, 명상 속에서 영원한 진리로 나아가고자 합니다. 하지만 그곳으로 가기 위해서는 많은 인내와 위대한 겸손이 필요합니다. 그것이 없다면 부단한 기도가 불가능합니다. 베네딕토 성인은 수비아코의 동굴에서 지고한 기도의 은총을 받아 영원한 진리의 영으로 충만해졌습니다. 그에게 이 세상 사물의 가치는 점점 작아졌습니다. 그는 피조물 안에서 하느님을 보지 않고 하느님 안에서 피조물을 보게 된 것입니다."

'참 지혜로운 사람이군!' 하고 나는 생각했다. 귀청을 찢는 전기톱 소리와 광란의 음악 소리가 주는 고통을 그 또한 어떤 식으로든 예감했는지도 모르겠다.

5 들으라, 낮추라,
받아들이라

누구든지 이 세상에서 지혜 있는 이가 되기 위해서는
어리석은 이가 되어야 한다. 단순함과 영혼의 가난함은 신성한 원칙이다.
기도하라, 그리고 일하라. 하느님이 인간에게 무슨 일을 원하실 때는
반드시 그 일을 할 수 있는 힘도 주신다.

오, 아들아, 스승의 계명을 경청하고
네 마음의 귀를 기울이라!
_누르시아의 베네딕토

안토니오 교부는 3세기 초 그리스도의 말씀에 따라 사막으로 들
어가 최초의 위대한 수도원 운동을 일으켰다. 수천수만 명의 사람
들이 위대한 성인의 모범을 좇아 하느님의 지혜를 추구하고자 그
를 뒤따랐다. 은수자 가운데 일부는 이집트의 깊은 고독 속에서
한 장소에 굳게 머물렀고 동굴이나 절벽에 기거하며 종교적인 수
행을 실천했다. 또 어떤 이들은 좀 더 큰 무리를 지어서 담을 둘러
하느님의 성곽을 짓고, 평생토록 그 수도원을 떠나지 않기로 약속
한 사람들만을 받아들였다.

　이집트 사막의 수도자들은 내부에 하나 혹은 두 개의 공간이 있
는 움막을 세웠다. 각각의 움막은 서로 멀찍이 떨어져 있어서 아
무도 침묵 속에 있는 다른 사람을 방해하지 못하게 했다. '구원을
받기 위해서는 무엇을 해야 하는가?' 이것이 그 시대의 중대한 물
음 가운데 하나였다. 그들은 단념을 통해, 그리고 정신의 훈련을
통해 높은 차원의 자기 포기에 도달하려고 했다. 이를 통해 하느
님께 가까이 나아가는 것이 훈련의 목적이었다.

사막 교부들의 지혜는 합리적인 지식과는 아무 관련이 없다. 수도자들은 우리 시대의 특징이 되어버린, 그리고 기술과학의 진보로 삼 년마다 두 배로 불어나는 정보의 과잉을 대단히 수상쩍게 여긴다. 사막 수행의 전통에 서 있었던 중세의 신비주의자 십자가의 성 요한(1542-1591 사제이자 시인으로, "만약 누구든지 나를 따르고자 한다면 자신을 버리고 매일 자기 십자가를 져야 한다."는 성경 구절을 평생에 걸쳐 실천했다. 그래서 '십자가'라는 이름이 붙었다. 젊은 수도자였던 그는 초창기 수도자들의 단순한 삶을 회복하기 위해 가르멜 수도회를 개혁하는 일에 동참하였다. 그의 활동은 기존 수도회와의 갈등을 심화시켰고, 결국 납치당해 9개월 동안 톨레도의 수도원 지하창고에 억류당하게 된다. 지옥 같은 그곳에서 육체적 고통과 정신적 번민, 하느님의 부재를 경험하지만, 이 혹독한 시련의 극복과 함께 신앙의 새로운 단계에 접어들었다. 자신의 내적 체험, 고민과 깊은 기쁨들을 영성이 담긴 문학적 표현으로 후세에 전했다)은 "모든 것을 아는 데 이르고자 한다면 아무것도 알려고 하지 말아야 한다."고 말한 적이 있다. 좋은 가문에서 태어난 프란치스코 성인도 박식함을 멀리했다. 학문과 연구에 기초하고는 있으되 근본적으로는 개인의 이익을 추구하다가 결국 무책임으로 끝나는 교만함이 그 박식함 속에 깃들기 쉽다는 것을 프란치스코 성인은 잘 알고 있었기 때문이다. 이른바 박사들을 만날 때마다 그는 유보적인 태도를 취했다. 파두아의 안토니오(1195-1231 이탈리아의 성인이자 해박한 지식을 지닌 교회박사로 병자들을 고치고 기도를 이루어주었으며 36세에 죽어 무덤에 묻혀서도 수많은 기적을 이룬 것으로 유명하다)에게 보내는 편지에서 그는, 수도자들이 학문 때문에 '거룩한 기도와 내면의 정신을 소멸하는 일'이 없도록 하라고 주의를 주었다. 프란치스코는 지식이 사람을 부풀게 하고 겸손을 위협한다고 보았다. 이 아시시의 성인은 학문을 향한 야심보다는 소박한 지혜를 추구했다.

"주님께서 나에게, 너는 이 세상에서 바보가 되어야 한다고 말씀하셨다. 그분은 무엇보다 우리를 이 지혜의 길로 인도하기를 원하신다."

맨 처음 그리스도교가 당시 모두가 따르던 세속적 가치를 과감히 떨쳐버린 것은 혁명과도 같은 사건이었다. 그리스도는 인간의 곤궁과 비참함을 짊어지셨으며, 드러내놓고 약한 사람과 평범한 사람의 편에 섰을 뿐만 아니라, 거룩한 단순함과 영혼의 가난함(영혼의 교만함에 반대되는)을 신성한 원칙으로 격상시키기까지 했다. 여기서 단순함이란 미련함이 아니라 지혜에 이르기 위한 어리석음이다. 성경은 이것이 피조물의 첫 번째 과제라고 말한다.

성 아우구스티노도 말했듯이, 인간은 저 깊은 곳에 있는 거룩한 단순함의 높이에 이르기 위해 참 스승이면서 항상 참 제자로 남아야 하며, 언제나 몸을 낮출 줄 알아야 한다. 바오로 사도(10?-67? 오늘의 그리스도교가 있게 한 그리스도교 형성 사상가 가운데 가장 중추적 인물. 회심할 때까지는 사울이라 불렸다. 유대인이자 로마 시민권을 가졌으며 그리스도교의 열렬한 박해자였던 그는 그리스도인들을 체포하기 위해 다마스쿠스로 가던 중 그리스도의 환시를 체험한다. 이 환시는 그의 극적인 개종을 불러일으켰을 뿐만 아니라 그를 위대한 이방인의 사도로 만들어주었다. 세 차례의 전교 여행을 한 그리스도교 최대의 전도자였고 로마서, 코린토서, 갈라티아서 등 무수한 저술을 남긴 뛰어난 신학자였다)도 코린토에 있는 믿음의 형제들에게 이렇게 부탁했다.

"여러분 가운데 자기가 이 세상에서 지혜로운 이라고 생각하는 사람이 있으면, 그가 지혜롭게 되기 위해서는 어리석은 이가 되어야 합니다."

교회의 스승 가운데 하나였던 리지외의 데레사(1873-1897 프랑스 알랑송에서 태어났으며, 1888년 노르망디의 리지외에 있는 가르멜 수녀회에 입회했다. 그녀는 극단적인 금욕뿐만 아니라 작고 평범한 생활 속에서 실천하는 극기와 그리스도의 사랑을 짧은 평생에 걸쳐 보여주었다. 죽기 직전까지 자신의 어린 시절을 회상하며 쓴 글 〈한 영혼의 이야기〉로 인해 널리 알려졌으며, 1925년에 시성되었다)는 어떤 특별한 일이 아니라 평범한 일을 잘하는 것이야말로 완전함의 정점이요, 가장 어려운 일이라고 가르쳤다. 그리고 그녀 역시 이 '작은 길'의 대가였다.

이집트의 사막에서는 이러한 깨달음들이 영적 수행의 토대였다. 시간이 얼마 지나지 않아, 위대한 정신의 대가들이 하나둘 나타나기 시작했다. 그들이 한 말이나 글을 제자들이 적거나 모아둔 것이 있는데 대부분 아주 짧막한 문장으로 구성되어 있고, 기껏해야 서너 쪽에 이르는 분량이다. 그중 다음과 같은 것이 있다.

"하느님은 우리 안에 있는 세 가지 부분을 살피신다. 하나는 생각, 또 하나는 말이며, 그리고 나머지 하나는 행동이다."

시조에스(?-429 이집트 사막에 살던 은수자. 젊어서 세상을 등지고 스케티스 사막에 은거하며 성 안토니오를 본받아 철저한 침묵 속에서 열렬한 기도 생활을 했다. 악습을 이기려는 그의 노력은 철저했으나 제자들이 과오를 저지르면 꾸짖거나 타이르지 않고 인내와 온화함으로 대해 큰 감명을 주곤 했다)라는 이름의 수도원장은 또 이런 짧은 말을 적어놓았다.

"하느님을 찾으라. 그러나 그가 어디 계시는지 묻지 말라."

어느 무명의 대가는 이렇게 설명하기도 했다.

"하느님은 엄격함의 길과 나태함의 길 사이에 계신다. 너는 그분을 너의 지성으로 찾을 수 없다. 그러므로 다만 그분을 위해서 결단하라. 그러면 너는 침묵으로 말할 수 있게 되고, 말하면서 침묵하며, 금식하면서 먹고, 먹으면서 금식을 하게 된다. 이것이 인간의 삶에서 하느님을 찾기 위해 배울 수 있는 최선의 방법이다."

나는 존 신부가 지혜로운 사람인지 아닌지 알 수 없었다. 그 사람에 대해서는 도무지 아는 게 없었다. 이 미국인 신부는 사생활의 영역에 속하는 문제에 대해서는 이러쿵저러쿵 떠드는 것이 적절하지도 않을 뿐더러 아무 데도 도움이 안 된다고 여겼다. 게다가 그는 수다하고는 거리가 먼 사람이었다. 그는 자신을 해석하는 법이 없었다. 자신의 어떤 문제에 대해 이야기할 때 그 문제 자체에서 벗어나지 않았다. 예면 '예', 아니면 '아니요'가 분명했다. 그는 다른 사람의 이야기에 몰입해 들어주었고, 길고 긴 물음들을 정확하게 기억했다. 종종 나는 외국어 단어를 틀리게 발음했고, 내가 사용한 라틴어 개념 중엔 전문가들이 고개를 갸우뚱할 만한 것도 있었다. 하지만 그는 그런 언어적인 실수는 전혀 문제 삼지 않았다. 간혹 교정을 해준다고 해도 기분 나쁜 상황이 연출되는 일은 없었다.

그는 전혀 남을 깔보는 듯한 인상을 주지 않았다. 나는 그가 참

을성도 있고 친절한 사람이라고 생각했다. 그런데도 우리의 대화에서는 때때로 거리감이 느껴지고 인간적인 감정이 없는 것처럼 보였다. 맛있는 음식이 되는 데 꼭 필요한 양념 같은 것이 빠져 있는 느낌이었다. 한참이 지나서야 나는 그것 역시 매우 고상한 태도임을 깨닫게 되었다. 보통 사람들은 인간관계 속에서 이것을 잃어버리는 경우가 왕왕 있다. 이것은 충분히 검증되지 않은 친밀함과 성급한 연대감을 삼간다. 그것들은 너무나 쉽게 실망으로 이어지고 관계를 깨뜨리기 때문이다.

존 신부는 의자에 앉았고 나는 메모장을 꺼내 펼쳤다. 이번에는 그가 먼저 이야기를 꺼냈다.

"성 베네딕토의 수도 규칙이 하고많은 것들 가운데 '경청하라'는 말로 시작하는 데는 그만한 이유가 있습니다. 이것은 별로 눈에 띄지 않는, 언뜻 전혀 중요해 보이지 않는 말입니다. 하지만 바로 이 첫마디 말에 베네딕토 수도회의 모든 것이 압축되어 있습니다. 문장 전체를 한번 볼까요. '오, 아들아, 스승의 계명을 경청하고 네 마음의 귀를 기울이며 어진 아버지의 가르침을 기꺼이 받아들여 보람 있게 채우라.' 시간이 있을 때, 이 문장을 묵상하시기 바랍니다. 누군가가 당신에게 말을 하고 있다고 생각해보십시오. 아니면 이게 더 좋겠군요. 당신이 누군가한테 말을 한다고 생각하고 묵상해보십시오. '경청하라', '받아들이라', '이행하라'에 대해서."

나는 내 아이들을 떠올렸다. 머리를 쿵쿵 울려대는 녀석들의 워크맨이 한때 두 아이에게는 최고의 친구였다. 무엇을 얘기해도 그 아이들의 귀에는 들리지 않는 것 같았다. 여기저기서 쉬지 않고 목소리를 높여가며 논쟁하고 수다 떨고 말다툼을 하는 매스미디어의 시대에 '들으라'는 제안은 뚱딴지같은 소리로 느껴진다. 안 그래도 자꾸만 뭘 들으라고, 최소한 흘려듣기라도 하라고 강요받는 세상이 아닌가. 베네딕토 성인의 가르침을 도대체 누구한테 들려줄 것인가? 아내한테 "경청하라. 받아들여라. 이행하라."고 말한다는 것은 상상도 할 수 없는 일이다. 아이들한테? "너 정말 안 들을 거야?" 내가 아이라 해도 그런 말은 견디기 힘들 수밖에. 존 신부는 너무 쉽게 말하는 거다.

하지만 다른 쪽으로 한번 생각해보자. 잘 들을 줄 모르는 사람과는 좋은 만남을 갖기가 어렵다. 괜히 피곤해지기만 한다. 겨우 한 마디밖에 안 꺼냈는데 자기는 더 많이 알고 있다는 식으로 누가 부탁하지 않았음에도 일장 연설을 늘어놓는 이들이 있다. 대개 그런 사람들의 이야기는 사람들이 가장 듣기 싫어하는 내용이다.

잘 듣는 것, 즉 경청은 어려운 일이다. 자기의 말에 귀 기울일 것을 요구하지 않고 오히려 다른 사람에게 말할 기회를 주는 것, 나아가 그것을 받아들이고 이해하는 일에는 초인적인 노력이 필요하다. 세상이 점점 소란스러워질수록, 떠버리 장사꾼 같은 사람들의 고함 소리가 우리의 귀에 더 많이 들려올수록 그 많은 목소리의 소용돌이 속에서 정말 들을 만한 목소리를 가려듣는 것은 어려워지게 마련이다. 이전 세대의 독일인들의 경우, 불과 얼마 전까지 히틀러의 추종자로서 독재와 대량 학살에 연루되었던 사람들의 말을 경청하기란 불가능했을 것이다. 사람들이 교회의 말에 더 이상 귀 기울이지 않는 데는, 필요한 시기에 꼭 필요한 말은 하지 못하면서 존엄의 상징인 띠를 두르고 다니는 종교 관리들의 책임이 크다. 저들의 입이 잠잠한데 어떻게 저들의 말을 들을 수 있단 말인가.

성 베네딕토의 수도 규칙은 근원적인 진리를 간단한 언어로 지시한다. 베네딕토회의 슬로건 '기도하라, 그리고 일하라.'가 조화롭고 온전한 삶의 토대가 되고 그리스도교의 풍요로운 정신 유산이 된 것처럼, 경청하는 자세 또한 그 길을 가기 위한 전제 조건이었다. 존 신부의 권고에 따라 나도 혼자서 이 주제에 대해 묵상해 보았다. 들을 줄 모르는 사람은 스스로 고통스러운 감정에 시달릴 뿐 아니라, 남에게 배울 자세가 되어 있지 않으며 어리석고 무지한 상태에서 벗어날 수가 없다. 잘 듣지 못하는 사람에게는 의사소통이 불가능하며 깊이 있는 관계 맺음도 어렵기만 하다. 이웃과의 관계, 혹은 초월적인 차원과의 관계도 마찬가지다. 후자의 경우, 경청은 필수 조건이다. 어쨌거나 신성한 로고스, 즉 '말씀'은 살아 있다.

걸을 때도 거의 소리가 나지 않고, 말은 항상 나지막하며, 시시때때로 침묵에 잠기는 수도원의 생활은 단순히 신경을 안정시킨다든지 아늑한 공간을 창출하기 위한 것이 아니라 더 잘 듣기 위한 것이다. 베네딕토가 말하는 들음이란 깨어 있는 마음으로 다른 사람에게 귀를 기울이는 것, 존경하는 자세로 그 사람에게 진지한 관심을 보이는 일이다. 그는 또 "머리를 숙이라!"고 요구한다. 이것은 다른 사람이 처한 곤궁을 철저하게 듣는 것, 그 사람이 직접 애기하지 않더라도 그를 끊임없이 괴롭히는 문제를 예민하게 느끼는 것이다. 그가 완전히 길을 잃어버리기 전에, 소비의 탐욕에 빠져 너무 먼 곳까지 가버리기 전에 그에게서 퍼져 나오는 구조요청을 듣는 것이다.

베네딕토회 수도자들은 언제나 서로에게 귀를 기울여야 한다. 수도원장도 "형제의 충고를 귀담아 들으라."는 권고를 받는다. 젊은 수도자는 나이 든 수도자의 지혜에 귀 기울여야 한다. 늙은 수도자는 젊은 수도자의 아이디어에 귀를 기울인다.

사막 교부들의 위대한 지혜의 말씀 가운데 하나는, 다른 이의 충고를 배제한 채로 어떤 일을 시작하지 말라는 가르침이다. 그렇게 해야만 교만과 이기주의, 제멋에 빠져 일을 그르치는 위험을 피할 수 있기 때문이다. 다른 사람의 생각, 그것도 자기의 생각과는 전혀 다른 의견을 받아들이기 위해서는 극기의 훈련이 필요하다. 가자의 도로테오(505-565? 이집트 사막 교부들 가운데 위대한 스승 중 한 명. 팔레스타인 가자 지역에 자신의 수도원을 설립하고 대수도원장이 되었다. 그가 쓴 수도자들을 위한 가르침이 상당수 남아 있으며, 영적 훈련의 지침으로 여겨진다)의 계명에 보면 "자기가 스스로를 인도하는 것보다 해로운 것은 없다."는 말이 있다. 이 수도자는 '다른 사람에게 충고를 구하지 않고 내 생각만 따르는 것'을 스스로에게 한 번도 허용한 적이 없다고 고백했다.

성 베네딕토는 들음을 진정한 삶을 위한 기본자세로 삼으라고 충고하는 데 그치지 않고, 과연 어떻게 들어야 하는지에 대해서도 제시하고 있다. 몬테카시노의 수도자는 일반적인 것이 아니라 본질적인 것을 추구한다. 그는 여기서도 좀 더 본질적인 차원으로 치고 들어가려고 한다. 존재하는 모든 것들의 경우와 마찬가지로 인간에게도 유일하게 쓸모 있는 기관이 하나 있다. 바로 마음, 즉 심장이다. 무슨 뚱딴지같은 소리냐고? 인간은 오직 마음으로만 제대로 보고 느낄 수 있으며, 마음으로만 올바르게 들을 수 있다. 몬테카시노의 수도 규칙서는 '차갑고 기계적인 들음'이나 '군대식 복종'이 아니라, 내면에서 우러나오는 '살아 움직이는 들음'을 촉구한다.

"네 마음의 귀를 기울이라."

마음의 귀는 바로 지금 여기서 말하는 것만을 듣는 귀가 아니라, 과거의 일까지 들을 수 있는 귀를 말한다. 신체적인 청각기관이 미치지 못하는 깊이와 높이에서 울려 나오는 소리까지 듣는 것이다. 성 베네딕토의 규칙은 '모든 것을 하나도 빼놓지 않고 듣는 들음'을 가르치지는 않는다. 이를테면 쇼핑센터의 시끌벅적한 소리나 전파 방해 방송, 우리를 유혹하는 것들의 소리까지 들으라는 것은 결코 아니다. 우리는 참되고 믿을 만한 것을 말하는 유일한 분의 목소리, 스승의 목소리를 경청해야 한다.

수도자들의 가르침에 따르면 침묵과 경청, 즉 하느님이 양심이라는 마음속 음성을 통해 말씀하시려는 것에 자신을 열고 받아들이고자 하는 자세는 지혜의 첫걸음이다. 경청과 받아들임과 이행은 영적인 삶의 세 가지 기본 원칙이다. 들음과 대답은 꼭 들숨과 날숨 같다.

존 신부가 말했다.

"마음의 귀로 듣고 그것을 심화시키세요. 그것을 받아들이고 실천하세요. 하지만 이 일을 위해서는 고요함이 필요합니다. 성경이 우리에게 가르치듯이, 하느님은 강하고 거센 폭풍이 아니라 고요하고 부드러운 바람의 속삭임으로 우리를 찾아오시니까요."

'들음'은 언어상으로 '복종'과 맞물려 있다. 누군가의 말을 경청한다는 것은 그 말이 우리의 존재를 비출 때, 그 사람을 따라나설 준비가 되어 있음을 의미한다. 선생님이 A, B, C나 구구단을 읽어줄 때 무조건 따라 읽는 신입생 어린이들의 모습과 비슷하다고나 할까.

그러나 나는 복종을 이해하기 어려웠다. 나는 할 수 있는 한 권위에 저항하는 타입이었다. 부모나 교사의 권위, 관공서나 정치가의 권위. 이런 것들은 나에게 반사작용을 일으키게 만들었다. "제 뜻이 아니라 아버지의 뜻이 이루어지게 하십시오." 이 얼마나 불합리한, 아니 위험한 생각인가! 내게는 지금 당장 불복종이 필요해 보였다. 불의에 대한 저항, 타협을 허용하지 않는 거부, 굴욕이 아니라 자기주장을 내세워야 했다. 외부의 간섭은 각자의 인격이 지닌 자율성의 권리에 대한 침해가 아닌가? 자율성에 대한 고집은 나에게 자기방어의 한 형태였다. 하지만 그와 동시에 나는 이런 입장을 취하며 사는 것이 끔찍할 정도로 힘든 일이라는 걸 의식하고 있었다. 때로는 그런 자세가 자기의식의 표현이 아니라, 오히려 정반대로 독립성 결여의 표시였음을 고백하지 않을 수 없다.

존 신부가 말했다.

"복종에 대한 일반적인 생각으로부터 자유로워져야 합니다. 만일 당신이 이 개념을 자꾸 권력이나 압제와 연결시킨다면 복종의 신비를 결코 발견하지 못할 겁니다. 축구 선수가 감독의 지시를 따르는 것은 지배와 피지배의 관계에서 나오는 게 아니라, 그것이 경기를 풀어가는 데 도움이 되고 팀 전체를 최상위로 올려놓는 데 필요하기 때문입니다. 베네딕토 성인은 마치 좋은 감독과 같습니다. 그는 '죽기까지 복종하신' 예수 그리스도를 지향합니다. 그리스도 역시 복종이라는 버팀목이 없었더라면 십자가의 길을 가지 못했을 것입니다. 베네딕토 성인은 사람들 속에 분열되어 있는 여러 조각들을 다시 하나로 결합시키는 것, 바로 그것을 목표로 삼고 있습니다. 그는 말합니다. '불순종의 나태로 물러갔던 그분께 순종의 노고로 되돌아가거라.'라고."

수도자들은 겁쟁이가 아니다. 수많은 수도자들이 신앙을 위해 용기 있게 실천하는 과정 속에서 자신의 생명까지 바쳤다. 이들이 독선을 멀리하고자 가능한 한 눈에 띄지 않게 수도원의 질서에 순응하고, 수도 규칙이 요구하는 대로 '불평 없고' '지속성 있는' 삶의 자세를 매일같이 유지하는 것은 쉽게 공감할 만한 성격의 것이 아니다. 사실 수도자들이 가장 힘들게 생각하는 덕목은 소유의 포기나 결혼의 포기가 아니라 복종하는 삶이다. 복종은 하늘의 돌보심에 대한 확신을 강화해준다. 강제수용소에서 생을 마감한 가르멜 수도회(6세기경 가르멜 산에 은수자들이 모여들면서 창설된 수도회로, 여기에서는 하느님과의 직접적이고 내적인 삶의 체험을 무엇보다 중요히 여긴다. 이들은 엄격한 봉쇄의 규율 아래 끊임없이 기도하고, 복음의 정신에 따라 자신을 포기하며, 교회와 이웃을 위한 도구가 된다는 정신으로 수도 생활에 전념한다. 가톨릭 신비 사상에 있어 하나의 큰 흐름을 형성하고 있다)의 **에디트 슈타인**(1891-1942 독일의 철학자. 스물다섯 살에 이미 강의와 연설을 할 정도로 뛰어났으나 43세 때 가르멜 수녀회에 들어가고자 세상의 지식과 학문이 담긴 책들을 덮어버린다. 유대인이었던 그녀는 나치에 체포되어 결국 아우슈비츠 강제수용소에서 죽임 당했다)이 남긴 유명한 말처럼.

"하느님이 인간에게 무슨 일을 원하실 때는 반드시 그 일을 할 수 있는 힘도 주신다."

어려운 건 그래도 어려운 법이다. 수도 초년생들에게는 스승의 말을 받아들이고 거기에 순종하는 것을 배우는 기간이 가장 어려운 단계이다. 초보자들은 수도원에서 처음 얼마 동안을 보낸 뒤 명문화되지 않은 무슨 법칙을 따르기라도 하듯 그야말로 모든 것을 뒤집어엎고 모든 것을 바꾸어야 한다. 그들은 언뜻 보기에 철저히 모순되고 시대와 상응하지 않는 규칙과 훈련 앞에 서게 된다. 스승은 이제 갓 수도자의 길에 접어든 사람의 이러한 내적 갈등을 건강한 발전으로 받아들인다. 하지만 이 단계를 극복하는 것은 그만큼 중요한 일이다. 그러지 않고서는 복종의 위대한 신비에 진정으로 가까이 다가갈 수 없기 때문이다.

중세의 신비 사상가들은 인간이 겪게 되는 모든 문제의 가장 큰 원인은 고집이라고 지적했다. 전쟁을 미연에 방지하고 평화를 이루는 데 가장 큰 장애가 되는 것이 바로 자기의 권리에 대한 주장과 거만함이다. 성 베네딕토는 폭력과 불화와 전쟁의 악순환을 단칼에 끊어버리려면 불의로 인해 고난을 당하더라도 그것을 참고 견뎌낼 수 있어야 한다고 주장한다.

존 신부가 말했다.

"이제 다시 한 번 듣기와 말하기의 주제로 돌아오지요. 우리가 내뱉은 말, 입으로 전하는 말이 중요한 것은 그 말이 우리 의식의 전혀 다른 층을 뚫고 들어올 수 있기 때문입니다. 누군가가 이야 기로 들려주거나 눈앞에서 소리 내어 읽어주는 말은 눈으로 묵묵 히 읽는 글과는 전혀 다른 차원을 지니고 있습니다. 듣는 사람이 된다는 것은 근본적으로 다른 사람의 말에서 배울 자세, 그의 말 을 선물로 받아들일 자세가 되어 있음을 뜻합니다. 마치 귀가 먹 은 것처럼 꽉 막힌 사람이 아니라 자기를 활짝 여는 사람, 자기 안 의 수신 장치를 켜고 안테나를 최대한 끌어올려 우리의 일상적인 세계의 경계선을 훌쩍 뛰어넘는 존재까지도 포착할 준비가 되어 있는 사람을 의미합니다. 한번 들은 내용들이 서로 충돌하면서 흐 지부지 흩어져버리지 않게 하려면 그 내용을 자기 안으로 끌어내 려 심화하는 작업이 반드시 필요합니다. 여기서는 분석과 비판보 다는 아우름과 합침, 따름이 중요합니다."

이런 의미의 복종이라면 그것은 한 가족의 삶뿐 아니라 일반적 인 관계 속에서의 삶을 조화롭게 해주는 기본 전제 조건이다. 놀 랍게도 참으로 많은 사람들이 은행이나 관공서 업무, 혹은 어처구 니없는 유행을 따라가는 일에 있어서는 자신의 자율성을 철저하 게 포기할 준비가 되어 있다. 하지만 자신의 삶의 유익한 복종을 위해 자기 집착과 자기실현을 일단 접어두어야 하는 영역에서는 어김없이 '맹목적인 복종의 부당성' 운운하며 버티기 시작한다.

성숙한 사람과 복종이 서로 대립각에 서 있는 것은 아니다. 생각과 행동에 대한 책임은 누구에게도 면제될 수 없다. 역설적으로 들리겠지만 복종이 자유의 전제 조건일 때가 자주 있다. 사소함에 얽매이지 않으려는 자유 말이다.

존 신부가 나를 바라보며 말했다.

"당신이 모든 일, 정말 모든 일을 항상 스스로 선택해야 한다고 상상해보십시오. 끔찍한 일 아닌가요? 반대로 당신의 아내가 당신한테 이 와이셔츠를 입어라, 저 넥타이를 매라 하면서 말을 해줄 때 부담이 줄어드는 기분이 든 적은 없었나요? 그리스도인은 자유를 사랑하는 사람들입니다. 그들은 평등과 민주주의의 토대를 형성했으며, 성 베네딕토의 규칙은 평등하고 독립적인 선거권의 모범입니다. 이렇게 한번 상상해보세요. 어떤 사람이 있었습니다. 그는 복종을 통해 자기보다는 다른 사람의 말을 경청하는 법을 배웠습니다. 그는 복종함으로써 '빛 안에 거니는 사람은 어둠 속에 다니지 않을 것'이라 약속하신 그리스도를 신뢰하는 법을 배웠습니다. 그리고 자신이 이 신앙에 복종한다는 표현으로 이런 문장을 짓습니다. '주여, 저는 제 삶 전체를 당신의 손에 놓습니다.'"

그는 잠시 이야기를 멈추었다. 그리고 이내 다시 말을 이었다.

"이것이 놀라운 우정의 시작이라는 생각이 들지 않습니까?"

존 신부와 헤어진 뒤 나는 미국의 유명한 블루스 가수로서 우리에게 '붐, 붐, 붐' 같은 노래를 선사했던 존 리 후커를 떠올리지 않을 수 없었다. 존 리는 목화 농장에서 일하며 살았던 흑인 농부의 아들로 태어났다. 일찍이 읽고 쓰는 공부를 거부한 그는 자기의 모든 책을 버리고 하느님이 그에게 선물한 단 한 권의 책만 남겨 놓았다. 그 책이란 '자기의 마음에 새겨진 책'이다. 존 리는 클럽에서, 또는 순회공연을 하면서 노래를 불렀다. 인종차별이 심한 시대였기 때문에 미국 남부에서는 백인들과 같은 식당에서 식사할 수조차 없었다. 매니저가 그에게 사기를 쳤으나 그는 그 비정함에 크게 마음 쓰지 않았다. 그의 음악은 심장에서 나와 사람의 영혼을 어루만지는 것이었다. 치유의 음악을 위한 그의 노력은 말년에 가서 대대적인 인기로 보상받았다.

그는 한 번도 악보를 손에 잡아본 적이 없다고 말한다. 그저 자신의 귀에 들려오는 소리에 귀를 기울였을 뿐이라고. 처음에 그것은 어머니와 아버지가 그에게 하는 말이었다가, 나중에는 자기 자신 안에서 들을 수 있는 소리가 되었다. 그는 성급하게 자신의 자서전을 직접 디자인하거나 각색하려고 야단법석을 떨지 않았으며, 자기의 생애를 오롯이 받아들여 완성할 수 있도록 했다. 이것이 정확한 의미에서의 성 베네딕토의 복종이라고 말할 수는 없을 것이다. 그렇지만 '들음, 받아들임, 이행'의 의미에서는 어쨌든 복종의 한 형태다. 끝으로 존 리는 이렇게 말했다. 자기는 사실 모든 걸 가진 사람이라고. 먹을 것, 입을 것에서 차고에 있는 몇 대의 캐딜락에 이르기까지. 하지만 아무리 가져도 충분하지 않은 것이 하나 있었다고. 사랑을 받는 것, 그리고 사랑을 주는 것이 바로 그것이라고.

6 영혼을 재로
덮는 것들

자신의 삶을 최대한 맑은 눈으로 감시하라.
어떤 생각을 하느냐가 당신의 삶을 결정하는 것이 아니라
어떻게 사랑하느냐가 당신의 삶을 결정한다.
세속의 조건에서 아무런 상처 없이 행복하게 산다는 것은 불가능한 일이다.
일을 하라, 그리고 슬퍼하지 말라.

사람이 직접 그것을 행하지 않는 한
이 세상에 선이란 존재하지 않는다.
__에리히 케스트너

하늘은 청명했고 햇살은 낡은 널마루 위에서 춤을 추었다. 검은 수도복을 입은 이 사내는 언제나 그렇듯 단정한 몸가짐을 하고 있었다. 존 신부는 좀처럼 시선을 올리지 않았다. 한번 일어서면 무슨 탐정이나 철학자가 된 양 뒷짐을 지고 방 안을 왔다 갔다 했다.

　나는 무척 단순한 질문을 하나 던졌다. 솔직히 그것은 너무 일반적이고 뭉툭한 질문이었다.

　"도대체 죄가 뭡니까?"

　그렇게 될 대로 되라는 식으로 물었던 것이다. 나의 물음은 살인이나 폭행처럼 비교적 분명한 것, 누구나 비정상적이라고 생각하는 것을 겨냥한 게 아니었다. 오히려 일상 속에서 벌어지는 작은 문제들이 내 관심사였다. 예를 들어, 어쩔 수 없이 거짓말을 하는 것도 죄인가? 어쩔 수 없이 하게 되는 생각, 그러니까 찌는 듯이 더운 여름날 거리에서 늘씬한 몸매의 아가씨가 몸에 착 달라붙는 여름옷을 입고 지나가는 것을 보았을 때 어쩔 수 없이 드는 생각은 무엇인가? 그런 것까지 죄에 속한다면 도대체 인간이 죄짓지 않고 살아가는 게 가능한지 나는 묻고 있었다.

'선함'은 오늘날 좋은 평가를 받지 못하고 있다. 어떤 때는 위선이라는 의심을 받기까지 한다. 누군가를 가리켜 '착한 사람'이라고 하면 그 말에는 은연중에 조롱하는 의미가 담겨 있다. 착한 사람은 하늘에나 있지 이 세상은 어딜 가나 악한 사람들 천지라는 것이다. 대량소비 없이는 시장경제가 돌아가지 않는 이치와 마찬가지로, 거짓과 사기 같은 행동 방식이 없다면 우리의 인생은 제대로 굴러가지 않을 것이다. 이처럼 선과 악이라는 카테고리는 현대사회에는 전혀 걸맞지 않은 구시대의 쓰레기이니, 차라리 퇴비 만드는 데나 갖다 주어야 할 것 아닌가? 그것이 대략적인 내 생각이었다.

나는 호기심에 차 있었다. 그런데 존 신부는 난데없이 화를 버럭 내는 것이었다.

"죄! 죄! 내가 뭘 더 얘기해야 한단 말입니까?"

그의 기분이 갑자기 아주 나빠진 것 같았다. 어쩌면 그가 내 의도를 정확히 이해하지 못했을 수도 있다. 방 안에서 왔다 갔다 하던 그가 불쑥 말을 꺼냈다.

"나는 오늘 신문을 봤어요. 그러면 안 되는데, 그래도 어쩔 수 없을 때가 가끔 있습니다. 성 베네딕토는 1,450년 전에 죽어서 무덤에 묻혔어요. 성 프란치스코는 800년 전 사람이고요. 그렇지만 우리는 여전히 그 사람들의 사상을 이해하지 못하고 있습니다. 아프리카의 에이즈 문제를 생각해보세요. 수많은 사람들이 죽어가고 있습니다. 두 번의 세계대전으로 죽은 사람의 수를 합쳐도 지금까지 그곳에서 죽은 사람들의 수에는 모자랄 겁니다. 어른은 세 명에 한 명꼴로 에이즈에 감염되어 있습니다. 열한 살이 된 여자 아이들 중에서 성적 착취를 받지 않은 아이가 거의 없다고 하는군요. 저는 모든 사람이 수도자처럼 살 필요는 없다고 생각합니다. 하지만, 사람들이 우리의 신실과 순결 규칙을 조금만이라도 받아들인다면 콘돔 캠페인을 수천 번 하는 것보다 효과가 있을 겁니다. 또 환경문제가 급속도로 악화되는 걸 보세요. 세계에서 가장 지저분한 나라, 그 나라 사람들 대부분은 깨끗한 공기, 깨끗한 물, 깨끗한 음식을 접하지 못합니다. 그건 남의 일이고 우리와는 상관없다고 말해서는 안 됩니다. 이 대규모 빈민가에서 배출되는 오염된 대기는 전 지구를 돌아다니다가 언젠가는 우리 머리 위에도 드리워질 것입니다. 저는 때때로 이렇게 묻습니다. 성 베네딕토라면 이런 상황에 대해 뭐라고 말할까요? 그의 메시지는 옛날과는 다른 형태가 될까요? 절제, 청결, 형제애…… 이런 것들은 이제 한물 지난 것들인가요? 절약의 미덕, 특히 자연자원의 절약과 같은 덕목은 어느덧 미련한 소리가 되어버렸나요? 내가 무슨 말을 하는지 이해하시겠어요?"

아니, 난 이해하지 못했다. 하지만 저 수도자는 아랑곳하지 않는 것 같았다. 어쩌면 나는 그가 침착함의 덕목을 잊어버릴 정도로 민감한 부분을 건드렸는지도 모른다. 그의 목소리는 점점 더 커졌다.

"죄, 죄! 이 세상은 도무지 죄라는 걸 모릅니다. 설령 죄를 안다고 해도 그 죄와 타협하려고 들지요. 여자들이 신부에게 와서 따집니다. 제발 좀 죄에 대해서 얘기하지 말라고. 어린아이들이 그 얘기를 듣고 무서워하고 게다가 사랑의 하느님에 대한 잘못된 이미지를 갖게 된다고. 고해소는 진즉에 고문소가 되었습니다. 그런데 바로 그 아이들에게 부모라는 사람들은 끊임없이 거짓말을 하지 않나요? 그 아이들에게 마약은 이미 일상적인 것이 되고 있으며, 하루에도 몇 시간씩 비디오 게임을 한답시고 잔인한 학살을 연습하지 않는가요? 이걸 달리 어떻게 말할 수 있겠습니까. 자기의 죄를 인정할 줄 모르는 사람들의 무능력은 영적인 무감각의 가장 위험한 형태입니다. 왜 그런가요? 그것은 인간이 스스로 개선할 수 있는 여지를 없애버리기 때문입니다."

존 신부의 이야기는 아직도 끝나지 않았다.

"죄, 죄라. 다른 무슨 필요 때문이 아니라, 단지 심심해하지 않기 위해서 사람들이 지출하는 돈, 그 엄청난 돈은 정말 믿기 어려울 정도 아닌가요? 각종 영화, 쇼, 신문, 책, 음악, 스포츠 경기에 들어가는 돈을 생각해보세요. 어떤 축구 선수는 일 년에 수백만 달러를 법니다. 골프 선수 한두 사람이 버는 돈이 어느 작은 국가의 수입보다 많을 때도 있습니다. 배우들은 천문학적인 액수의 출연료를 받습니다. 도대체 무슨 일이 일어난 겁니까? 어째서 아무도 얘기를 하지 않는 거죠?"

존 신부는 방 안을 계속 왔다 갔다 했다.

"어쩌면 당신도 '수도원의 계율' 하면 박물관을 떠올리는지도 모르겠군요. 우리 시대와는 맞지 않는 얘기라는 거죠. 하지만 여기서 우리가 이야기하는 것은 죽은 문자나 심령술사의 주문 공식이 아닙니다. 그런데 자신을 그리스도인이라고 부르는 사람들조차도 우리를 이해하지 못합니다. 교회요? 교회는 엄격한 근본 진리를 선포해야 할 순간마다 딸꾹질을 하고 있습니다. 참으로 비극적인 일입니다. 이 세상은 자폐증에 빠졌어요. 이게 죄냐고요? 정 저의 의견이 듣고 싶으시다면 그렇습니다, 죄지요."

존 신부는 소파에 털썩 주저앉아서 잠깐 동안 숨을 돌렸다.

"네, 이제는 흥분을 좀 가라앉히겠습니다. 요즘은 다른 사람을 지루하게 하는 것이 마치 큰 죄라도 되는 듯한 취급을 받습니다. 듣기에 불편한 진리를 전파하는 것도 마찬가지예요. 그렇지만 이 하나만큼은 꼭 말해야 할 것 같습니다. 우리의 영혼을 재로 뒤덮는 것은 큰 죄들이 아니라, 그러니까 우리에게 도전이 될 정도로 큰 죄들이 아니라 자잘한 유혹들이라는 사실 말입니다. 일반적으로 살인을 저지르지 않는 건 그리 어려운 일이 아닙니다. 하지만 혀를 잘 다스리고, 분노를 통제하는 일은 더 어렵습니다."

잠시 후 그는 이렇게 덧붙였다.

"방금 전에 보셨듯이."

사람들이 악의 존재를 우습게 여기고 무시하거나 아예 부정하는 것은 우리 시대의 특이한 현상 가운데 하나다. 그와 동시에, 도저히 긍정적이라고 볼 수 없는 어떤 태도가 현저하게 증가하는 것이 두드러진다. 거의 모든 텔레비전 오락 프로그램이 선과 악의 양극 구도를 다루고 있다. 단순히 범죄 드라마의 범람만을 얘기하는 것이 아니다. 사회학자들은 다양한 영역에서 규칙 위반과 폭력성의 경향이 고조되고 있음을 지적한다. 학자들은 우리 사회에서 '경험적으로 측정할 수 있을 정도의 잔인성과 도저히 이해할 수 없는 악의가 눈에 띄게 증가하고 있다.'는 사실을 놓고 토론을 벌인다. 연구에 따르면, 전율을 일으킬 만큼 충격적이고 잔혹한 장면을 접하면 쾌감이 고조되며 사람들은 이것을 의식적으로 추구하는 경향을 보인다. 여기서 문제가 되는 것은 단순히 일부 잔인한 범죄 장면이 아니라, 그러한 행동의—구식 표현을 써서 말하자면, '죄가 되는' 행동의—사회적 수용이다. 악과의 타협은 단순한 금기 타파로 간주될 수 있는 성격의 것이 아니다. 괴테도 지적했듯이 '악마는 살금살금 들어왔는데 이제는 도저히 내보낼 수가 없게 된' 것이다.

한때 그리스도교는 이 세상에 존재하는 악마란 악마는 모조리 몰아내야 한다며 작업에 착수했던 적이 있다. 그리하여 물의 정령을 쫓아내고, 신비 의식과 심령론과 부두교 의식으로 뒤섞인 이교도 문화의 생존 근거를 박탈해버렸다. 그렇다고 악의 존재가 이 세상에서 완전히 박멸된 것은 아니었다. 성 아우구스티노도 세계를 이끄는 주도적인 동력과 이념은 선한 세력과 악한 세력의 싸움에 있다고 이해했다. 근본적으로 인류의 역사는 우리를 부정적인 행동으로 유혹하는 것과, 우리에게 긍정적인 효과를 미치는 것 사이의 영원한 대결에 다름 아니다. 그리스도 자신도 항상 악마를 쫓아냈으나 영원히 몰아내지는 못했다. 하늘의 아버지께 드리는 그의 위대한 기도 가운데 마지막 청원은 '저희를 악에서 구하소서.'이다. 그리고 그 기도는 오늘날까지도 지속되고 있다.

천사의 추락에 관한 신화는 악의 경험을 이미지로 담아보려는 최초의 시도였다. 전해 오는 이야기에 따르면, 이 드라마는 루시퍼가 근원적 존재의 거울로 머무르기를 거부하고 스스로 빛이 되려고 하면서 시작된다. 그는 자신이 올라서는 안 될 자리에 오르려 했고, 결국 묵직한 죽 덩어리가 하늘에서 뚝 떨어지듯이 우주의 모든 차원을 거쳐 추락에 추락을 거듭하다가 마지막에는 혼돈의 세계로 떨어졌다. 이렇게 추락한 천사 때문에 사람들은 하느님을 생명의 수여자가 아닌 낯선 존재로 바라보게 되었다. 이 낯선 존재는 종종 위협적인 모습을 보이기도 한다. 추락한 천사는 하느님으로부터 멀리 떨어져 있는 상태에서 더 이상 창조적인 힘이나 자체적인 생산성을 지니지 못한다. 그러나 이 뒤틀리고 뒤집힌 존재는 자신의 주 무기인 거짓말을 이용해 사람들을 현혹하고 역사라는 공간에서 인간이 하느님에게 대항하여 싸움을 벌이도록 할 수는 있다.

여기까지가 신화의 줄거리이다. 일전에 라칭거 추기경과 인터뷰를 할 때 우리는 난해하기 짝이 없는 악의 현상에 대해서도 이야기를 나누었다. 악은 도대체 어떻게 이 세상으로 들어왔는가? 그것이 나의 물음이었다. 하느님한테도 어두운 측면이 있는가? 그때 추기경은 이렇게 대답했다.

"하느님은 악의 신 같은 것은 창조하지 않으셨습니다. 그분은 자기에게 필적하는 대적자를 세워두신 적이 없습니다. 대신 예수 그리스도를 통해서 사랑의 심연, 즉 인간은 도저히 측량할 수 없는 사랑의 심연을 보여주셨습니다. 그분이 창조하신 것은 자유와 어떤 상태, 즉 우리의 이해력이 이 자유를 종종 감당하지 못하는 상태입니다."

악은 어떤 고유한 성질의 것, 존재성을 띤 것이 아니라 '결여(비존재)'이다.

악이란 기생식물과 같다. 질투의 힘, 돈의 힘을 생각해보라. 그 밖에도 인간의 마음을 휘감아 밑으로 잡아끄는 수많은 세력들을 생각해보라. 그것들이 '피조물을 물어뜯고' 있다. 악은 일단 숙주에 붙어 살아가다가 서서히 그 안에서 지배력을 장악하고 마침내는 숙주를 죽임으로써 스스로도 죽는 기생식물 같은 것이다. 라칭거 추기경은 이렇게 말했다.

"만일 내가 악에게 가까이 간다면 그것은 내 존재를 야금야금 잠식하는 기생충을 위해서 존재 발현의 공간을 내주는 것과 다름 없습니다. 하지만 궁극적으로 이 '비존재'에게는 아무런 힘이 없습니다. 우리는 오직 하느님만이 하느님이며, 그분께 의지하는 사람은 악마적 세력을 두려워할 필요가 없음을 항상 알고 있어야 합니다."

나는 존 신부와 원칙적인 토론은 더 이상 하고 싶지 않았다. 성경의 기록은 나에게 항상 의혹의 대상이었다. 한 가지 예로 아담과 하와의 원죄 이야기를 들 수 있는데, 그때 이후의 모든 세대에게 부담을 주는 게 무슨 의미가 있는가? 어째서 바오로 같은 사람이 자신마저도 '죄의 율법에 매여 있다.'고 느껴야 했는가? 바오로 사도는 이렇게 탄식했다.

"나는 내가 원하는 선한 일은 하지 않고, 도리어 원하지 않는 악한 일을 합니다."

가만히 앉아서 내 질문을 듣던 존 신부가 말했다.

"좋습니다."

나의 문제 제기가 그를 상당히 당혹스럽게 했는지 그의 이마에 땀이 맺힌 것을 볼 수 있었다.

"많은 사람들이 이 교리에 거부감을 느낀다는 것은 나도 알고 있습니다. 인류의 타락, 다시 말해 인간이 자유의지로 죄에 빠져 들어간 사건과 뒤이어 낙원에서 추방당한 일은 인류 최대의 신화입니다."

수도자 존 신부는 손에 들고 있던 책을 옆에 내려놓았다. 색색의 포스트잇으로 중요한 페이지를 표시해둔 기도서였다.

"잘 아시다시피 우리는 지금 역사학적으로 검증이 가능한 사건에 대해 이야기하는 것이 아닙니다. 하지만 나는 지금으로부터 수천 년 전에 그 이전에는 예견하지 못했던 어떤 일이 일어났다고 믿습니다. 일어나지 않았어야 했을 어떤 일이."

신부는 무슨 범죄 사건의 단서를 찾으려는 사람처럼 비밀스러운 자세를 취했다. 그가 말하는 것은 그리스도교에 속하지 않는 이들에게도 친숙한 내용이었다. 아담과 하와는 '선악을 알게 하는 지식의 나무'에 손을 댐으로써 절대 금지 명령을 위반했다. 그때부터 그들은 거짓과 교만, 고통과 죽음의 지배하에 있는 존재로 강등되었다.

"옛날과 같은 것은 무엇 하나 없었습니다. 왜냐고요? 아주 간단합니다. '지식의 나무' 열매를 먹지 말라는 명령을 어김으로써 그들에게 어떤 변질된 자의식이 들어왔기 때문입니다. 어쩌면 그 두 사람이 살았던 땅은 여전히 낙원이었는지도 모릅니다. 다만 인간의 달라진 의식이 그 땅을 완전히 바꾸어놓았을 겁니다. 다른 게 아니었습니다."

존 신부의 말이 이어졌다.

"만일 우리가 두 번째 죄, 더 심한 죄를 생각한다면 아마도 어떤 재앙이 일어날 것인지 더 쉽게 생각할 수 있을 겁니다. 구약성경의 창세기에는 '지식의 나무' 열매를 먹은 인간이 '생명 나무'의 열매까지 따 먹을지도 모른다는 경고가 나옵니다. 우리는 유전자 조작을 통해서 그 단계를 바로 코앞에 두고 있습니다. 내가 천리안을 가진 사람은 아니지만, 그것으로 인해 새로운 문제가 인류에게 발생할 것이며 일단 그렇게 되고 나면 이미 벌어진 일을 수습하는 건 불가능하리라고 봅니다. 무엇인가가 이 세상에 출현하면 사람들은 그제야 비로소 그게 어떤 건지를 알게 됩니다. 그리고 그걸 놓으려고 하지 않습니다. 얼마 전 미국의 유전자 연구원이며 신경과학자인 론 매케이가 이렇게 말했습니다. '우리는 신보다 낫다.' 어떻게 보면 사람들은 이 사람에게 고마워해야 합니다. 그는 어쨌든 다른 많은 사람들이 이미 생각하고 있는 것을 아주 분명하게 말했을 뿐입니다. 그 사람처럼 말하거나 생각하지 못했던 것은 그 말에 대한 두려움 때문이었겠지만 실제로는 다들 그 말처럼 살고 있으니까요. 우리는 신보다 낫다! 아니라고 할 게 뭐 있습니까? 어떤 면에서 그건 당연한 결론에 불과합니다. 우리의 삶의 철학은 더 이상 하느님의 도움을 필요로 하지 않습니다. 우리는 다른 이의 능력에 의존하지 않기 때문입니다. 도무지 있는지 없는지도 모르는 존재에 의존해야 할 필요는 없으니까요."

추가 설명이 뒤따랐다.

"이런 오만불손에 대한 응답은 이미 오래전부터 나타나기 시작했습니다. 성경적인 시각에서 볼 때 그렇다는 겁니다. 천사장 미카엘과 경쟁자 루시퍼 얘기를 해봅시다. '미카엘'이라는 이름의 뜻은 '누가 하느님과 같으랴.'입니다. 그리고 이 말은 누가 하느님과 같은지 궁금해서 하는 질문이 아닙니다. 꼭 예언자가 아니더라도 지금 인류가 중대한 기로에 서 있으며, 여기서 어떤 결정을 하는가에 따라 인류의 미래가 결정된다는 것쯤은 알 수 있습니다. 이기주의에 젖어 사는 우리가, 모든 인간이 하느님의 계획이며 그분의 선물로서 유일무이한 존엄성을 지닌 존재라는 사실을 받아들이지 않는다면 매우 심각한 변화가 일어날 것입니다. 역사는 그때부터 전혀 다른 방향으로 흘러갈 것입니다. 그러면 우리가 사는 세상은 말 그대로 어두운 곳이 될 수도 있습니다. 이미 처음 있는 일은 아니지만 말입니다."

나는 원죄에 대한 나의 물음을 떠올렸다.

그가 말했다.

"당신이 성경의 이미지를 이해하고 싶다면 질문 방식을 바꾸어야 합니다. 예를 하나 들어보지요. 당신이 미술관에 가서 어떤 예술 작품 앞에 섰다고 해봅시다. 무엇을 하시겠어요? 당신이 피카소의 '게르니카'를 봤는데 이 그림이 그 도시를 사진처럼 정확하게 그렸는가 그렇지 않은가로 작품을 평가하시겠습니까? 분명 아닙니다. 아마 이런 질문을 던지지 않을까 싶습니다. '이 그림이 뭔가를 표현하는 것 같지?' '이 그림이 말하고자 하는 건 뭘까?' '여기서 무슨 일이 일어난 걸까?' 제 생각으로는 원죄에 관한 교리도 이와 같습니다. 원죄가 말하려는 게 있습니다. 어떤 죄가 있는데 도무지 사라지지 않고 한 세대에서 다음 세대로 계속 이어지더라 이겁니다. 그런 죄가 상당히 많습니다. 핵폐기물 문제나 나치의 범죄를 생각하면 금방 이해가 갈 겁니다. 어떤 나라에서는 소름 끼칠 정도로 엄청난 액수의 부채가 다음 세대, 또 다음 세대에게 넘어가니 이것 역시 죄의 상속(원죄)입니다. 그러므로 이 원죄라는 그림이 말하려는 바는 아주 분명합니다. '너희는 자신의 행동에 책임을 져야 한다. 작은 일이든 큰일이든, 좋은 것이든 선한 것이든 너희의 행동에는 항상 결과가 뒤따른다.' 이것입니다."

존 신부는 아버지같이 자상한 음성으로 이야기를 들려주었다. 그는 훈계조의 설교는 하고 싶지 않아 했다. 그러나 선과 악에 대한 대화는 이미 시작되었고, 존 신부는 그것이 수도자들의 고유한 주제라고 말했다.

"수도 생활은 산 위에 있는 빛과 같습니다. 가능한 한 밝은 빛을 비추기 위해서는 수정처럼 투명해야 합니다. 수도원의 비석에 새겨진 글씨는 대문자여야 합니다. 깨알 같은 소문자로 인쇄된 책으로는 안 됩니다. 수도원은 먼바다에서 빛나는 등대입니다. 우리에게 항상 길을 가르쳐주는 등대 말입니다. 너무 깊어서 위험한 곳, 너무 얕아서 위험한 곳을 미리 알려주어야 합니다. 이 세상의 모든 악에 대한 우리의 대답은 무엇인지 한번 생각해보십시오! 바로 우리의 3대 서약입니다. 이 서약이 시대에 안 맞는 것처럼 들릴지도 모릅니다. 하지만 실제로는 시대를 초월한 진리입니다. 오늘날 우리는 그것을 잘 이해하지 못합니다. 좀 더 정확히 말하자면, 이해하려고 하지 않습니다. 그러나 그것이야말로 인류가 낙원에서 추방된 이래로 끊임없이 고민해왔던 물음, 즉 돈과 권력과 섹스에 관한 물음에 답을 주는 것입니다."

일찍이 사막의 수도자들은 인간 내면의 위험스러운 성향이 과도해지는 것을 막아줄 수 있는 참된 길을 찾기 위해 노력했다. 마티아스 그뤼네발트(1472-1528 당시 독일의 가장 위대한 화가의 한 사람. 강렬한 색채와 격정적인 선을 통해 환상적이고 종교적 정열이 넘치는 명작을 남겼다. 성 안토니오 교단 수도원의 제단화는 그의 대표작으로 꼽는다)는 성 안토니오가 악마와 맞서 싸우는 장면을 극적으로 묘사했다. 그 그림은 인간이라는 존재가 맞닥뜨린 문제의 상황을 아주 생생하게 표현해냈다. 선과 악은 인간의 영혼을 차지하기 위해 격렬한 싸움을 치른다. 사막 교부들의 언어에서는 심리적인 통찰과 영적인 통찰이 긴밀하게 연결된다. 악마는 괴물의 형상을 입고 성인을 공격한다. 그 사막의 수도자는 악령이 사람의 기분 상태에 따라 각기 다른 모습으로 나타난다는 것을 미리 꿰뚫어 보았다. 겁 많고 소심한 사람을 만나면 끔찍한 모습으로 나타나 두려움을 증폭시킨다. 반대로 하느님을 철저하게 신뢰하며 마음에 용기가 있는 사람을 만나면 '부끄러워하면서 그 영혼으로부터 달아날' 것이다.

성 베네딕토도 자신의 길을 방해했던, 그래서 반드시 극복해야만 했던 유혹에 대해 말한 바 있다. 한번은 입고 있던 옷을 다 찢어서 벗어버리고 알몸으로 가시덤불에 뛰어들었다고 한다. 자신을 너무나도 괴롭히는 상념들, 달콤하게 다가오는 성적인 환상들을 극한 고통의 충격을 통해 단번에 끝장내려고 했던 것이다. 이 단호한 행동이 그에게 구원을 가져다주었고 깨달음의 초석이 되었다. 성 베네딕토는 그 깨달음을 통해, 인생에서 가장 위험한 세 가지 악마에 맞설 수 있는 해결책, 즉 수도 생활을 발견하기에 이르렀다.

이미 오래전에 그리스도가 이를 해결하는 말씀을 제시했다. 그리고 성 베네딕토는 이 복음의 충고에 따르는 삶의 훌륭한 모범을 보여주었으며, 그 길을 지혜의 책에 새겨놓아 후세의 사람들에게 참삶의 길을 권고하고 있다. 존 신부의 표현을 빌리자면, 그렇게 해서 '저 높은 산 위의 빛'이 된 것이다. 세 개의 '복음적인 권고'는 바로 순종, 가난, 순결이다.

성 베네딕토나 그 밖의 다른 수도회의 창건자들이 확실하게 거부하는 것은 이 '악한 세상' 혹은 '악덕'이 아니다. 수도자도 다른 사람들과 똑같은 인간이다. 다만 그 무엇에도 흔들리지 않으면서 무엇인가를 가리키는 경고 신호판 같은 삶을 사는 사람들이다. 그런 면에서는 워싱턴의 백악관 앞에서 피켓을 들고 외로이 시위하는 사람과 크게 다르지 않다.

수도자의 덕은 세 개의 기둥으로 구성된다. 순종의 서약은 인간적인 권력의 유혹에 맞서는 개념이며, 가난은 안정에 대한 욕구와 소유욕으로 치우친 삶에 균형을 잡아주고, 순결은 올바른 성과 결혼에 관계된다. 권력과 소유와 성은 인간 존재의 중요한 가능성들이다. 그러나 여기서 갑자기 균형이 무너지면서 맨 아래쪽에 있어야 할 특성이 맨 위로 올라오게 되면 부정적인 효과가 나타난다는 것이 그 가능성의 양면성이다.

이른바 악이 활성화되거나 반대로 위축되는 사회적 상황이 분명히 존재한다. 예를 들어 전쟁이라는 상황은 악이 아예 활개 치고 다닐 수 있는 여건을 제공한다. 전제주의 정권은 그 자체로 이미 악의 분위기를 형성한다. 현대사회를 거의 장악한 돈과 섹스의 독재는 굳이 이 시대의 현상만은 아니다. 대대적인 몰락을 경험한 시대는 거의 예외 없이 부도덕과 파렴치가 번성하던 시대였다. 종교적 가치를 멀리하는 사회적 분위기는 위험한 불화의 신호탄이었다. 이것은 단순히 한쪽에는 미덕, 다른 한쪽에는 부도덕을 올려놓은 저울이 돌연 부도덕 쪽으로 기울었다는 사실만을 의미하는 것은 아니다. 악의 문제가 경시되면 십중팔구 신중함도 실종되기 때문이다. 이는 경찰력의 배치 과정과 비교할 수 있다. 경찰 관료들은 조직화된 범죄 단체의 움직임이 포착되지 않는다 싶으면 범죄에 맞설 태세를 보이지 않는다. 어지간한 일은 내버려두기까지 한다.

존 신부는 다시 수도자들의 대응책에 관해 얘기하기 시작했다.

"이것은 순간적인 현상이라기보다는 어떤 규칙성을 띤 것입니다. 재물과 돈이 절제와 나눔이라는 미덕과 결합되지 않으면 유혹의 올가미에 빠진다는 말은 진부하게 들립니다. 그것은 이미 상투적인 말이 되어버렸습니다. 그렇지만 우리는 사람들이 맘몬(재물, 재산, 돈을 뜻하며 하느님과 대립되는 우상 가운데 하나를 이르는 그리스어의 '마모나스'에서 나온 말)을 추구한 나머지 일체의 수치심이나 연대감을 너무 쉽게 내던져버리고 마지막에는 오로지 자기의 재산을 위해서, 또 그 재산을 잃을까 하는 두려움 속에 살면서 자기 자신을 파멸로 몰고 가는 것을 보고 있습니다.

섹스에 대해서는 더 이상 많은 말을 할 필요도 없겠지요. 어린이 매춘이나 섹스 관광의 사례만 봐도 인간의 성이 얼마나 악마적인 측면을 지니고 있는지 잘 알 수 있습니다. 미국에서는 수백만의 청소년들이 '참사랑은 기다릴 줄 안다!'는 구호 아래 캠페인을 벌이고 있다고 합니다. 물론 이것이 수도자적 순결 정신의 부활이라고 할 수는 없습니다. 하지만 이들은 분명히 어떤 집단이나 유행의 구속에서 벗어나 자신의 성에 대한 주체적인 결정권을 되찾으려고 하는 것입니다.

돈에 관한 얘기를 좀 더 하지요. 스위스의 전통 지폐를 한번 보십시오. 거기엔 돈이 지배하는 이 세상에서는 농담처럼 들리는, 그런데 왠지 모르게 섬뜩한 느낌을 주는 상징들이 나옵니다. 예컨대 5프랑짜리에는 이렇게 쓰여 있습니다. '주님께서 예비하시리라.' 100프랑짜리 지폐에는 추위에 떨고 있는 걸인에게 자신의 외투를 칼로 베어주는 성 마르티노(317-397 지금의 헝가리인 판노니아에서 태어났다. 로마군에서 복무하던 어느 추운 겨울날, 걸인 한 사람이 겉옷도 없이 떨고 있음을 본 그는 자기의 겉옷을 반으로 잘라 나누어주었다. 그날 밤 꿈에 그리스도가 반쪽 겉옷을 걸친 걸인 모습으로 나타나심을 경험한 마르티노는 자기의 갈 길이 그리스도교 신앙을 전하는 것임을 확신하고 군대를 그만둔 뒤 제네바 호숫가의 작은 섬에서 은둔 생활을 시작했다)의 모습이 그려져 있습니다. 그리고 1천 프랑짜리 지폐에는 부자들도 가난한 사람들과 마찬가지로 이 세상에서 소유했던 모든 것을 빼앗겨야 하는 죽음의 춤이 그려져 있습니다.

권력(힘)의 문제 역시 피상적인 것이 아닙니다. 인간은 동물과 식물, 불과 물에 대해 권력을 휘두르면서 자신의 한계를 망각하고 거의 신적인 권력을 내세우려는 유혹에 빠지기 쉽습니다. 자신에게 주어진 자유를 부정적으로 사용하여 삶을 망치는 것은 자기 자신에 대한 권력 남용입니다. 함께 살아가는 이웃을 자신의 부하 다루듯 하고 탈취와 욕망의 대상으로 전락시키는 것은 타인에게 잘못된 권력을 휘두르는 것입니다. 부정한 돈과 불의한 권력이 어떤 법칙성에 따라 모든 악의 뿌리, 즉 소유욕으로 발전하는 것은 상상하기 어려운 일이 아닙니다."

베네딕토 수도회의 신부는 그렇게 말을 끝맺었다. 그때 나는 다른 수도회의 수도자 한 사람을 떠올리지 않을 수 없었다. 그는 지금까지도 인류의 급박한 문제로 남아 있는 여러 가지 물음에 대하여 자신의 온 생명으로 답을 주었던 이다. 성 베네딕토가 하느님의 말씀을 향한 철저한 순종에 비중을 실어 인간을 교만과 타락의 길에서 구하려 했다면, 그로부터 700년 후에 활동한 이 사람은 인간 사회가 얼마나 위태로운 지경에 빠질 수 있는지에 중점을 두고 세상의 빛을 추구하였다. 그가 살았던 시대는 그 위험성에 대한 잠재력이 거대하게 자라나고 있었다. 그는 아주 부유한 청년이었다. 복음서에 나오는 부자 청년이 재물에 마음이 묶여 예수를 따르지 못했던 것과는 달리, 부자의 아들이었던 이 청년은 그 누구보다도 철저하게 그리스도와 닮은 사람이 되었다.

사람들은 그를 '프란치스코', 즉 작은 프랑스인이라고 불렀다. 어렸을 적부터 프랑스 노래를 기막히게 잘 불렀기 때문이다. 부유한 포목상의 아들인 그는 버릇없고 빈둥거리기 좋아하는 젊은이였다. 좁은 이마, 쫑긋 세워진 귀, 염소수염의 이 청년은 아버지의 돈을 유흥으로 탕진하는 일에 있어서는 지나치다 싶을 정도였다. 그는 성 베네딕토처럼 곰 같은 강인함은 없었지만, 암사자와 같은 용기를 가진 사람이었다.

1206년이 되었다. 그때까지 이 젊은이는 마음껏 돈을 쓰고, 최신 유행하는 옷을 입고, 사치와 열정에 탐닉하는 자신과 자기 또래집단이야말로 새로운 시대정신을 구현하는 새로운 세대, 가장 모범적인 미래의 모습이라고 느끼고 있었다. 무엇인가에 들뜬 상태에서 용기를 시험하거나 내기를 하듯이 갑작스레 모든 것을 바꾸려는 몸짓이 불쑥불쑥 튀어나왔다. 그러던 어느 날 아시시의 프란치스코는 한 문둥병자에게 몸을 굽혀 입을 맞추고 그 병자의 입맞춤을 받는다. 이것은 역사의 흐름을 전혀 다른 방향으로 돌려놓은 결정적 전환의 순간이었으며, 장미 가시에 찔려 깊은 잠에 빠져 있던 공주를 깨운 입맞춤처럼 인류의 역사를 깨워 일으키는 입맞춤이었다. 이 세상과 교회는 그 이전과는 전혀 새로운 세상, 새로운 교회가 되었다.

프란치스코는 가난한 사람을 위한 수도자가 아니다. 자선사업을 하기 위해 그가 이런 운동을 일으킨 것은 아니었다. 발터 디르크스(1901-1991 독일의 가톨릭계 언론인이자 작가. 가톨릭 연맹의 독일어 잡지 감독을 하며 기독교에 정치 실천 동기를 부여하려 하였고, 나치즘을 적극 거부했다. 기독교와 사회주의를 융합한 기독교 사회주의의 기반 구축을 위해 노력하였다)가 말했듯이, 아시시의 프란치스코는 오히려 부자들에게 보냄을 받은 사람이었다. 프란치스코는 가난한 이들에게 절제와 만족을 설교하지 않았다. 그는 부자들을 향해 가난을 설교했다. 저 입맞춤의 순간에 그는 철저한 전환을 경험한다. 그는 자기의 옷과 재산을 훌훌 털어버렸으며, 과거 자신의 생활 방식이 갑자기 족쇄처럼 느껴졌다. 이제 그에게 진정한 재산은 '거룩한 가난'이라는 측량할 수 없는 보배였다. 그는 가난이야말로 '이 세상의 유한한 모든 것들을 경멸할 수 있도록 해주는 하늘의 선물'이라고 칭송했다. 프란치스코는 돈을 경멸했다. 그는 자신을 따르는 탁발 수도자들에게 돈을 똥처럼 여기라고 명령했다. 가난한 사람들에게 베푼다는 명목으로 돈을 거두어들이는 일도 허용되지 않았다. 길을 가다가 돈이 떨어져 있는 것을 보면 '나귀의 두엄 더미에 던져버려야' 했다.

성 프란치스코는 혁명가가 아니었다. 그는 '다만' 자신의 경험과 깨달음을 그대로 실천하며 살아나갔다. 그는 원칙적으로 확고한 지침이나 계율을 갖춘 수도회를 창설하려고 하지도 않았으며, 부자들을 겨냥해 장광설을 늘어놓지도 않았고, 자본주의에 대한 수사학적 비판을 전개하지도 않았다. 그는 가난한 사람을 위해 베푸는 '다른 돈'을 기뻐하였다. 하지만 그 시대에 이미 돈이 제 모습을 잃었다는 것, 돈이 이 땅과 사람을 위한 사회적인 책임에서 점점 이탈된 움직이는 재물이 되어 빠른 속도로 이곳에서 저곳으로 이동하며 쉽게 이용할 수 있고, 더 편리하게 긁어모을 수 있으며, 그만큼 더 유혹적인, 그래서 단순한 경고로는 더 이상 통제할 수 없는 위험한 실체가 되었다는 것을 그는 잘 알고 있었다. 게다가 교회마저도 벌써 한참 전부터 돈의 밧줄에 칭칭 묶여 옴짝달싹 못하는 신세가 되지 않았던가.

성 베네딕토에 따르면 수도 생활의 이상은 '자신의 삶을 최대한 맑은 눈으로 감시하는 것'이다. 수도회의 창시자인 이 사람은 죄에 맞서는 싸움보다는 긍정적인 행동에 더 중점을 두었다.

"선을 행하고 악을 피하라. 평화를 찾아서 뒤따라가라."

이것이 그의 모토였다. 긍정적인 생각은 수도자들의 사고의 기본 골격이다. 거짓말하지 않는 것, 남의 것을 훔치거나 남을 속이지 않는 것, 남을 비방하지 않는 것, 소유욕과 탐욕과 중독으로 자기 자신을 망치지 않는 것이다. 허영심과 허풍은 수도자들에게 전혀 영향을 주지 못한다. 부와 성공이라는 목표는 그들의 안중에 없다. 선하지 않고 유혹적인 것이라 생각되는 일은 아예 피한다. 험담, 자만, 질투, 무성의함, 성적 탐닉, 빈말, 알코올, 조급함, 불안함 등이 그런 것들이다. 그들은 외적인 부와 권력뿐만 아니라 자기 영혼 내부의 부정적인 경향과 실수에 대해서도 경계를 늦추지 않는다. 그들은 이 세상에서 낙원을 기대하지 않는다.

세속의 조건에서 아무런 상처 없이 행복하게 산다는 것은 불가능한 일이라고 존 신부가 말했다. 내가 이해하는 한, 수도자는 다른 어떤 것에도 영향 받지 않고 사실적으로 보는 것을 중시한다. 모든 존재를 있는 그대로 보아 자기 나름의 판단력을 형성하는 것이다. 여기서 중요한 부분은 '있음(존재)'과 '있는 것처럼 보임(허상)', 실재와 시뮬레이션, 참과 거짓을 구분하는 것이다. 쉽게 말해 중요한 것과 중요하지 않은 것을 구별하는 것이다.

"당신도 기억하실 겁니다. 베네딕토 성인이 아주 불행한 일을 당한 어느 젊은 수도자에게 이렇게 말한 적이 있습니다. '가서 일을 하라. 그리고 슬퍼하지 말라.' 그러니까 그 불행에 대해 야단법석을 떨 것이 아니라, 마음을 가라앉히고 당장 자기 눈앞에 있는 일을 평온하게 해나가라는 겁니다. 짚불이 금방 확 타오르듯이 눈에 보이는 성과가 바로 나타나는 것은 아닙니다. 베네딕토 성인도 몬테카시노에서 자신의 존재 전체를 바쳐 작은 씨앗을 심고 그것이 꽃을 피울 때까지 많은 세월을 기다렸습니다. 그 씨앗이 풍성하게 자라나 그 이전까지 누구도 일구어내지 못한 풍성한 열매를 맺은 것입니다. 마침내는 그 작은 움직임으로 유럽 전체에 새로운 기운이 일어났습니다."

수도원에는 억지 낙관주의자가 없다. 남의 호감을 끄는 웃음으로 명랑한 기분을 팔아먹는 사람들 말이다. 수도자에게 '긍정적 사고' 그 자체는 자기기만에 이르는 길로 간주되기도 한다. 산꼭대기에 올랐을 때 느낄 법한 몽롱한 기분에 휩싸여 과도한 의욕으로 금방 타올랐다가 금방 사그라져 침체감을 남기는 것처럼 말이다. 목적이 수단을 정당화할 수 없듯이, 수단이 이기적인 목적을 정당화할 수 없다. 긍정적 사고가 긍정적 행동과 결부되지 않으면 그것은 벌써 일차원적이고 그로 인해 위험한 지경에 빠지게 된다는 것이 수도자들의 확신이다. 진정으로 긍정적인 사고라면 그 자체가 목적이 될 수 없다는 것이다.

서점가에 대량으로 진열되어 있는 많은 책들이 '어떤 생각을 하느냐가 당신의 삶을 결정한다!'는 식의 피상적인 동기 유발, 자기 계발에 관한 것이다. 내가 존 신부에게 성공의 비결 운운하는 이런 책들에 대해 얘기하자 그는 성 아우구스티노의 말을 인용했다. 스스로를 과시하는 듯한 느낌이 훨씬 덜한 말이었다.

"어떻게 사랑하느냐가 당신의 삶을 결정한다."

나는 얼마 전 취재차 찾아갔던 뮌헨의 한 행사를 떠올렸다. 이름만 들어도 금방 알 수 있는 큰 기업에서 수천 명의 사원들을 그 행사장에 보냈다. 내 눈에 그곳은 최단시간에 육성시키기 위한 정신력 사육 농장처럼 보였다. 강사들은 인간을 완전히 새롭게 '포맷'시키면 엄청난 성공 프로그램을 입력할 수 있다고 주장했다. 그들은 '결심', '추진력', '긍정적인 사고'와 같은 말로 기업의 사원들을 더 능력 있는 인간으로 만들려고 했다. 이 행사는 멋진 음악과 함께 시작되었고 청중들의 분위기도 좋았다. 어느 강사는 이세상이 닭장에 불과하다고 소리를 질렀으며 사람들은 환호성을 올렸다. "그렇지 않습니까?" 하면 "네, 그렇습니다!" 하고 곧바로 반응이 왔다. 강사는 계속 떠들어댔다. 어디를 가나 닭들이 꼬꼬댁거리며 돌아다니고 있다는 것이었다. 그는 잠시 말을 멈추더니 갑자기 큰 목소리로 소리쳤다.

"하지만 당신! 당신은 독수리가 될 수 있습니다. 당신은 모든 걸 할 수 있어요. 당신의 약한 모습과 의심스런 마음을 내보이지 마세요. 그러면 성공하는 사람이 될 것입니다!"

존 신부가 그 자리에 있었다면 뭐라고 말했을지 모르겠다. 아마 지루해서 이리저리 돌아보다가 그냥 가버렸을 것 같다. 이 신세대 예언자들의 구호와 비교해볼 때 수도자들의 가르침이 그리 자극적이지 않은 것은 사실이다. "네가 바라는 것을 허용하지 말라. 사소한 소원 하나가 네 마음을 불안하게 만들 수 있다."는 가르침 보다야 "당신이 원하는 모든 것을 차지할 수 있다."는 목소리가 더 매력적으로 들리는 것은 당연한 일이다.

수도자의 생활 규칙에 따르면, 아주 멀리 떨어져 있는 것에 대한 욕구도 누그러뜨릴 필요가 있다. 왜냐하면 그런 동경을 가진 사람은 '미래에 대한 계획으로 시간을 허비하느라 진정한 평화에 결코 이르지 못하기' 때문이다. 교회의 스승이었던 성 프란치스코 살레시오는 거기서 한 걸음 더 나아간다.

"너는 지금 너의 상태에서 더 똑똑해지려고 해서는 안 된다."

우리의 시대정신을 각성하는 설교자들에 정면으로 맞서는 충고인 셈이다.

"그 대신 지금 네가 가지고 있는 약간의 지성을 활용하라."

이는 결코 만만한 일이 아니다.

7 수도원에서 배우는
삶의 기술

그때는 필요하지 않은데 방 안을 환히 밝혀놓거나 하지 않았다.
생필품을 생산해서 가능한 한 빨리 써 없애는 세상도 아니었다.
일을 할 때면 자연에 손상을 입히지 않도록 애썼다.
또한 살아가는 동안 모든 목적을 달성하는 것이 가치 있는 일이라고 생각하지
않았다. 오히려 기쁨을 잃지 않고 살아가는 게 중요했다.

모든 일에 정도를 지키라.

_누르시아의 베네딕토

젊은 수도자들과 나이 든 수도자들이 한자리에 모여 시편의 거룩한 말씀 한 구절 한 구절이 날줄과 씨줄처럼 자신들의 삶에 얽혀 들어오기를 바란다는 듯 그 위로 몸을 잔뜩 구부리고 읽는 모습에는 숭고함이 깃들어 있다. 위대한 현자들이 그 가운데 있다. 그들은 침묵하는 법을 배웠다. 그들은 노래하는 법을 배웠다. 악기를 다루고 꿀벌 치는 법을 배웠다. 심지어 다른 사람과 대화하는 방법도 배웠다. 바로 그런 맥락에서 수도자들의 아버지 바실리오도 이렇게 말한 것이다.

"어떤 사람이 말할 때 그 말 속에 배울 점이 많다고 생각하면, 자기가 생각해낸 말을 첨가하려는 공명심에 사로잡혀 그의 말을 끊는 일이 없도록 하라. 말과 행동에 있어 정도를 지키라. 남의 충고를 듣는 것을 부끄럽게 생각하지 말라. 오히려 남에게 충고하기를 꺼리라."

나는 수도자들이 무엇인가에 노심초사하거나 우울에 잠겨 있는 것을 본 적이 없다. 설령 그런 사람이 있다 해도 그 상태가 오래가지 않는다. 아흔 고령의 수도자들이 수도복에서 비둘기를 꺼내는 마술을 연기하며 가벼움을 발산하기도 한다. 그들은 지나치게 긴장하는 법이 없다. 영원한 생명의 가장 큰 몫이 아직 그들 앞에 있다는 것을 알기 때문이다. 그들은 잠을 더 잘 잔다. 밤이 되면 천사가 그들 곁에서 잠자리를 돌보기 때문이다.

수도자는 우리 아이들이 한 번도 배워보지 못한 것, 곧 '다른 사람이 못 들을 정도로 나지막한 것도 아니요, 교양 없이 높은 목소리도 아닌 중간 크기의 목소리가 가장 좋다.'는 것도 배운다. 뭔가를 말하기에 앞서 '자신이 무엇을 말하려고 하는지 깊이 생각해야 한다.'는 지침도 있다. 누군가 말을 걸어 올 때는 친절하게 반응해야 하며, 다른 사람과 대화를 나눌 때는 온화하게 대꾸해야 한다. 자기의 지식으로 다른 이의 호감을 얻으려고 해서는 안 되며, 오히려 온화한 권유로 고요함과 부드러움을 견지할 일이다.

요컨대 수도원에서 훈련하는 것은 지극히 실제적인 것, 즉 겸손을 배우고 자기중심성을 조금씩 허무는 일이다. 이웃 사랑이라는 구체적인 행동을 추구하지 않는 인식이란 수도자에게 전혀 가치가 없다. 카푸친 수도회(아시시의 성 프란치스코가 만든 수도회인 프란치스코회의 세 독립 분파 중 하나. 프란치스코가 정한 회칙을 엄수하며 기도와 선교에 힘쓰는데, 그 생활 태도가 매우 엄격하고 성당도 무척 소박하다)의 회칙에는 이런 말이 있다.

"그러므로 우리는 실제로 형제요, 가난한 사람이요, 선량한 인간이며, 이 세상이 우리를 보고 하느님의 평화와 인자하심을 느낄 수 있는 그런 사람들이다."

모든 수도자가 그렇다고 말하는 사람은 없을 것이다. 그러나 모든 수도자들이 그것을 자신에 대한 요구로 받아들인다. 아마 그것은 이 세상에서 가장 큰 요구일 것이다.

도무지 두려움을 모르는 한 무리의 사람들이 로마와 나폴리 중간에 위치한 산, 유럽에서 가장 거룩한 산을 애써 기어오르기 시작했다. 사람들은 그때가 529년이었다고 말하나 정확한 날짜를 아는 이는 아무도 없다. 그들의 뒤편으로는 아니에네 계곡과 로마의 자유도시 카시노가 있고, 앞에는 화산이 분출하는 모양으로 평지에서 가파르게 솟아오른 외로운 절벽이 있다. 복음서는 "아무도 등불을 켜서 그릇으로 덮거나 침상 밑에 놓지 않는다."고 가르친다. 그들이 공들여 돌 위에 다른 돌을 올려놓기 시작했을 때 이미 그들의 마음에는 '산 위의 동네'가 우뚝 서 있었다.

움브리아 지방의 귀족 출신으로 18세의 수사학도였던 베네딕토는 로마 사회의 음탕함과 진부함이 역겨워 세속 생활로부터 도피하기로 결심한다. 그가 걸어야 할 길은 멀고 멀었다. 그는 스스로를 극심하게 몰아붙이는 치기 어린 고행에 몰두하기도 했다. 어느 외딴 수도원에서는 수도자들이 자기들의 눈에는 너무나 신실해 보이는 이 젊은 수도자를 쫓아내기 위해 독배를 건네기까지 했다.

"오 형제들이여, 전능하신 하느님이 그대들을 불쌍히 여기시기를! 이제부터는 나를 볼 수 없을 것입니다."

그는 이렇게 짧게 말하고는 그곳을 떠났다.

그리고 수비아코에서 수도원 건립과 관련하여 첫 번째 경험을 쌓았다. 몬테카시노에 도착한 그는, 그리스도교의 영향하에 있었다가 다시 이교도의 문화를 받아들인 세계의 유적들과 아폴론 신전 등을 먼저 치워 없앤 다음 새로운 시대를 위한 건물을 짓는 데 착수한다. 실망, 실수, 결정적인 만남, 신비한 경험의 다양한 단계 등을 거치면서 베네딕토는 소명의 정점에 이르렀다. 그러나 이 세상은 두 세대가 지난 뒤에야 이 대가에게 주의를 기울이기 시작했다. 성 베네딕토의 위대함을 제대로 발견한 사람은 그레고리오 대교황(540?-604 부유한 귀족으로 태어나 로마의 장관으로 있었으나, 오랫동안 수도 생활을 꿈꾸어오던 그는 574년경 로마와 시칠리아에 수도원을 세우고 35세에 수도자가 된다. 그 뒤 콘스탄티노플의 교황사절로 활약하다가 교황으로 선출되었다. 무능한 성직자들을 해임시키고 대대적인 자선 활동을 전개했으며 부당한 박해를 받던 유대인들을 보호하고 베네딕토 수도회를 교황의 권위하에 두었다. 중세 교황직의 아버지로 추앙받는다)이었다. 그는 교부이자 예언자였던 베네딕토 성인이야말로 모세의 위대함에 필적할 만한 진정한 '하느님의 사람'이었다고 말했다.

성 베네딕토는 종교 기관을 통한 길을 걸은 것이 아니었다. 베네딕토와 그를 따르는 사람들은 다른 이들이 걷는 보통 길이 아니라, 자기 자신 안에서 느끼는 신성한 소명을 끈기 있게, 거의 고지식하다 싶을 정도로 따라갔다. 그들은 중도에 포기하는 법이 없었고 지나치게 지성에 의존하는 사고방식 때문에 길을 잃는 일도 없었다. 목표는 목표이다. 다른 무엇이 아니다. 길은 길일 뿐. 하지만 이 길을 찾는 것은 고된 일이었다. 성 베네딕토는 그 길을 찾아 나섰다. 이 세상을 이기고 인간의 정신을 드높이고 드넓히는 데 필요한 생명의 열쇠를 찾고 또 찾았다.

존 신부의 이야기가 시작되었다.

"우리는 베네딕토 성인에 대해 아는 바가 거의 없습니다. 역사적인 출처를 알 수 있는 자료는 정말 극소수입니다. 움브리아의 누르시아에서 태어난 연도나 죽은 날짜도 백 퍼센트 확실한 기록이 아닙니다. 그러나 성 베네딕토의 수도 규칙, 즉 몬테카시노의 이 신성한 필사본은 중세 초기의 그 어떤 작품보다도 많은 공증 사본을 통해 잘 보존되었습니다."

이 규칙서는 수백 년이 넘도록 공의회나 제국 의회의 자리에서도, 도량형 검사관의 자와 저울처럼 복음서 바로 옆자리에 놓여 있었다.

존 신부가 말했다.

"아마도 그는 씨 뿌리는 사람과 같은 존재가 아니었을까요. 이 세상이 잃어버린 무언가를 찾아주려 했던 사람, 그렇게 함으로써 이 세상을 다시금 비옥한 곳으로 만들려고 했던 사람. 게다가 그는 인간을 참된 존재로 빚어내는 능력을 지닌 축복받은 교육가였습니다. 새로운 법을 만들고 계층 간의 차이나 계급 구분이 없는 공동체를 창설한 개혁가였지만 남에게 인정받기를 바라지 않았고, 혁명가들이 흔히 그러하듯이 남들의 이목을 끄는 행동을 하는 사람도 아니었습니다. 베네딕토 성인은 사람 너머에 있는 것을 볼 줄 아는 사람이었습니다. 마치 신성한 로고스의 음성을 듣는 것 같았다고나 할까요. 그가 하느님에게 감동받을수록 그만큼 더 그의 인간적인 모습이 드러났습니다."

모든 수도회 운동은 예외 없이 그리스도교의 기본 가치를 다시금 숙고하는 것에서 출발했다. 시대의 유행에 순응하는 것이 아니라 복음서의 근원적 요구에 복종하는 것이 그들의 근본 동기였다. 그리스도교에서 가장 강력한 문서 가운데 하나인 베네딕토 수도회의 규칙서는 부분적으로는 그때까지 통용되던 많은 문서의 조합이라고 할 수 있다. 베네딕토는 예컨대 금욕주의자 카시아노(360-435? 지상의 거룩함을 추구하며 순결을 통해 완전한 삶에 이르기를 원했던 사람이다. 수도자들을 방문하고 그들의 삶을 경험하면서 완전에 이르는 체계를 세우려 했으며, 자유의지를 가지고 노력하면 누구라도 거룩함에 이를 수 있다는 보편구원을 주장했다. 수도원 운동의 핵심이라 할 수 있는 이 주장으로 종교회의에서 정죄를 받게 된다)와 바실리오, 아우구스티노나 레오 1세(390-461 고대교회의 초석을 놓은 교황으로 박해 시대의 영성과 금식의 영성을 연결 지어 설명함으로써 단식의 의미와 가치를 발전시켰다. 금식에는 반드시 영적 금식과 자선과 선행이 수반되어야 한다고 강조했다. 영적 금식이란 죄와 악행을 끊어버리는 것을 의미한다. 또한 금식과 자선은 동전의 양면과 같다고 하며 금식의 완성은 자선의 실천에 있다고 했다) 같은 교부의 사상을 끝까지 철저하게 숙고하였다. 나아가 성경의 말씀을 누구보다도 부지런히 읽었으며 그 말씀을 있는 그대로 실천하기 위해 온 힘을 기울였다. 베네딕토는 아주 순수한 자세로 성경을 펴고 묵상하였으며, 몸으로 그 진리를 실험하였다.

고대의 문화가 결국 몰락할 수밖에 없었던 것은 인간을 만물의 척도로 보았기 때문이다. 성 베네딕토는 이 관계를 새로이 정리했다. 낮과 밤을 채우는 하느님의 존재를 능가하는 것은 아무것도 없다는 사실을 그는 자각했다.

"하느님을 섬기는 것보다 우선시될 수 있는 것은 없다."

그는 모든 계명들 가운데 첫 번째 계명을 수도 규칙서의 첫머리에 두었다. 대수도원장의 임명과 관련된 규칙은 모세가 천인대장, 백인대장, 오십인대장, 십인대장을 임명하는 탈출기의 구절에서 뽑았다. 또 "하루에도 일곱 번 주님을 찬양하니 당신의 의로운 법규 때문입니다."라는 시편의 말씀에 따라 하루 일곱 번의 기도 시간을 제정했고, 그 기도 일과는 아직까지도 가톨릭교회에서 통용되고 있다.

성 베네딕토에 따르면 기도와 노동의 긴밀한 연관, 즉 종교와 직업, 생활 사이의 상호 밀접성이야말로 한 사람의 존재를 형성하는 것이다. 이 수도 규칙서의 저자는 균형 잡힌 삶을 추구했다. 그리고 이를 위한 슬로건을 누구도 흉내 낼 수 없는 간결한 문장으로 압축하여 제시했다.

"기도하라, 그리고 일하라."

이것을 현대적으로 해석하면 이렇다.

"믿으라, 그리고 살라!"

성 베네딕토는 창조 세계의 저변에는 양극성이 존재한다는 깊은 확신을 가지고 있었던 듯하다. 그의 확신에 의하면, 모든 것에는 동전의 양면처럼 두 가지 측면이 있다. 이 둘은 어느 한쪽이 일방적으로 부각되는 부정적인 상황에 빠져들지 않기 위해 서로서로 규제하고 의존한다. 그는 서로 반대되는 실재를 하나로 아우르는 방식으로 자신의 깨달음을 다져나갔다. 가난함 속의 부유함, 순결 속의 사랑, 복종 속의 자유, 혹은 주일 속의 평일이 대표적인 경우이다.

존 신부가 말을 이어갔다.

"베네딕토 성인 이전에도 이러한 요소들에 대해 언급하는 수도 규칙들이 있었습니다. 하지만 베네딕토 성인의 위대성은 인간에 대한 탁월한 이해의 수준입니다. 그의 균형 감각은 동방교회와 서 방교회의 그 어떤 수행 전통보다 탁월합니다."

성 베네딕토의 규칙은 임의로 바꿀 수 있는, 해도 되고 안 해도 되는 성격의 것이 아니다. 그의 규칙은 미사와 식사와 노동의 확 고한 결속으로 테두리를 형성한다. 물론 수도원장의 재량에 따라 지역적 특색이나 변화된 시대 조건을 고려해 수도 규칙의 일부를 융통성 있게 적용할 수는 있다. 존 신부가 다시 말을 꺼냈다.

"베네딕토 성인의 삶에는 무엇인가 신성한 것이 있습니다. 가 르침과 삶이 완전한 조화의 상태에 도달했습니다. 여기서 어떤 고 요함이 흘러나왔습니다. 그것이 수도 규칙에 스며들어 영원한 힘 을 부여하고 있습니다."

베네딕토 이전의 수도자들은 포교의 열정에 사로잡힌 나머지 예수를 따르는 길을 지나치게 급진적인 방식으로 적용하여 장기 적으로는 득보다 해를 입히는 잘못을 범했다. 몬테카시노의 수도 자는 제자들에게 그 시대의 방탕과 무질서에 대비되는 확고한 자 세를 가르쳤다. 그러나 지나치게 '가혹하거나 억압적인 것'이 없 도록 할 것을 누차 강조했다. 베네딕토는 모든 것이 제자리와 정 도를 잃지 말아야 한다고 가르쳤다. 엄격함과 온순함, 홀로 있음 과 함께 있음, 기도와 노동 등 이 모든 것에 정도가 있어야 한다.

그가 평형의 공식 같은 것을 발견해낸 건 아니지만, 몬테카시노의 생활 규칙은 그 무엇보다도 이 원칙에 바탕을 두고 있다.

올바른 정도는 베네딕토에게 있어 세계의 구성 원리 같은 것이다. 그는 이것을 '모든 덕의 어머니'라 불렀다. 인간의 근본적인 행동과 관련된 그의 가르침에 이 규칙이 스며들어 있다. 무엇을 먹을 때나 마실 때나 사용할 때 정도를 지키고, 해야 할 일을 배분할 때나 힘을 쏟아부을 때도 정도를 지키고, 다른 사람에 대해 평가할 때나 약한 사람을 대할 때도 정도를 지켜야 한다.

베네딕토 수도 규칙의 기본 골격인 정도와 중심은 매우 정의하기 어려운 개념이다. 사물과 사물 사이의 팩터—X라고나 할까. 존재하지 않는 것 같으면서도 존재하는 것, 우리에게 속하지 않은 무인 지대, 플러스와 마이너스 사이, 흑과 백 사이, 위와 아래 사이에 있는 보이지 않는 공간. 사람이 읽을 수 있는 문장이 되기 위해 단어와 단어 사이에 필요한 여백과 같은 것. 바퀴로 치면, 바퀴의 복판에서 제자리를 지키면서 바퀴살이 힘차게 돌 수 있도록 해주는 바퀴통 같은 것. 참 이상하다. 정도와 중심을 발견하는 데 눈에 보이지 않는 공백이 필요하다니. 작은 기포 외에는 아무것도 없는 듯한 수평대 위에서 모든 것을 잰다. 바로 그 점을 기준으로 많은 것들이 저절로 정돈된다.

이 규칙은 인간의 행동 방식 중 하나인 욕심을 거부한다. 그것이 파괴를 가져오기 때문이다. 인간 속으로 파고 들어와 인간을 노예로 만들고 파괴하는 나쁜 생각과 이미지에 맞서서 정도와 중심의 규칙은 엄격한 통제를 요구한다.

존 신부가 말을 이었다.

"하지만 베네딕토의 중심과 정도를 그럭저럭 평균을 유지하는 상태와 혼동해서는 안 됩니다."

꼭 내 생각을 들키기라도 한 것만 같았다.

"물론 정도와 중심은 극단주의와 열광주의의 반대편에 있는 개념입니다. 그렇습니다, 그것은 자극적인 것과 황홀한 것에 대한 억제할 수 없는 욕망에 휩싸여 자꾸만 현기증이 날 만큼 높은 곳으로 치솟느라 땅과의 접촉을 잃어버리고 허공에 부유하는 이 세상에 반대하는 원리입니다. 그러나 여기서 말하는 정도와 중심은 그 이상입니다. 즉, 우리 삶의 근본 법칙이라고 할 수 있습니다."

존 신부의 신념에 따르면, 모든 것에는 자기만의 중심이 있다. 모든 인간관계도 마찬가지이다. 그가 말했다.

"잘 들어보세요. 정도와 중심은 삶 전체의 척도입니다."

조금 희망적으로 들리는 말이었다. 그는 확신에 찬 목소리로 설명을 계속했다.

"그것을 잘 지키는 사람은 분명 더 나은 삶, 더 건강하고 힘찬 삶을 더 오래 살 수 있습니다. 반대로 정도에서 벗어난 삶을 사는 사람에게는 이미 질병이 잠입해 있습니다. 정도를 잘 지키지 않으면 몸의 질서가 무너져버리기 때문입니다. 그런 사람은 균형과 조화를 잃어버립니다. 뭔가가 자꾸만 꼬이는 겁니다."

인간과 인간의 관계든, 생각과 행동의 관계든, 인간과 자연의 관계든 모든 관계에 문제가 생기는 것은 균형이 잘 맞지 않는 상태가 상당히 오랫동안 지속되기 때문이다.

성 베네딕토는 정도를 지킬 줄 아는 사람이었다. 물론 그렇게 할 수 있는 사람은 극소수다. 매일 술을 마시고, 매일 좋은 음식을 먹고, 매일 자기 하고픈 대로 하면서 사는 것은 전혀 어려운 일이 아니다. 그것을 하지 않는 것이 어려운 것이다. 베네딕토는 무자비한 고행자는 아니었다. 그는, 사람은 축제를 벌일 줄도 알고 금식을 단행할 줄도 알아야 하지만 모든 것을 제때에 맞게 해야 한다고 말했다.

인간은 삶의 흐름에 자신을 내맡기고 자신의 길을 방해하는 것에 유연하게 대처할 줄 알아야 한다. 여기서 정도는 항상 중심이다. 잠자는 것과 깨어 있는 것, 말과 침묵, 노동과 휴식, 집중과 긴장의 이완, 홀로 있음과 공동생활, 엄격함과 관대함, 젊음과 늙음, 하느님과 인간 사이의 절묘한 균형이다.

존 신부가 말했다.

"왼편과 오른편, 거기에 사실은 넓은 길, 광활한 계곡과 깊은 절벽이 있습니다."

사람들이 너무나 쉽게 무시하고 우습게 여기고 있기는 하지만, 언뜻 편안하고 고루해 보이는 가운데에 있는 길이 자세히 들여다보면 실제로는 가장 좁은 길이다.

성 베네딕토에게 그리스도교는 삶의 방식이었다. 그는 인간의 삶을 하느님의 선물, 즉 우리가 조심스럽게 다루어야 할 선물이라고 보았다. 인간은 하느님께 감사하면서 그 선물을 아끼고 돌보아야 했다.

그 당시는 생필품을 생산해서 가능한 한 빨리 써서 없애는 세상이 아니었다. 필요하지도 않은데 방 안을 무조건 환하게 밝혀놓지도 않았다. 무슨 일을 할 때면 자연에 지나친 손상을 입히지 않도록 애썼다.

또한 살아가는 동안 모든 목적을 달성하는 것이 가치 있는 일이라고 생각하지도 않았다. 오히려 기쁨을 잃지 않고 살아가는 것이 중요하다고 생각했다. 우리가 별로 신경을 쓰지 않는 많은 것보다 경외심을 가지고 대하는 작은 것들을 통해서 더 큰 성취를 맛볼 수 있다는 것을 알고 있었다. 케케묵은 얘기처럼 들리지만, 이런 생각이야말로 더할 나위 없이 새로운 철학이다. 아낌의 정신이 배어 있는 철학, 그 정신으로 에너지와 자원을 대하고, 그로써 한층 넉넉한 세상을 만드는 삶의 철학이다.

그래서 수도자들은 다음과 같이 이야기한다. 인간이 정도를 지키면 창조 세계와도 조화를 이루고, 모든 것이 균형 잡히고 아름답게 어울린다고. 인간은 자연의 원칙을 경외하며 이 세계에 애정을 쏟아야 한다. 신에 의해 창조된 모든 것에 경외심을 가지고 절제하며 사는 법을 배운 사람은 바로 이 삶의 자세로부터 생명의 힘을 길어 올려 항상 건강을 유지할 수 있다. 반면에 정도를 잃어버린 사람—수도자의 언어로 디스크레티오, 곧 '자제' 혹은 '삼가는 것'을 상실한 사람—은 자연의 균형을 깨뜨리고 이로써 육체적, 정신적, 영적 파국을 일으키게 되며 나아가 전 지구적 차원의 환경 재난을 야기한다. 이 경우 인간은 균형 잡힌 실존의 세 가지 의무, 즉 초월적 세계와의 결합, 이웃에 대한 책임, 이 세계에 대한 책임에서 이탈된 존재가 된다. 조화와 균형의 고리가 끊어지는 것이다.

현대 문명이 이런 관계에 대한 안목을 잃어버렸다는 데 이의를 제기할 사람은 아무도 없을 것이다. 이와 함께, 이 세계를 향한 섬뜩한 위협에 대한 경각심도 사라져버렸다. 문화적 우수성을 자랑하는 나라에서 오히려 정신적 환경 파괴 현상이 심각하게 나타난다. 베네딕토 수도회의 총체적 세계관에 따르면 지금 이 세상에서 일어나는 일에는 반드시 어떤 결과가 뒤따르게 되어 있다. 인간과 인간의 관계는 물론이거니와 지상에서 일어나는 모든 사건이 전 우주에 영향을 미치고 있으며, 우주의 구조는 다시 이 지구에 어떤 식으로든 작용한다. 베네딕토회의 수도자였던 빙겐의 힐데가르데(1098-1179 일평생을 독일 빙겐의 수녀원에서 베네딕토의 규칙에 따라 살다 간 수녀로, 라인 강의 여자 예언자라는 별칭을 갖고 있다. 12세기 중반까지 예언가, 자연주의자, 신앙요법 치료사, 극작가, 시인, 작곡가로 활동하며 국제적인 명성을 얻었고 여러 사제들의 고문 역할을 맡기도 했다)는 "인간이 죄를 지으면 온 우주가 고통을 당한다."고 말한 바 있다. 그녀는 자신의 환상을 이렇게 기술했다.

"바람마다 썩은 나뭇잎의 퀴퀴한 냄새를 풍기고 공기는 더러운 먼지를 토해내니 인간은 입을 열 엄두도 내지 못할 것이다."

현대사회는 소유냐 존재냐의 싸움에서 유례없이 분명하게 소유의 손을 들어주고 있다. 정도와 규칙을 지키는 삶에 맞서 정도에서 벗어나 자꾸 신기록을 갱신하는 데 재미를 붙인다. 베네딕토 수도원의 수도자들처럼 중심을 지키는 삶의 방식보다는, 극단적인 것을 맹종하다가 결국 파멸에 이르는 삶의 방식이 선호되고 있다. 결코 간과할 수 없는 우리의 현실이다.

존 신부의 말이다.

"사람들이 베네딕토 성인의 근본 규칙을 외면함에 따라 사회의 거의 모든 영역에서 오래전부터 이런 현상이 확연하게 드러나고 있습니다. 어느 누구라도 모월 모일, 모 지방, 모 신문을 통해 이 현상을 확인할 수 있습니다. 한번 시험해볼까요? 인간은 사람과 사람 사이의 관계든 전 지구적인 환경문제든 곳곳에서 비슷한 양상을 보이고 있습니다. 한마디로 삶의 시스템 자체가 균형을 잃고 무너져 내리고 있지요. 하지만 아무도 여기에 문제를 느끼고 일관되게 해결책을 찾아보려고 하지 않습니다. 기후 변동 문제는 이미 위험 수위를 넘어섰습니다. 어마어마한 양의 배기가스 배출이 점점 더 늘어나고 있습니다. 섬은 물에 잠기고 해안 지역이 사라져 버립니다. 수많은 인간이 피해를 입고 수없이 많은 동식물들이 멸종 위기에 처해 있습니다."

존 신부는 이 말을 할 때 눈에 띌 정도로 격앙되었다.

"이런 현상에 대한 진단은 아주 간단합니다. '정도를 넘어섬', '중심을 잃어버림', 바로 그것입니다!"

수도회에 속한 사람들의 삶의 기술은 자신의 삶 전체가 우주의 법칙과 하나의 울림을 빚어내도록 하는 것, 몸과 영혼의 조화를 이루는 것이다. 정도와 중심을 지키기 위해 베네딕토의 모든 규칙을 정확하게 지켜야 한다. 모든 규칙은 공동체 안에서의 삶에 '하나의 확고한 질서를 부여하는' 데 초점을 맞추고 있다. 성 베네딕토는 형식이 없는 것을 기꺼워하지 않는 사람이었지만, 그렇다고 꼼꼼하고 사소한 것에 지나치게 얽매이는 사람도 아니었다. 그가 세운 원칙은 관료주의적 사이비 질서와 같은 기계적인 사고방식과 비교될 수 있는 것이 아니다. 하지만 한 인간이 질서의 삶을 추구하느냐 무질서 속에 빠져 결국 퇴락하느냐의 문제는 베네딕토에게 있어 결코 부차적인 문제가 아니었다. 병균으로 오염된 물과 병원체의 번식으로 인한 위생 문제를 얕잡아 보다가는 인간과 환경에 막대한 손실을 입힐 뿐 아니라 마지막에는 그 지역 전체의 파멸을 가져올 수 있는 것과 마찬가지로 영적인 생활에서도 사소해 보이는 것을 무시할 때 엄청난 피해를 입을 수 있다.

사막의 교부 안토니오는 무질서에 커다란 의미를 부여했다. 물론 부정적인 의미에서다. 그의 말에 따르면 무질서는 하느님의 존재 부정, 탐욕과 더불어 모든 악덕을 불러일으키는 3대 요소에 속한다.

진정한 생각은 정돈이다. 수도원의 가르침에 의하면 인간은 자신의 내면을 '단정하게 가다듬고' 마음을 한곳에 모아, 외적인 무질서 속에 살면서도 영혼의 조화를 유지할 수 있는 존재이다. 성 베네딕토의 질서 개념은 평범한 일상의 영역을 넘어서서 형이상학적 범주에까지 이른다. 질서의 원리는 하느님에게서 온다는 그의 사상은 서구 전체의 발전에 크나큰 영향을 끼친 중요한 발견이었다. 하느님은 '무질서의 하느님'이 아니다. 오히려 그 반대이다. 카오스는 그분과 정반대되는 원리이며, 인간 삶의 구조와 관계도 질서의 원리를 따르게 될 때 더욱 원만하게 발전할 수 있다.

수도자의 질서 의식, 그리고 정도와 중심을 지키려는 그들의 의지가 이데올로기나 도그마로 굳어지는 것은 아니다. 베네딕토 수도회의 신부인 요한네스 파우쉬(수도자이자 심리 치료사로 현재 구트 아이히 유럽수도원의 수도원장이다. 오래전부터 몸과 마음의 조화와 통일을 위해 정신적, 육체적 질병을 치료하는 수도원의학에 몰두해왔으며, '몸을 앞서 가지 않는 정신과 영혼 가꾸기'라는 주제하에 여러 저서를 출간했다)는 〈십자가의 길〉이라는 자신의 책에서 이 부분에 대해 아름다운 이야기로 풀어서 설명한다. 이 이야기는 니더바이에른의 메텐 수도원의 수도자이면서, 오래전부터 요한네스의 동료였던 란델린 리스트의 이야기다. 리스트 수도자의 직업은 달구지를 만드는 목수였다. 그는 목수 일 외에도 수도원의 부엌에서 조수 노릇, 수도원지기 노릇을 했으며, 병든 환자들의 보조 간병인으로도 일했다. 또 말년에는 끝없는 헌신으로 수도원 양계장과 돼지우리를 돌봤다. 요한네스 신부는 그의 모습을 이렇게 그려냈다.

한번은 내가 양계장에 들어갔더니 암탉 한 마리가 란델린의 작은 작업실에 앉아 있는 것이었다. 그 닭 앞에는 모이가 담긴 사발 두 개가 있었다. 녀석은 뭔가 불확실하다는 듯이 이쪽저쪽을 살피다가 한쪽 사발에 있는 모이를 쪼기 시작했는데, 그러면서도 다른 사발을 시야에서 놓치지 않았다. 나는 그에게 이것이 무엇을 의미하는 것이냐고 물어보았다. 란델린 형제가 내게 말했다.

"잘 봐. 요 암탉이 곁눈질하고 있어. 요 녀석은 모이가 있는 사발을 보면서 다른 쪽을 쪼고 있거든."

아주 간단했다. 그 선량한 형제는 그냥 사발을 두 개 가져다 놓았다. 하나는 암탉이 사발을 볼 수 있도록, 또 다른 하나는 실제로 모이를 찍어 먹을 수 있도록. 정도와 중심.

8 건강한 삶,
건강한 영혼

수도자의 하루는 건강하게 잘 살기 위한 전인적인 프로그램이다.
과하게 먹었거나 좋지 않은 것을 먹었다 싶으면 금식으로 해결한다.
천사들이 날아다닐 수 있는 것은 원래 가벼워서이기도 하지만
무거운 걸 지니고 있지 않아서 더욱 그렇다.

네 몸에게 잘하라.

그래야 영혼이 거기 깃들이고 싶어 하지 않겠는가?

__ 아빌라의 성녀 데레사

새 천 년의 시작을 기념하는 열광적인 축제가 벌어지는 가운데 하늘에서는 불꽃놀이가 한창이었다. 그러나 이제 정말 새로운 시대가 시작되었음을 그 모든 불꽃 로켓보다 더 분명하게 알려주는 끔찍한 생지옥이 연출되었다. 처음에는 그저 소 몇 마리가 병에 걸렸구나 하고 생각했다. 소들이 마치 미친 것처럼 동네를 비집고 돌아다녔기 때문에 사람들은 이 병에 우스꽝스러운 이름을 붙였다. '광우병!' 병에 걸려 죽은 수백 마리나 되는 소의 시체를 거대한 제단처럼, 글자 그대로 하늘 높이 쌓아 올린 곳에서 악취가 진동하는 것으로 이야기는 끝을 맺는다.

건강을 위협하는 끔찍한 소문의 목록은 점점 길어진다. 달걀과 닭고기에는 살모넬라 세균이, 유아용 식품에는 살충제가, 포도주에는 글리콜이, 고기에는 다이옥신이 들어 있다고 난리다. 광우병 파동이 채 가시기도 전에 각종 가축병이 유럽을 휩쓸었다. 엄청나게 큰 육우를 만들어 초식동물인 소에게 고기 찌꺼기, 그것도 같은 종류의 짐승을 죽여 만든 고기 사료를 먹여 살을 찌우고 또 마찬가지로 큰 도살장에서 도축하는 상황은 과거와는 전혀 다른 차원을 보여준다. 과거에는 그저 소비자로만 규정되던 시민들에게 느닷없이 전혀 새로운 삶의 양식이 전개되었다. 그 새로운 양식의 슬로건은 '좋은 음식 절반을 먹기보다는 그저 그런 음식을 두 배로 먹겠다!'이다. 이 첨예한 위기는 단순히 우리의 식습관 문제뿐만 아니라 우리의 건강 전반에 관련된 것이다.

광우병을 둘러싼 문제와 식료품 조작 문제가 한창 달아올랐을 때 어느 신문사로부터 칼럼을 써달라는 부탁을 받았다. 제목은 '예수라면 뭐라고 말했을까?'였다. 나는 이에 대해 대단히 회의적이었다. 좋은 질문이긴 한데, 어딘지 모르게 도발적으로 들리면서 참으로 대답하기 어려운 질문이었다. 전화벨은 끊임없이 울려댔지만 내 원고는 아직 마무리되기 전이었다. 기가 꺾일 대로 꺾인 나는 담당 편집자에게 말했다.

"난 정말 모르겠어요. 아마 예수는 당신이 생각하는 것과는 전혀 다른 말을 했을 것 같아요. '광우병 때문에 걱정하지 말라. 광우병보다는 인간 자신의 죄 때문에 더 많은 사람이 죽음을 맞게 될 것이다.' 하고 말입니다."

그리고 수화기를 내려놓았다.

예수라면 뭐라고 말할까? 위대한 구세주가 인류의 건강 상태에 대한 보고를 듣는다면 뭐라고 논평할 것인가? 흥미로운 물음이다. 한편, 서구 사회에서 국민 건강에 대한 대책과 지원이 지금처럼 좋았던 적은 일찍이 없었다. 삶에 대한 기대 수준이 지금처럼 높았던 적도 없었다. 오늘날처럼 많은 사람들이 '노화 방지 프로그램'에 관심을 가지고 땀 흘려 운동하거나, 건강 관련 잡지에서 소개하는 프로그램에 따라 젊음과 아름다움을 유지하기 위해 관심을 기울인 적도 없었다. 또 다른 한편, 지금처럼 스스로 아프다고 생각하는 사람들이 많은 때도 없었다.

어렵사리 구축한 사회보장 체계, 건강관리 체계가 여러 가지 부담에 직면해 버텨내는 것조차 힘겨운 상황이 되었다. 병원마다 사람들로 넘쳐나고 한 번 진료를 받으려면 긴긴 시간을 기다려야 한다. 이처럼 기다리는 사람의 수는 점점 불어나고 있지만 해결될 기미는 전혀 보이지 않는다. 몇 가지 정황만 들어보자. 독일 성인 남녀의 3분의 2가 알코올, 담배, 흥분제 등 거의 마약에 준하는 것들을 소비하고 있다. 얼마 안 있어 우리 사회를 짊어지고 나갈 청소년들의 경우 이미 16퍼센트가 잠재적 알코올 중독 증세를 보이고 있으며, 마약 소비가 늘어나고 그로 인한 청각 장애 현상에 대한 얘기까지 나오고 있다. 이렇게 변화하는 세상에 알레르기는 또 얼마나 많은가. 허리 통증은 거의 국민 질병의 수준에 이르렀다. 앞으로 몇 년 뒤면 서구 사회의 30퍼센트 정도가 전문가의 치료가 필요할 정도의 심각한 정신 질환을 호소하게 될 것이라는 연구 결과도 증가하는 추세다.

존 신부는 이 주제에 대해 언급하기를 꺼렸다. 그가 의사한테 가본 적이 있는지 없는지는 모르겠다. 존 신부는, '인간은 자신의 육체와 영혼에 거스르는 삶을 살 수 있으며, 그런 다음에는 정비소 같은 곳에 가서 모든 것을 다시 바로 펼 수 있다.'는 생각 자체가 이미 하나의 병이라고 말했다. 내가 이야기를 나눠본 다른 수도자들도 모두 존 신부와 같은 의견이었다. 수도자들은 원칙적으로 이 세상에 손상되지 않은 온전한 상태란 존재하지 않는다고 했다. 조그만 것에도 엄살이 심한 이 시대는 한편으로는 별것 아닌 통증에 너무 야단법석을 떨지 않는 자세를 배워야 하며, 다른 한편으로는 피할 수 없는 고통을 참아내는 법을 배워야 한다.

기계에 문제가 생겼을 때와 마찬가지로 몸에 질병이 생겼을 때도 물어야 할 것이 있다. 내 존재에 무슨 이상이 있지? 누가, 혹은 무엇이 나를 병들게 했지? 다시 건강해지기 위해서 나는 무엇을 해야만 하지? 무엇보다도 '나는 모든 것을 나 혼자서 잘할 수 있다.'는 생각을 버리고, 마침내는 하느님이 치유의 과정에 적극적으로 개입하실 수 있도록 하는 것이 필요하다. 이것이 수도자들의 확신이다.

수도원의 병원에는 뇌출혈로 쓰러졌다가 일어난 후로 보행에 장애가 생긴 머리가 하얗게 센 수도자 몇 분이 계신다. 이 고령의 수도자들도 보통 때는 아주 정정하다. 여든셋인 수도자 한 분은 최근에 전보다 약간 일찍 일어나게 되었는데 그게 대충 새벽 세 시 정도라고 했다. 그는 일어나면 창문을 활짝 열어놓고 체조를 한다. 그러면서 부드러운, 그러나 아직은 서툰 동작을 직접 보여주더니 "중국의 고승들이 이렇게 하더구먼." 하고 슬쩍 덧붙였다. 다른 수도자들은 산책을 즐기거나 잠들기 전에 냉수욕으로 운동을 대신한다.

수도자의 하루는 건강하게 잘 살기 위한 노력으로 일관된 전인적인 프로그램이라고도 할 수 있다. 수도자들이 쉬는 시간 역시 인간의 자연스러운 바이오리듬에 맞춘 것이다. 모든 음식은 영양이 풍부하고 싱싱하다. 너무 많이 먹었거나 좋지 않은 것을 먹었다 싶으면 곧바로 상황에 알맞은 해독 방식을 찾거나 금식을 함으로써 문제를 해결한다. 사실 그것이 가장 좋은 치료법이다. 이렇게 건강하게 잘 살 수 있는데 도대체 왜 자꾸 아파야 하는가?

예수라면 뭐라고 말했을까? 그리스도는 스스로가 치유자였다. 혹시라도 예수가 신분증명서 같은 걸 만들어야 했다면 직업란에는 '목수' 혹은 '메시아'가 아니라 '의사' 내지는 '치료사'라고 적혀 있었을 것이다. 그는 아마 '내면 정화' 요법을 사용해서 치료했으리라. 복음서는 말한다.

"사람들이 병자와 온갖 병에 걸린 사람들을 예수님께 데려왔다. 거기에는 귀신 들린 사람, 몽유병에 걸린 사람, 중풍 환자 등이 있었다. 그리고 예수님께서는 한 사람 한 사람에게 손을 얹으시어 그들을 고쳐주셨다."

치료자 그리스도는 병자에게 어떻게 살아야 온전함을 유지할 수 있는지 설명해주었다. 그의 말은 아주 분명했다. 예수라면 그 옛날의 중풍 환자건 오늘날의 에이즈 환자건 그들의 행동에 대해 이러쿵저러쿵 훈시하거나 다른 사람들 앞에서 비방하지 않으리라. 바리사이파(율법에 있어 보다 엄격한 해석과 실천을 내세우던 학파. 대다수인 유대인들과 소수인 자신들을 구별하여, 율법을 엄수하지 못하는 자들을 멸시하고 적대시하였다) 사람들이 예수와 함께 다니는 '불건전한 사람들'에 대해서 트집을 잡을 때 예수는 이렇게 말했다.

"건강한 사람에게는 의사가 필요하지 않으나, 병든 사람에게는 필요하다."

예수는 사도들에게도 '모든 귀신을 내쫓고 병든 사람을 고칠 수 있는 능력과 권세'를 주었다. 그리고 예수를 따르는 이들, 특히 수도회에 속한 사람들은 유럽에서 국가 차원의 의료 조치가 시행되기 훨씬 전부터 포괄적인 차원의 국민 의료 조직을 구성해 '자비의 수녀회'나 '자비의 형제단' 등의 형태로 병원을 마련하고 응급 구조 활동을 펼치면서 도움이 필요한 환자들을 받아안고 있다.

첨단 의학의 발전으로 수도원의 치료술은 점점 잊히고 있다. 수도회의 인력난과 정신적 고갈은 위대한 전통의 몰락을 가속화한다. 그러나 건강의 영역에서 수도원의 영향력, 요컨대 육체와 영혼과 자연의 올바른 관계, 올바른 식생활에 대한 수도원의 오래된 지식은 근세의 발전보다 훨씬 앞섰다는 것이 차차 알려지기 시작하고 있다.

수도자들의 치료술은 서양의학 체제의 발전에 중요한 초석이었다. 옛날에는 수도원 담장 밖의 의술이란 거의 없었다고 해도 과언이 아니다. 약초를 사용해 실험을 하고, 약초 하나하나의 의학적 효능에 관한 꼭 필요한 교육을 할 수 있는 사람은 오직 수도원장뿐이었다. 수도자들은 그런 연구에 필요한 대규모 도서관과 연구실을 이용할 수 있었다. 수도원장은 수도원의 관리자로서 신학자요 영적인 상담자일 뿐만 아니라, 천문학자이자 의학자인 경우도 많았다. 수도자들은 인간의 건강을 더 높은 존재와의 관계 속에서 보았다. 우리는 혼자가 아니라는 것을 그들은 알고 있었다.

"주님은 저희에게 강복하시고 모든 악에서 보호하시며 영원한 생명으로 이끌어주소서!"

그들은 식사하기에 앞서 이렇게 기도한다. 그분이 내리시는 복이—불행의 징표인 저주의 반대 개념으로서—치유하는 힘을 갖고 있음을 믿고 드리는 기도다.

수도원에서 발견한 조제법, 음용 요법, 약 등 수도원의 약학은 지역의 차원을 뛰어넘어 세계적인 명성을 얻기도 했다. 가르멜 수도회 수도자들은 저 유명한 '가르멜 액(가르멜회 수도자들이 약초를 증류하여 만든 진통제)' 또는 '멜리사 액'을, 마리아 수도회(1817년 샤미나드 신부가 프랑스 보르도에서 설립한 남자 수도회. 사회의 모든 악은 인간의 영혼을 마비시켜 무감각한 이기심을 갖게 하며, 윤리적인 타락 상태로 몰고 가는 '종교적 무관심'에서 비롯된다고 하는 창립자의 가르침에 따라 회원들은 성모 마리아의 겸손과 믿음, 청빈과 단순성, 그리고 신중성을 본받아 교육, 자선사업, 불우 청소년 돕기, 교도소 방문 등 다양하고 순수한 사회 활동을 전개해왔다) 수도자들은 '아쿼버스'를, 수녀들은 약초 증류액과 에메랄드 워터를 발견해냈다. 카르투지오 교단의 수도자들은 17세기에 연금술사들의 비밀문서를 해독하여 '장생불사의 영약'이라 불리는 전설적인 '생명의 물'을 찾아 나섰다. 지금도 세 명의 수도자만이 그 물의 구성 비법을 전수받아 엄격하게 비밀을 지키고 있으며, 최신 연구 방법을 도입해 혼합 원료의 구성 원리를 알아내려는 계속되는 시도는 번번이 실패하고 있다.

수도원의 미사 의식과 영적인 훈련은 항상 특정한 식사 습관을 전제로 한다. 카르투지오회를 비롯한 일부 수도회는 독특한 고행법을 개발했는데, 교황 우르바노 5세는 그 고행법에 너무 놀란 나머지 엄격한 규칙을 조금만 부드럽게 하라고 지시했다. 수도회는 여기에 가장 불만을 터뜨린 수도자들로 파견단을 구성해 교황청에 보냈고, 교황은 자신의 계획을 철회할 수밖에 없었다. 교황청에 파견된 사람들은 모두 적게는 70세에서 많게는 100세에 이르는 노인들이었는데 다들 최고로 건강한 모습이었다고 한다.

유명한 수도원의 정원에는 약초들이 자라고 있었으며, 병원도 그 정원과 직접 통하게 되어 있어 영혼을 치유하기 위한 정원이기도 했다. 수도원에서는 가난한 사람들에게 먹을 것을 주었을 뿐 아니라, 목욕과 면도를 시켜주고 옷까지 마련해주었다. 아픈 사람들은 수도원의 병원에 찾아와 치료를 받았다.

중세에 몇몇 수도원들이 음식 규정의 중요성을 강조하고, 그것을 준수하기 위해 격렬한 반응까지 보인 데는 나름대로의 이유가 있다. 주식은 두말할 것 없이 빵이다. 원칙적으로는 두 종류의 요리가 있다. 하나는 야채 요리, 다른 하나는 콩 종류로 만든 요리이다. 후식으로는 과일이나 익히지 않은 야채, 샐러드 등이 지역과 계절에 맞게 등장한다. 모든 수도원이 필요한 것을 스스로 공급했고, 가능한 한 수도원의 담장 안에서 전 과정이 이루어졌다. 수도원에는 포도 압착기와 작은 양조장이 있었기 때문에 마실 게 없어 손가락만 빠는 일은 없었다. 그럼에도 논란이 있었던 것은 음식의 가짓수와 메뉴, 빵의 질에 관한 문제, 고기를 완전히 포기하느냐, 사순절(부활 주일 전 40일간. 이때 신자들은 40일 동안 광야에서 금식하고 시험받은 그리스도의 수난을 묵상하면서 단식과 속죄를 행한다)에 달걀이나 치즈를 허용하느냐의 문제 등이다.

먹고 마시는 것은 우리의 육체적, 정신적 상태에 영향을 끼친다. 식품영양학자들은 이 상관관계에 대한 지식이 현대의 위대한 발견인 양 떠들고 있지만, 그것들 대부분은 이미 수도원의 전성기에 실용 상식으로 통하던 것들이다. 수도자들은 여기서 한 걸음 더 나아가, 한 집단의 발전과 몰락이 그들의 식습관과 밀접한 관련이 있다는 사실을 분명하게 알고 있었다. 식습관이 너무 엄격하면 수도원은 금방 종합병원으로 변했다. 너무 방만하면 기강이 풀리면서 얼마 지나지 않아 결국 집단이 와해되었다.

수도자들의 아버지 베네딕토는 '쿠라 코르포리스', 즉 몸에 대한 염려와 '쿠라 아니마에', 곧 정신에 대한 염려를 자연스러운 한 짝으로 보았다. 몸의 기본적인 욕구가 인간의 생각과 행동을 규정해서는 안 되므로, 몸은 시시때때로 절제 훈련을 받아야 한다. 베네딕토는 그러나, 몸이 너무 약해져서 정신적인 의지가 기능을 못하게 되어서는 안 된다고 이야기한다. 미사와 관련해서는 아주 세세한 부분까지도 철저한 규정을 세워 시행하도록 했던 그였지만 먹고 마시는 것의 정도에 관한 규정에서는 약간 유보적인 모습을 보였다.

"각 사람은 하느님께로부터 고유한 선물을 받아 하나는 이러하고, 하나는 저러하다."

그의 섬세함이 드러나는 말이다. 또 베네딕토는 다른 사람에게 알맞은 음식의 분량은 '몇 번 깊이 생각해본 뒤에야' 결정할 수 있다고 했다.

몬테카시노의 규칙은 '지나치게 경직되는 것'을 피하고자 예외 조항을 둔다. 약한 사람과 나이 든 사람을 위해서, 또는 일하기가 몹시 어려운 시기일 경우 예외 조항을 두는 것이다. 다음과 같은 글에서는 베네딕토 특유의 유연함이 느껴진다.

"술이 수도자들에게 결코 합당하지 않은 것으로 우리는 읽고 있지만 우리 시대의 수도자들에게는 그것을 설득시킬 수 없으므로, 적어도 과음하지 않고 약간씩 마시는 정도로 합의하도록 하자. 왜냐하면 술이란 지혜로운 사람들까지도 탈선하게 만들기 쉽기 때문이다."

예방적 차원의 원칙에는 양보가 없다.

"어떤 일이 있어도 무절제는 피해야 한다. 수도자가 포식을 용납한다는 것은 있을 수 없는 일이다."

베네딕토는 이 규정을 다시 한 번 강조한다.

"무절제만큼 그리스도인의 생활과 반대되는 것은 없다."

성 베네딕토는 채식주의자였다.

"네발로 다니는 짐승의 고기는 모두 단념해야 한다."

우리 시대의 무절제한 고기 소비로 인한 끔찍한 결과를 내다보기라도 한 듯한 말이다. 식사 시간에는 '익힌 음식'은 두 종류로 제한한다.

"그 두 가지 음식 중에서 어느 하나를 못 먹는 사람을 위해서 다른 하나를 더 두도록 한다."

부활절에서 성령 강림 대축일(예수 부활 후 50일째 되는 날, 성령이 사도들에게 강림한 것을 기념하는 축일. 이로써 교회가 설립되었고 선교의 시대가 시작되었다)까지는 하루에 두 끼, 여름에도 수요일과 금요일에는 두

끼씩 먹었다. 교회의 전통적인 금식 주간에는 한 끼만 먹었다. 베네딕토는 떠들썩한 술자리를 좋아하지 않았다. 한편 다른 모든 활동과 마찬가지로 저녁 식사는 '식탁에 불을 켜지 않아도 되는' 시간에 끝마쳐야 한다.

성 베네딕토의 건강 프로그램은 제대로 먹고 행동하는 것, 제대로 훈련하고 일하는 것, 제대로 관계 맺는 것으로 이루어진 총체적인 체계다. 수도자들이 말하는 치유란 단순히 상처가 낫고 병이 없어지는 것이 아니라, 하느님의 자비하심과 영원한 생명에 대한 믿음의 의미에서 온전함을 되찾는 것을 의미한다. 베네딕토보다 한참 뒤에 살았던 빙겐의 힐데가르데가 말했듯이, 건강하지만 병든 이가 있는가 하면 병들어 죽어감에도 내면에서 어떤 힘이 느껴지는 사람이 있다.

몬테카시노의 의사가 환자의 건강을 되찾게 해주는 데 사용하는 것은 수도원의 정원에서 기르는 약초만이 아니다. 그는 이른바 '거룩한 말씀의 약'이나 '권고의 연고'를 이용해서 수술을 한다. '자기의 상처, 혹은 남의 상처를 치료하되 요란스럽게 사람들의 이목을 끌지 않는' 동료 수도자들의 보조도 도움을 준다. 치료를 행하는 수도자가 중요시하는 것 가운데 하나가 '베네디케레', 즉 축복의 말이다. 화해의 몸짓으로 영혼의 상처를 치유하는 것도 베네딕토 수도회의 긍정적인 사고방식에 속한다. 다른 사람이 시간을 잘 지키지 않아 짜증이 날 때, 마음 씀씀이가 경박스러워 사람을 무례하게 대할 때, 남의 물건 혹은 공공의 물건을 훼손할 때에도 위의 원칙이 지켜져야 한다.

수도자들은 화해의 몸짓이 좋은 약과도 같은 효과를 낸다는 것을 알고 있다. 겸손하게 잘못을 인정하는 행위는 마음의 상처의 원인이 되는 적대적인 태도를 극복하게 해준다. 베네딕토도 "가시처럼 상처를 내는 기분 나쁜 일은 항상 있는 법이다."라고 하지 않았던가! 자신의 잘못을 솔직하게 인정함으로써 회복의 과정이 시작되고, 그것이 치유로 이어지며 마침내는 평화를 가져다준다. 상처 입고 깨어졌던 무엇이 이제 복구된다. 마지막으로 베네딕토는 매일 주님의 기도를 드리라고 권한다.

"형제들이 '저희에게 잘못한 이를 저희가 용서하오니 저희 죄를 용서하시고' 하고 기도하면 이 말씀이 그들의 삶과 결합하여 모든 잘못을 깨끗하게 해주신다."

제대로 잠자기

이미 오래전부터 청소년들은 밤이 되어도 잠을 이룰 줄 모른다. 그런데 지금은 나이를 막론하고 '잠 못 드는 세상'에서 살고 있다. 이러한 세태는 전 세계에 점점 더 큰 문제를 야기하고 있다. 잠을 못 자서 피로에 찌든 사람은 스스로도 문제지만 다른 사람에게는 위험 요인이 된다. 잠을 잘 자는 것은 건강의 필수 조건이다. 자고 깨는 것이 불규칙하면 온몸의 기능이 약화될 수밖에 없다. 수면 장애는 장기적으로 고혈압, 심장마비, 뇌졸중, 암, 위장염, 우울증 같은 문제를 일으킨다. 수도자들은 인간의 자연스러운 바이오리듬에 따라 생활한다. 그들은 '닭장에 있는 닭들과 잠자리에 드는 시간과 일어나는 시간'이 똑같다. 성 베네딕토는 특별한 절기가 아니면 하루에 최소한 여덟 시간은 자도록 지시했다. 밤은 완전한 고요가 지배해야 한다.

저녁 식사를 한 뒤에는 야외로 나가 신선한 공기를 마시며 체조를 하는 것이 좋다. 몸을 적당히 피곤하게 만들고 폐에 좋은 공기를 채운 후에 밤의 휴식으로 접어들어야 한다.

창문을 닫아놓으면 밤의 유령을 부르는 것이나 다름없다. 산소 부족은 나쁜 꿈을 꾸게 할 수 있다.

배가 지나치게 부르면 머리가 잘 안 돌아갈 뿐만 아니라 잠도 푹 잘 수 없다.

잠이 안 와서 엎치락뒤치락하는 사람은 머리부터 발끝까지 차가운 물로 씻는 것이 좋다. 샤워를 하는 것이 아니라 찬물에 적신 수건으로 몸을 씻는다. 그러고 나서 몸을 말리지 않고 다시 잠자리에 든다. 일반적으로 가장 빨리 효과를 볼 수 있는 방법이다.

전날 밤을 어떻게 보냈는가에 따라 하루가 결정된다. 그러므로 기도나 묵상 등의 방법을 통해서 하루를 의식적으로 정리하는 습관이 중요하다.

잠을 잘 자는 것은 건강의 필수 조건이다. 좋은 꿈을 꾸는 것도 잠을 잘 자는 것에 포함된다. 잠을 자다가 잠깐 깼다 다시 잠드는 것이 곤드레만드레 자는 것보다 건강에 더 좋다.

토마스 아퀴나스(1225-1274 중세 스콜라 철학을 대표하는 이탈리아의 신학자. 평생 아리스토텔레스 연구에 몰두하였으며, 신 중심의 입장을 유지하면서도 인간의 상대적 자율을 확립하는 그리스도교 철학을 발전시켜, 신앙과 신학을 배제하는 인간 중심적이고 세속적인 근대 사상을 낳는 운동의 기점이 되었다)는, 잠을 자러 가면서 하느님의 율법을 명상하는 사람은 꿈속에서도 아주 유익한 이미지를 보게 된다고 하면서 그렇게 하기를 권했다.

성경에 따르면 하루 중 가장 중요한 시간은 이른 아침이다. 그래서 성 프란치스코 살레시오는 "완전함의 관점에서 밤에 일찍 잠자리에 들고 아침에 일찍 일어나는 것이 최고이다."라고 했다.

제대로 먹기

잘 먹는 것은 잘 사는 것의 근원이다. 최상의 규칙은 모든 일에 정도를 지켜 체액의 자연스러운 질서를 도모하고 몸의 온도를 잘 유지하는 것이다. 과식은 모든 질병의 원인이다.

가장 기본은 천천히 먹기! 허겁지겁 집어삼키는 것이 폐해를 낳는다. 씹고 또 씹으라. 소화는 입에서 벌써 시작된다. 먹을 때 말을 하지 말라. 그래야 먹는 것을 즐길 수 있다.

수도자에게 식사는 언제나 함께하는 시간이며, 성찬식(최후의 만찬을 기리며 예수의 살과 피를 상징하는 빵과 포도주를 나누어 먹는 의식)의 상징적 모방이다. 초대교회는 이것을 '아가페'라 불렀다. 식사 전에 감사를 드리고 경의를 표하는 것이 이 아가페 식사의 특징이었다.

수도자는 예수님께서 "너희에게 차려주는 음식을 먹으라."라고 하신 말씀을 따라 무엇이든 식탁에 차려진 것을 먹는다.

음식은 남기지 않는다. 이것은 가능한 한 빨리 자기에게 알맞은 정도를 찾아내기 위한 전제 조건이다. 그래야 쓸데없이 엄청난 양의 물자를 낭비하지 않는다.

성대한 잔치도 중요하다. 하지만 식도락을 즐기는 것은 원칙적으로 불경한 짓이다. 음식을 천박하게 다루는 카페테리아에서의 식사도 마찬가지다.

음식을 먹을 때 지켜야 할 몸가짐도 점점 자취를 감추고 있다. 중세의 예비 수도자 요람에는 다음과 같은 지침이 나온다.

"식탁에서는 이리저리 두리번거리지 말라. 절제 있게 먹으라. 아무리 먹어도 만족스럽지 않은 짐승처럼 서둘러 먹지 말라. 배고픈 개처럼 음식 위로 몸을 숙이지 말라. 다른 사람이 더 나은 음식을 가지고 있는지 돌아보지도 말라. 네가 가지고 있는 것, 네가 먹을 수 있는 것을 겸손하면서도 감사하는 마음으로 받고 그것을 향유하라. 어떤 경우든 지나친 것보다는 약간 모자라는 쪽을 택하라. 식탁에 차려진 것은 무엇이라도 거절하지 말라. 음식에 문제가 있다고 해서 짜증 내지 말라."

제대로 긴장 풀기

일상 속에 찾아온 너무나 다양하고 새로워진 가능성으로 인해 우리는 그 가능성을 이용하지 않으면 안 될 것 같은 강박감을 느낀다. 휴가 때조차도 컴퓨터, 휴대전화, 전자오락에서 놓여나기가 점점 어려워지고 있다. 우리의 몸과 정신이 팽팽한 긴장감의 제물이 되지 않으려면 제때제때 긴장을 풀어주는 것이 꼭 필요하다.

사막의 교부 안토니오가 말했다. "인간이 자기의 질서에 맞게 살면 혼란스러울 일이 없다." 활을 계속해서 잡아당길 필요는 없다. 너무 잡아당기면 부러지기 십상이다.

똑같은 날은 하나도 없다. 우주 만물은 변화의 법칙을 따르게 되어 있고 '소우주'인 인간도 그 법칙에서 벗어날 수 없다. 희망과 두려움이 서로 번갈아 드는 변화의 물결에 휘말리지 않기 위해서는 마음의 평정이 요구된다. 평정은 풍랑이 이는 바다에서 나침판 역할을 한다.

휴식을 취할 때도 지나치지 않도록 주의하라. 그러지 않으면 긴장을 푼다는 것이 오히려 스트레스를 가중시킬 수도 있다. 산책, 악기 연주, 노래 같은 방법을 적절히 이용하라.

일요일의 휴식은 생물학적 관점에서 볼 때도 반드시 필요하다. 그래야 다른 여섯 날을 위한 조화와 균형을 찾을 수 있다. 교회력의 적절한 긴장과 긴장 완화, 높고 낮은 흐름이 수도원의 일상을 관통하는 생명 리듬이다. 특별히 중요시되는 축은 대림절(예수 성탄 대축일을 준비하고 기다리는 성탄 전 4주간)과 사순절이다. 수도자 공동체는 사순절 기간에 철저한 수련에 임하며, 침묵의 시간도 연장된다. 철저한 수련과 침묵의 시간을 보내고 나면 사순절이 끝난 후의 축제의 기쁨도 그만큼 강렬하게 솟구친다.

제대로 어울리기

다른 사람과의 만남을 지나치게 추구하는 것과 그것으로부터 지나치게 도피하려는 것, 이 두 극단 사이에 좋은 길이 있다. 다른 사람과 항상 함께 있는 것은 대단히 힘든 일이지만, 그렇다고 그런 모임을 무조건 회피하다 보면 지나치게 까다롭거나 오만하다는 인상을 준다.

고독은 정신 수양의 기본 요소이며 깊은 사색의 전제 조건이다. 성 베르나르도는 이렇게 충고한다.

"너 자신을 생각하라. 그런 다음 다른 사람을 생각하라."

단체 관광 같은 것이 생겨나기 1,600년 전에 살았던 아우구스티노도 이렇게 지적한 바 있다.

"사람들이 저 먼 데까지 가는 이유는 높은 산봉우리, 장엄한 파도, 굽이치는 물결, 변화무쌍한 하늘과 바다를 보고 감탄하기 위해서라고 한다. 그런데 인간은 정작 자기 자신에게는 전혀 주의를 기울이지 않는다."

사람들의 모임에 낄 때는 설교조로 남을 가르치려고 해서는 안 되며, 마지못해 앉아 있다는 식으로 부자연스럽게 행동해서도 안 된다. 성 살레시오 역시 이렇게 이야기한다.

"잘난 체하는 사람이나 그렇게 처신한다. 그런 사람은 결국 우스꽝스러운 망상에 시달리게 될 것이다."

다른 사람과의 만남에는 명랑한 친절함이 있어야 한다. 사도들은 "기뻐하는 사람과 기뻐하라!"고 말했다.

성 베네딕토는 금식 기간을 정하면서 수도자들에게 다음과 같이 권했다.

"이 기간에는 먹고 마시는 것과 잠자는 것을 조금 줄이고 잡담과 어리석은 행동을 삼가라……. 모든 수도자는 성경 한 권을 처음부터 끝까지 읽어야 한다."

그는 또 이렇게 덧붙였다.

"우리는 이 거룩한 기간에 지난날 소홀히 했던 것들을 되살펴 볼 수 있다."

금식은 베네딕토 성인이 시작한 것이 아니다. 모세도 하느님의 계명을 받기 전에 사십 일 동안 시나이 산에서 금식했다. 위대한 예언자 요나가 니네베 사람들에게 하느님의 진노가 임박했다고 선포하자 니네베 주민들은 '가장 높은 사람부터 가장 낮은 사람에 이르기까지 모두 굵은 베옷을 입고' 금식했다. 엘리야와 예수도 사막에서 사십 일 동안 금식하면서 스스로를 연단한 뒤에 공적인 선교 활동에 나섰다. 금식과 기도는 자연스럽게 짝을 이루어 인간의 안과 밖을 깨끗하게 하며, 또한 모든 문화권에서 가장 오래된 정화의 의식이다.

수도자에게 '포기'란 약함의 표현이 아니라 진정한 강함에 이르는 왕도이며, 몸과 영혼을 깨끗하게 하는 약이다. 사순절 금식 기간에 베네딕토회 수도자들은 노래한다.

"포기를 통해 강해지네. 피곤하고 약하고 병든 것이 강해지네."

이것은 그저 몸의 상태가 좋아지는 정도가 아니라 확신에서 우러나오는 힘과 용기, 투명함을 되찾는 것까지 포함한다. 그래서 부활절 이전 사십 일 동안 금식과 함께 드리는 미사 의식은 영혼의 비밀에 이르도록 안내하는 기능 외에도 아주 실제적인 도움을 준다. 사순절 금식은 이마에 십자가 모양으로 재를 바르는 일로 시작된다. 이는 변화할 준비가 되어 있음을 뜻하는 일종의 출발 신호다. 사십 일간의 금식은 확실한 체중 감량, 그리고 부활의 기쁜 소식에 대한 환호와 함께 끝을 맺는다. 건강이라는 관점에서만 봐도, 이 길은 고난을 지나 부활로 인도하는 길이다. 이로써 "완전히 새로운 인간이 되었다."고 말하게 되는 것이다.

한 수도자는 자신의 감격을 이렇게 토로했다.

"이 기간을 잘 이겨내면 모든 면에서 확신이 생겨납니다. 갑자기 모든 것이 정돈되고 문제가 해결됩니다. 새롭게 느껴지는 몸과 마음의 가벼움이 머릿속에 있는 걱정과 근심을 몰아내고, 새로워진 집중력은 올바른 판단력과 추진력을 가져다줍니다. 상당한 희생과 고통과 노력을 통해 정화된 상태라서 다른 사람을 만날 때도 더 이해심 있게 대할 수 있습니다. 게다가 잔잔한 평온함이 찾아오는데 이것은 내면이 강해졌기 때문입니다. 그렇게 되면 선한 의지에 따라 살아갈 능력이 생깁니다."

나와 이야기를 나눈 젊은 수도자 필리프는 운동선수로 치자면 라이트급에 속하는 사람은 아니었다. 그는 금식 수행을 통한 놀라운 체험을 다음과 같이 표현했다.

"내 안의 무언가가 깨끗해졌습니다. 산처럼 쌓여 있던 노폐물이 내 몸에서, 그리고 더러웠던 내 머릿속에서 완전히 빠져나갔습니다. 전에는 보지 못했던 것이 보입니다. 투시 능력을 얻은 듯한 느낌이에요. 몹시 불투명하고 불가해하게 보였던 것들이 지금은 확실하고 분명하게 다가옵니다. 문제의 해결이 가능해졌습니다. 이 깨끗함이 나를 가볍게 해줍니다. 말로 표현할 수 없는 낙관적인 기분이 생겨나고 내 안에 있는 행복이 빛을 냅니다. 이 빛은 다른 사람들에게도 퍼져나갑니다. 이 가벼움은 이상한 마술이 아니에요. 진짜로 가벼워집니다."

이 수도자는 발걸음이 하도 확고해서 처음 봤을 때부터 무척 인상적인 사람이었다. 그는 잠깐 쉬더니 존 신부와 똑같은 말투로 난데없이 질문을 하나 던졌다.

"왜 천사가 날아다닐 수 있을까요?"

내가 성급한 대답을 피하느라 뜸을 들이는데 필리프가 소리 내어 웃으며 말했다.

"아주 간단해요. 천사들이 원래 가벼워서 그렇기도 하지만 무거운 걸 지니고 있지 않아서 그렇답니다."

의사인 헬무트 뤼츠너는 〈금식으로 다시 태어나기〉라는 책에서 금식의 과정과 하루 일과의 리듬을 비교한다. 인간은 하루에 12-14시간 동안 깨어 있는 채로 일하고 음식을 먹고 외부 세계와 접촉한다. 나머지 10-12시간은 몸의 신진대사를 위한 시간이다. 다시 말해 체내의 구성 요소들이 재구성되는 시간으로 주로 밤 시간이다. 인간의 몸은 여기에 필요한 에너지를 몸의 창고에서 꺼내

온다. 이렇게 '밤의 금식'은 매일매일의 일상 속에서 자연스럽게 반복된다. 그리고 이 시간에 일어나는 일은 금식 수행을 통해서도 그대로 일어난다. 인간은 금식으로써 오롯이 자기 자신과 대면한다. 고요히 머물고 잠을 잔다. 고요함과 아늑함과 따뜻함이 오롯한 자기 자신으로 사는 것을 돕는다.

많은 수도원이 외부 사람들을 위해서 금식 수련 과정을 열고 있다. 금식은 지나치게 풍족한 삶의 방식을 수정하고 몸 안의 노폐물을 제거하는 데만 그치는 것이 아니다. 의사들은 지금처럼 사람이 여러 가지로 유해한 기운에 노출되어 있는 사회에서 금식은 생물학적인 면에서도 해독 기능을 한다고 전한다. 게다가 금식은 우리가 의존하고 있는 많은 것들, 예컨대 담배와 술 등으로부터 자유로워지는 것을 돕고, 육체와 정신의 능력을 개선하며, '내면에서 스며 나오는 화장품'으로 노화를 방지한다. 또한 몸의 형태를 바로잡아 잘 유지하도록 만드는 최고의 가능성 가운데 하나다. 보통 사람들도 일상 속에서 금식의 시간을 가질 수 있다. 뤼츠너 박사에 따르면 여기에는 네 가지 기본 규칙이 있다.

규칙 1. 아무것도 먹지 않기
1-2주일 혹은 몇 주 동안 마시는 것만 허용됨.
차, 야채 죽, 과일, 야채 주스, 물―갈증을 해소할 만큼만.

규칙 2. 반드시 필요한 것이 아니면 모두 버리기
우리가 습관처럼 하는, 그러나 몸에는 이롭지 못한 것을 금식 기간에 끊는다.

모든 형태의 담배, 알코올, 단것, 커피, 약―꼭 필요한 경우는 예외.

규칙 3. 일상에서 벗어나기

직장 생활과 가정생활에 어느 정도 거리를 둔다.

약속 시간표와 전화기를 멀리한다. 잡지, 라디오, 텔레비전을 포기한다. 외부로부터 오는 자극을 피하고 나 자신과 대면한다.

규칙 4. 자연스럽게 행동하기

몸에 이로운 것, 몸이 원하는 것을 한다.

지칠 대로 지친 사람은 잠을 푹 자고, 몸을 움직이기 좋아하는 사람은 산책하거나 운동하거나 수영을 한다.

나는 금식 수행을 직접 경험한 뒤에야 필리프 수도자의 열광을 이해할 수 있었다. 실제로 내 안의 거추장스러운 짐이 사라지고 깨끗해지니 몸이 한결 가벼워졌다. 내 영혼이 세탁기에 들어갔다가 건조기를 거쳐서 나온 것 같은 기분이었다. 그렇다고 오그라들 거나 구겨지지는 않았다. 오히려 보송보송하고 보드라워졌다. 금식하는 사람은 전보다 더 잘 보고, 더 잘 느끼고, 냄새와 맛을 더 잘 구별하게 된다. 하지만 눈에 보이는 것보다 더 큰 변화를 경험할 수도 있다. 돈 카밀로(이탈리아의 국민 작가로 불리는 조반니노 과레스키의 소설 〈신부님, 우리들의 신부님〉 등의 '신부님' 시리즈에 나오는, 이탈리아 정

치를 좌우지한 기독교 민주당을 대표하는 신부 이름. 과레스키의 책에서는 항상
제3의 주인공인 예수를 등장시켜 중용을 유지하는 미덕을 보였다)는 이탈리아
의 오래된 성당에서 예수의 음성을 들었다. 두 팔을 벌린 채 벽에
걸려 있는 예수가 그의 마음을 달래주었다.

"아, 돈 카밀로! 금식은 한 마디의 말, 우리에게 날아와 머무는
단 한 마디의 말로 삶을 변화시킨다. 오랫동안 모래에 덮여 있다
가 폭풍처럼 이는 바람으로 인해 다시 시야에 나타난 이정표를 만
나는 것이기도 하다. 물론 그리 긴 시간은 아니다. 습관은 다시 모
래를 몰고 올 것이며, 미세한 모래 알갱이들이 서서히 저 훌륭한
이정표를 덮어버려서 아무런 흔적도 찾을 수 없게 할 테니까."

그리스도교의 가르침에 따르면 인생과 고난은 고정불변의 성격
을 띤 것이 아니다. 운명도 바뀔 수 있다. 겉보기에는 치유 불가능
했던 병이 낫게 되는 일이 종종 일어난다. 때로는 자연법칙을 거
스르는 것처럼 보이는 치유의 사건도 있다. 병으로 고생하던 사람
이 순례의 길을 가는 도중 건강을 되찾는 일도 있다. 신앙인들은
하느님의 능력에 의지하여 '건강을 구하는 기도'가 가능하다고 말
한다. 병원에 부속된 성당은 병이 낫기를 간구하는 기도로 넘친
다. 학자들도 의학적으로는 도저히 설명이 불가능한 치유의 사건
이 실제로 일어나고 있다고 인정한다. 루르드(프랑스 서남부에 위치한
도시로, 유명한 순례지이다. 1858년 성모 마리아가 발현했는데 그 자리에 솟아난
샘물로 목욕하면 병이 치유되기도 한다)는 그 대표적인 예다.

하느님의 말씀으로 인해 병든 사람이 낫게 되었다는 이야기는

아주 오래전부터 있었다. 우리가 그것을 완전히 잊어버렸다는 것
만이 새로운 사실이다. 아우구스티노는 말한다.

"우리가 당신께 기도하면 우리의 삶이 나아지고 우리의 전 존
재도 나아지나이다."

신자들은 먼저 양심적으로 성찰을 하여 지은 죄를 생각해내고,
영적인 권위가 있는 사제에게 '죄'라는 자신의 병에 대해 말한 다
음 그것을 '사면'까지 받는 고해의 시간을 통해 내적으로 정화되
며, 그로 인해 영혼이 더 나은 상태에 이르는 경험을 한다. 심리
치료사들도 이런 정화의 효능을 예전부터 이미 간파하고 있었다.
자기의 실수를 되풀이하지 않고 새로운 삶의 방식으로 살아가겠
다는 결의가 심리적 독소를 파괴하는 효과를 가져온다. 수도자들
의 아버지 바실리오는 학문적인 심리치료 행위가 이루어지기 훨
씬 이전에 그 사실을 꿰뚫어 보고 이렇게 말했다.

"인간이 말하지 않고 지나쳐버리는 죄가 영혼의 은밀한 병이
다."

원래 수도원의 의술은 치유 행위를 우주적인 맥락에서 보는 의
술, 그리스도교 정신이 치료 방법에까지 철저하게 스며 있는 의술
이었다. 그런데 이러한 처음의 정신이 지금은 거의 상실되고 말았
다. 의사인 크리스토프 쿤켈은 잡지 인터뷰에서 "인간이 문화와
의학에서 전통적인 신앙의 영역을 포기하고 그것을 새로운 흐름
에 내맡겨버린 것은 분명한 잘못이다."라고 말했다. 티베트 문화
권에서 사는 사람들에게는 오늘날까지도 '질병의 근원까지 파고
들어가 그 고통의 의미마저 밝혀내는' 종교적 차원이 없는 의술이

란 상상도 할 수 없는 일이다.

수도원의 의술에 대해 말하면서 '의술의 성녀'인 빙겐의 힐데가르데 수도원장을 언급하지 않는 것은 불가능한 일이다. 이 거룩한 수녀는 자연과학의 창시자 가운데 하나로 간주된다. 그녀의 포괄적인 저작은 수백 년 동안 실종된 상태였다. 그러나 그녀가 살아 있을 당시에는 라인 강변의 뤼데스하임에 위치한 그녀의 수도원은 온 유럽의 진찰실이었다. 수많은 사람들이—그중에는 황제와 왕들도 있었다—뤼데스하임의 수도원장이며 의사인 힐데가르데를 찾아와 문제 해결에 필요한 도움과 조언을 구했다. 교황 에우제니오 3세는 당시 대단한 뉴스였던 그녀의 예언 능력을 시험해 본 뒤, 힐데가르데의 영적인 능력을 공식적으로 인정했다.

힐데가르데의 건강 개념은 강단의학과는 무관하다. 그녀가 보기에 건강이란 정신과 자연, 종교적 차원과 관습적 차원을 모두 아우르는 지속적이고 창조적인 과정이다. 인간과 전 우주와 역사의 회복도 생명의 근원에서 솟아나는 '생명력, 초록의 능력'의 발산으로 비로소 가능해진다. 힐데가르데에게 초록은 색깔이 아니라 정신적인 자세였다. 그런 맥락에서 하느님의 마음, 인간의 몸, 인간의 생식 능력, 여성의 아름다움, 건강한 존재가 모두 초록빛이다. 힐데가르데는 성모 마리아를 '가장 푸른 처녀', '치유 능력의 어머니'라 칭했다.

힐데가르데는 하느님이 그리스도의 모습으로 이 병든 세상에 생명을 가지고 찾아오셨다고 이해했다. 그래서 그분의 능력은 언제나 치유의 능력을 함축하고 있다. 사람이 그 능력을 받아들이고 거기에 기초하여 덕을 쌓으면 스스로도 치유될 뿐 아니라, 다른 사람에게도 치유의 힘을 전할 수 있다. 인간은 그 덕을 무기 삼아 질병의 근원 요인, 즉 인간을 아프게 만들고 비인간적이고 유령과 같은 존재로 전락시키는 악덕에 맞서 싸운다.

빙겐의 힐데가르데가 가르친 삶의 규칙은 다음과 같다.

> 생명의 에너지를 길어 올리라.
> 올바른 식사 습관을 준수하라.
> 신진대사가 규칙적으로 이루어지도록 하라.
> 인간을 위해 우주가 준비해놓은 치유의 능력을 활용하라.
> 활동과 휴식의 적절한 배분과 균형에 유의하라.

힐데가르데의 치유법을 결정적으로 재발견한 사람이 얼마 전에 타계한 의사 하인리히 헤르츠카이다. 그는 힐데가르데가 '살아 움직이는 빛'의 환시에서 얻은 지식의 3분의 1 정도를 나름대로 연구하고 분석했다. 그는 이것을 자신의 치료 활동에 적용하여 큰 성과를 보았다는 사실을 강조했다. 헤르츠카는 "하느님이 거룩한 여인 힐데가르데를 통해 인류에게 완전한 의술의 체계를 선물했다."고 믿었다. 그는, 헬데가르데의 의술은 구시대의 유물이 아니며 "이제 우리도 힐데가르데의 위대한 치유 프로그램이 인간의 건강과 질병에 대한 심오한 통찰을 내포하고 있음을 조금씩 깨닫기 시작했다."고 말했다. 이는 단순히 '자연으로 돌아가자.'는 구호가 아니다. 이 말은 들판으로 나가 약초를 캐자는 뜻이 아니다.

오히려 '자연, 즉 본성을 향해' 나아가자는 것, 다시 말해 인간의 본성으로 돌아가자는 의미이다.

헤르츠카는 힐데가르데의 치료술 가운데 몇 가지를 간추려 소개하고 있다.

우연이란 없다. 모든 고통에는 실제적이고 합리적인 이유가 있다. 그 원인을 바로 너 자신에게서 찾으라. 이성적으로 살라!

자신의 건강에 신경 쓰지 않는 사람은 현재의 조건에서는 거의 자동적으로 병에 걸릴 수밖에 없다.

술과 담배를 즐기는 사람은 자기의 신경조직이 날마다 약화되는 것을 감수하라.

모든 질병에는 원인이 있으며, 나아가 그 질병의 의미도 있다. 질병이 우리에게 교훈을 주는 경우는 드물지 않다. 이로운 것을 선택하고 해로운 것을 피하라고 하느님은 너에게 이성을 주셨다.

존 신부는 이 주제에 관해 아주 간단하고 효과적으로 말했다.

"건강하게 사는 것? 그게 어떻게 가능하냐고요? 간단합니다. 건강에 좋지 않은 걸 모두 그만두면 됩니다."

9 누구든 당신을 만나면
더 행복해지게 하라

수도원에서는 모든 게 거꾸로다.

더 많은 돈을 벌기 위해 뛰어다니는 대신 가난을 추구한다.

이곳에서는 모든 사람이 한 사람을 위하고

한 사람은 모두를 위한다는 원칙이 언제나 살아 있다.

네 이웃의 실수에 너무 마음 쓰지 말라.

남에게는 항상 미안하다고 말할 준비를 하고 있으라.

반면 너 자신의 잘못을 고발하는 일에는 민첩하라.

_로욜라의 이냐시오

수도원의 길고 긴 복도. 이따금씩 청소하고 있는 여자들이 눈에
띈다. 이들은 수도원 주위에 사는 시골 아낙네들로, 그 모습을 보
고 있노라면 이분들이 그 일을 얼마나 정성스럽게 하는지 느낄 수
있다. 이들은 최대한 열심히 일을 한 뒤에 바닥에 윤기가 흐르는
것을 보면서 조금은 자랑스러워하는 것 같다. 그러나 수도원의 중
심부는 수도자들이 직접 손을 댄다. 욕실과 화장실에는 언제 누가
청소하는지를 알려주는 작업 배분표가 있다. 어떤 사람은 잘하고
어떤 사람은 잘하지 못한다. 우리가 한집에 살면서 너무도 익숙하
게 경험하는 바처럼, 그것 때문에 다툼이 일기도 한다.

　나는 내게 주어진 시간 동안 수도원의 삶에 대해 최대한 빨리,
최대한 많은 것을 배우려고 했다. 안 될 것도 없지 않은가? 눈을
크게 뜨고 다니는 것이다. 금방 보이지 않는 것도 있겠지만 그런
것도 때가 되면 제대로 파악할 수 있을 것이다. 그러나 시간이 흘
러도 나에게는 많은 것이 여전히 낯설기만 했다. 단기 집중 코스

로 수도자의 세계를 공부한다면 수박 겉핥기 수준을 넘어서기가 불가능하다. 앉고 일어서는 것, 몸을 굽히고 무릎을 꿇는 것, 노래하고 읽는 것이 반복되는 기도 시간조차도 복잡하기 그지없다. 수도자의 겸손함과 인식 수준의 단계는 어떻게 알 수 있을까? 성스러운 가르침에 대해서는 어떤 깨달음이 있는가? 영혼의 내적인 심층부에는 어떻게 도달할 수 있는가?

수도자들의 진지함에는 과거의 무엇인가가 남아 있다. 우리의 삶이 지금처럼 냉소적이고 공허하지 않았을 때의 무엇이. 그들은 규범을 확고히 지키는 '정돈된 삶의 방식'을 통해 우왕좌왕하거나 불안에 떠는 생활에 빠지지 않는다. 우리 같은 보통 사람들은 매일 불안한 생활 때문에 몹시 힘들어하고, 할 수만 있다면 그런 삶의 방식을 벗어버리고 싶어 하지 않는가.

건축가 르코르뷔지에(1887-1965 전 세계에 영향을 끼친 스위스의 건축가이자 도시 계획가. 20대 전반은 주로 유럽과 중근동 각지를 여행하며 그곳의 도시 건축을 연구하였다. 1920년대에 시작되는 근대 합리주의 건축의 국제적 양식 속에 고전주의 미학을 조화시켜, 철근 콘크리트 건축의 새로운 국면을 개척했다)는 1907년 처음으로 피렌체 근방에 있는 카르투지오 교단의 수도원을 찾아갔다. 그는 그때 느낀 감정을 다음과 같이 적었다.

"아주 특별한 감정이 온몸에 흘러넘쳤다. 나는 곧 알게 되었다. 바로 이곳에서 인간의 진정한 갈망이 실현되고 있다는 것을. 침묵과 고독, 그리고 공동생활과 규칙적인 운동이 그것이다."

그것은 르코르뷔지에가 평생 잊지 못한 경험이었다. 살아 있는 동안 그는 기회가 날 때마다 수도원을 다시 찾았다.

수도자들은 공동체를 이룬다. 그러나 아무렇게나 무리를 짓는 것은 아니다. 겉에서 보면 그 사람이 그 사람 같지만, 실제로는 각각 특이한 개성의 소유자들이다. 이들 중에는 도저히 보통 사람의 기준에 맞춰 살아가지 못하는 괴짜들도 있다. 〈보물섬〉의 작가 로버트 루이스 스티븐슨은 스페인의 어느 수도원을 방문한 뒤 "지금까지 이렇게 행복하고 건강한 공동체를 만나본 적이 없다."라고 말했다.

　"돈은 많지만 자신의 삶을 행복하게 꾸려나가지 못하는 사람들을 나는 많이 보았다. 하루의 시간을 적절하게 분배해주는 수도원의 종소리가 얼마나 많은 가정에 영혼의 평화와 육체의 건강을 가져다주는가! 그 종소리가 신경에 거슬린다고 말하는 사람도 있다. 그러나 마음이 둔감한 멍청이로 살면서, 자신의 삶을 둔하고 미련하게 망쳐놓는 것이야말로 진짜 신경에 거슬리는 일이다."

　수도원에서는 모든 게 거꾸로다. 수도자들은 놀이공원이나 공포영화를 만끽하는 대신 고요한 곳을 찾는다. 더 많은 돈을 벌기 위해 뛰어다니는 대신 가난을 추구한다. 우리가 신에게 등 돌리고 사는 반면 그들은 신과의 만남을 이어나간다. 우리가 온갖 것에 의심을 품는 반면 그들은 확고한 신뢰 속에서 살아간다. 우리가 식도락을 즐기는 데 여념이 없는 반면 그들은 모든 일에 자족하며 살아간다. 그들의 삶 자체가 행동 규범의 지침서라 할 수 있다. 그들의 행동에는 상대방에 대한 배려와 친절함이 담겨 있다. 이곳에는 모든 사람이 한 사람을 위하고, 한 사람은 모두를 위한다는 원칙이 언제나 살아 있다.

수도자의 강령

교만을 버리고 겸손을 몸에 익힌다.

자신의 약함에 침잠하지 않고 자신을 강하게 연단한다.

격정과 유혹에 자신을 내맡기지 않고 거기에 저항한다.

쉽게 흥분하지 않고 평상심을 지킨다.

사사로운 이익을 따지지 않고 오히려 손해를 무릅쓴다.

자아발견에 모든 기운을 쏟느라 지치는 대신 하느님을 추구한다.

반론을 제기하는 데 힘쓰지 않고 순종을 몸에 익힌다.

포기하지 않고 버텨낸다.

문제가 있으면 도피하지 않고 그 문제와 직접 맞선다.

자기 문제에만 맴돌지 않고 다른 사람의 어려움을 살핀다.

허약한 사람이 되지 않고 스스로를 단련하는 사람이 된다.

이 몇 가지만 살펴보더라도 지금 우리의 사회적 현실이 인류의 오랜 사회적 이상과 얼마나 많이 떨어져 있는지를 알 수 있다. 수도자들은 이것을 수백 년 혹은 그 이상에 걸쳐 누구보다 확고하게 구현해왔다. 수도원에 오면 전혀 다른 세상이라는 느낌을 받는다. 남에게 인정받기 위해서 안달하는 대신 서로 돕고 먼저 화해를 청하면서 평화롭게 살아간다. 어제까지 만고불변의 진리였던 것이 오늘 허구로 드러나는 정치 문화와는 대조적으로 이곳에서는 사람들이 전통 위에 든든히 서 있다. 개인주의와 고립으로 치닫는 현대사회와는 달리 수도자들은 공동체 안에서 자신을 지탱해나가고 있다. 정말 신기한 것은, 그런 생활 방식이 계속해서 이어져왔다는 점이다. 요컨대 이천 년 동안의 테스트 기간을 버텨낸 셈인데 이 기록은 쉽게 깨지지 않을 것이다.

그리스도교는 사실 아주 실제적인 종교라고 할 수 있다. 만일 지금 많은 수도원에서 그렇게 하듯이 불가능한 것을 가능하게 할 수 있다면 '구원'이라는 말은 이미 그 의미를 발견했다고 볼 수 있다. 그것은 '네가 나에게 한 대로 나도 너에게 한다.'는 식의 삶에 대안이 되는 삶의 방식을 직접 보여주는 일이다.

내게는 가정이 있다. 나는 온 가족이 어느 호수에서 크리스마스 휴가를 보내며 찍은 사진을 참 좋아한다. 크리스마스트리가 있고 식구들이 긴 식탁에 앉아 있는 장면이다. 가족이 없는 삶은 단편소설이라고 생각한다. 가족 없이는 아주 평범한 일상 속에서 벌어지는 복잡다단한 문제까지 등장하는 장편소설은 될 수 없다.

참 알다가도 모를 일이 있다. 나는 내 가족을 사랑하지만 그 이미지가 때때로 어둡게 돌변할 때도 있다. 가족생활에도 걷잡을 수 없는 위험한 요소들이 있다. 찬란함과 비참함이 하루에도 몇 번씩 번갈아 찾아온다. 아이들끼리 싸운다. 그러다 엄마가 끼어들면 어쩔 수 없이 싸움을 그만두면서도 볼멘소리는 그치지 않는다. 잠시 후부터는 아빠의 잔소리가 시작된다.

"이제 텔레비전 꺼! 제발 숙제 좀 해. 손 닦아라. 천천히 먹어. 너, 뭘 먹는 거냐?"

지나치게 신경을 쓰다가 탈진한 부모는 말도 못 하고 멍하니 쳐다보기만 한다. 우리는 스스로에게 묻는다. 도대체 무슨 일이 일어난 거야? 이제 우리는 문화도 질서도 없는 세상에서 살게 된 걸까? 우리는 돼지우리처럼 어질러진 아이들의 방을 치워야 한다. 왜 그래야 하지? 이런 아이들이 나중에 뭐가 될까?

나는 질서, 규율 같은 말이 아직 낯설지 않았던 시대에 교육을 받으며 자라났다. 아니, 우리는 그런 말로 인해 너무나 오랫동안 골탕을 먹었기 때문에 마음 깊은 곳에는 그 말들에 대한 증오심이 있다. 규칙이라는 말도 마찬가지다. 우리는 모든 가치의 전복을 추구하면서 그런 규칙을 무시했을 뿐 아니라, 원칙적으로 규칙의 완전 파괴를 우리의 목표로 삼았었다. 68세대(기존의 권위주의적인 정치 구조, 가부장적이고 보수적인 사회질서 및 체제에 대한 불만과 문제의식 속에서 1968년 많은 시민과 젊은 학생들이 참여하는 대규모 저항 운동이 일어났다. 독일뿐 아니라 유럽 전반에 큰 소용돌이를 몰고 온 저항 운동에 가담해 적극적인 활동을 펼쳤던 사람들, 그리고 그 운동에 크게 영향 받은 사람들을 68세대라고 한다) 문건에는 이런 말이 나온다. '어린이들은 어른들의 억압적인 행동에 어느 정도 저항할 수 있어야 한다.' 그렇다, 거기까지는 뭔가 잘되는 것 같았다. 그런데 이제는 우리가 부모가 되었다. 그리고 우리의 아이들은 전혀 다르다.

아이가 있는 사람들이 월요일에 직장에 출근해서 주말에 있었던 일에 대해 얘기하면 눈에 눈물이 고일 때가 있다. 물론 웃다가 눈물이 나는 경우는 아니다. 그들은 완전히 아이답지 않은 아이들에게 에워싸여 있는 것 같다고 호소한다. 자기도취에 빠진 아이, 극도의 신경과민이나 과도한 행동을 보이는 아이, 극도로 공격적인 아이, 극도의 불만을 품고 있는 아이, 위험하다 싶을 정도로 조숙한 아이들 앞에서 어른들은 꼼짝도 못하고 있다. 그래 맞다. 우리 아이들이 마치 어른 같아졌다. 정말 좀비(시체 속에 들어가 다시 살아나게 하는 원령, 또는 그렇게 해서 살아난 자)가 되어버린 것이다.

34일 동안 교황의 자리에 있었던 요한 바오로 1세는 우리 시대의 사회적 상황에 관한 아주 분명하고도 구체적인 이미지를 간단한 말로 그려냈다. 그 말이 맞는가 틀린가에 대해서는 논란의 여지가 있지만, 어쨌거나 귀담아 들을 만한 얘기다. 그는 우리가 이시대에 '윗사람' 같은 개념에 관해 아직도 말할 수 있는가에 대해 묻는다. 다시 말해 "어린이는 부모님을 사랑하고 존경하고 부모님 말에 순종해야 한다."든지 혹은 "학생이 선생님에게 그러해야 한다."고 말할 수 있는가 하는 것이다. 그런 다음 그는 이렇게 덧붙인다.

"17세기 베니스에는 아주 유명한 카니발이 있었습니다. 카니발 기간에는 사람들이 모두 정신 나간 것처럼 보였지요. 다들 자기가 하고 싶었던 것을 했습니다. 가면으로 얼굴을 가리고 날뛰면서 관습과 법규를 위반했습니다. 요즘 저는 그와 비슷한 일이 바로 이시대에 일어나고 있다는 인상을 받습니다. 저는 전 세계에서 발생하는 암살, 절도, 강도, 유괴, 살인 때문에 큰 충격을 받고 있습니다. 그런 일들이야 항상 있었습니다. 하지만 저를 더욱 두렵게 만드는 것은 이런 현상에 대한 사람들의 반응입니다. 많은 사람들이 법률과 규범을 억압과 간섭으로 여기며 거부하려고 합니다. 심지어 법규를 조롱하고 무시할 수 있다는 것에 은근히 기쁨을 느끼고 있습니다. 사람들은 말합니다. 요즘 시대에 유일하게 '금지된 것'

이 있는데 그것은 '금지하는 것'이라고. 뭔가를 금지하려는 사람은 구시대적인 '억압 사회'에나 어울리는 사람이라는 오명을 뒤집어쓰게 됩니다."

나는 몬테카시노로 향하는 비행기 안에서 잡지를 읽다가 무척 흥미로운 광고 문구를 접하게 되었다.

'이제 우리에게 필요한 건 전통의 뿌리!'

그 밑에는 또 이렇게 쓰여 있었다.

'유행에 휩쓸리지 않기 위해……'

흠, 나는 근본주의(제1차 세계대전 후, 자유주의 신학 및 세속화한 생활에 대항하여 일어난 미국 프로테스탄트 교회의 보수주의 운동을 말한다) 집단의 메시지를 떠올렸다. 사진 속에는 예루살렘의 어느 거리에서 젊은 이스라엘 예술가 한 사람이 포즈를 취하고 있었다. 남성 의류 광고였다. 그때 나에게 어떤 이야기 하나가 떠올랐다. 여행을 떠나기 불과 며칠 전에 어느 신부님에게서 들은 이야기이다. 사실은 그분이 나에게 자기 관구에 와서 강연을 해달라고 부탁을 해서 갔었다. 내가 강의를 시작하기 전에, 그분은 나에게 지금 농촌이 어떤 상황으로 변해가고 있는지 알 수 있게 해주는 전형적인 모습 몇 가지를 짧게 들려주었다.

"옛날의 마을 구조는 이제 거의 망가졌다고 보면 됩니다. 전에는 운치를 자아내던 평지가 무계획적인 택지 조성 때문에 흉하게 변했어요. 마을에 새로 이사 온 사람들은 이 마을을 그저 주거지 정도로만 생각하는 것 같아요. 자기네 땅 주변에 높은 울타리를 치고 밖에서 안을 들여다볼 수 없게 합니다. 이 사람들은 마을 공동의 일에는 전혀 관심이 없습니다. 매년 새로운 유행이 들어옵니다. 한번은 요가, 한번은 티베트 불교, 또 지금은 힌두교의 승려를 초빙했습니다. 청소년들과 만나기란 정말 어려운 일이에요. 신앙과 관련해서는 더더욱 그렇지요. 그래도 어쩌다 기회가 생기면 그 부모들은 그야말로 불가능한 요구들을 합니다. 견진성사 의식을 아이가 직접 정할 수 있게 해달라는 등, 소풍을 가는데 음주와 흡연을 허락해달라는 등. 사제들한테도 문제가 있습니다. 지금까지는 외딴곳에서 사제로 일하는 데 관심을 보였던 이들이 대개는 과도한 업무에 놀라 물러섭니다. 어떤 사람은 금방 개축한 사제관의 테라스가 너무 작다고 하지 않나, 또 어떤 사람은 발코니가 너무 높다고 하지 않나. 어쩌다 보니 모든 게 너무나 힘겨워졌습니다."

최근 몇 년 사이에 부쩍 피로에 시달려온 노사제는 그렇게 말을 맺었다.

문명의 과정은 위대한 진보를 이룩했다. 비폭력, 협조 같은 사상은 아직도 크게 각광 받고 있지만, 현대사회의 다양한 공급과 업무는 우리의 저항력을 약화시킨다. 사람들의 부담감이 점점 늘어나고 있다. 우리는 그것을 가정이나 직장, 의회, 학교, 병원에서 매일 새롭게 느끼고 있다. 문명의 위대한 성과물인 열린사회는 바로 그런 이유에서 규범과 규칙, 또 전체를 결집시켜주는 전통을 필요로 한다. 결국에는 새로운 정신적인 기초가 필요한데, 그것은 '인간의 의식 변화'를 통해서만 가능하다.

어느 날 아침 존 신부가 나에게 숙제 하나를 내주었다. 아침미사를 마친 후 그가 갑자기 내 소매를 잡아끌었다. 그런 그의 모습이 신선하면서도 강렬하게 다가왔다. 벗겨진 머리에 커다란 귀, 확고한 몸가짐, 그러나 부드러운 눈매. 그가 부탁할 때 보면 그에게는 매우 정중하면서도 거절하기 어려운 무엇이 있다. 그 사람 곁에 있으면 위축되지 않고 마음이 편안하다.

복도를 따라 걷는 동안 그가 이야기했다. 수도회의 아버지인 성 베네딕토의 글은 꼭 만화경 같다고. 들여다보면 들여다볼수록 새로운 이미지와 가르침이 눈에 들어온다고. 존 신부는 나에게 베네딕토의 작은 책을 읽으면서 공동체 안에서 살아가는 이 쉽지 않은 일에 대해 그가 어떤 말을 하고 있는지 살펴보라고 말했다.

함께 살아간다는 것은 힘든 일이다. 나와 잘 맞지 않는 사람을 존경하고 받아들이며, 나와 잘 맞는 사람을 성급히 끌어당기지 않고 그에게 충분한 여백을 제공하여 그가 자유롭게 자기의 생각과 행동을 표현할 수 있도록 하기란 보통 어려운 일이 아니다. 수도원에서도 사정이 크게 다르지 않을 때가 있다. 우연히 알게 된 사실이지만, 수녀나 수사 중에서도 함께 수도하는 다른 사람의 문제로 선임 수도자를 찾아와 불평을 늘어놓는 이들이 종종 있다. 바이에른 주의 어느 수도원에서는 두 수도자가 부엌에서 주먹다짐을 한바탕했다는 얘기도 들었다. 한번은 고해소가 불에 탄 적도 있었다고 한다. 하필이면 그게 신자들로부터 사랑을 받는 신부의 고해소였는데, 질투심 많은 동료 수사가 우발적으로 방화를 저지른 것이 아니냐는 추측이 떠돌았다. 물론 어디까지나 추측에 불과했다.

소피아라는 이름의 젊은 수녀가 어느 인터뷰에서 이런 상황들에 대해 설명한 적이 있다.

"함께 지낼 사람들을 우리가 직접 고른 게 아니잖아요. 그러니 마찰이 없을 수 없지요. 이따금씩 진짜 힘들 때도 있습니다. 하지만 바로 이런 점이 오히려 나에게 확신을 줍니다."

중요한 것은 어떤 거룩한 세상을 추구하는 것이 아니라고, 우리는 그렇게 서로를 참아내는 법을 배워야 한다고 그녀는 말했다.

성 베네딕토의 수도 규칙에는 자동차로 치면 바퀴와도 같은, 결코 간과할 수 없는 중심 사상이 있다. '가족'이라는 사상이 바로 그것이다. 누구나 알다시피, 수도회에 속한 이들은 전통적인 의미의 가족으로부터 벗어난 사람들이다. 그러나 베네딕토는 평범한 신자들의 가정에서 통용되는 삶의 조건들과 똑같은 것, 즉 재산과 의무의 공유, 함께하는 식사와 기도를 요구했다. 그는 수도원의 구성원들이 우연히 안면이나 트게 된 사람들 같은 분위기를 극복하고 한 가족처럼 생활하기를 바랐으며, 정주의 계명으로 수도자들을 하나로 묶어 한번 선택한 공동체에 평생 머무르도록 했다.

베네딕토의 생활 공동체는 모든 이가 모든 것을 함께 나누는 공동체의 꿈이다. 베네딕토는 수도원을 세우고 발전시키면서 무작정 혼자 사는 사람들이 부딪히는 외로움과 무절제의 문제를 극복했다. 베네딕토 수도회에 속한 사람들은 '새로운 길'의 모범이 되어야 한다. 루카의 사도행전에 등장하는 예루살렘 공동체처럼 '한 마음 한뜻'으로 사는 그리스도교적 삶의 모범이 되어야 한다. 베네딕토의 규칙은 탁월한 대안을 제시한다. 이기적인 자아에 집착해 살아가는 사회에 사랑의 연대로 맞선다.

베네딕토는 낭만적 사회 개혁가가 아니었다. 그는 자기 수도자들의 상황을 잘 이해하고 있었다. 그는 사람들을 받을 때 일정한 규칙을 엄수할 것을 분명하게 요구했다. 규칙에 따른 행동과 확고한 구조가 뒷받침되지 않은 공동생활이란 필연적으로 갈등에 갈등을 낳게 마련이며, 원칙적으로 그런 공동생활은 불가능하다.

공동생활은 그리스도교의 어느 한구석에서만 명맥을 유지하는 주변적 현상이 아니라 오히려 그 종교의 핵심적 형태라는 사실이 잊혀가고 있다. "마음을 같이하여 조화롭게 살아가라."는 명령은 수도원의 담장을 넘어 세상으로 퍼져나갔다. 베네딕토 수도회의 운동은 어느 종족의 운동이 아니었다. 어느 지역, 어느 인종에 속하는가는 전혀 문제 되지 않았다. 중요한 것은 공동의 신앙이었다. 국가와 지역의 장벽을 뛰어넘어 생각과 경험, 구체적인 삶의 모범과 지혜를 공유하는 운동이 일어날 때 편협한 지역주의나 민족주의, 답답한 국가주의는 설 곳을 잃는다. 이탈리아 사람(캔터베리의 안셀모)이 영국에서 주교가 되고, 앵글로색슨계의 보니파시오가 독일 사람을 위한 위대한 선교사가 되고, 720년 프랑켄 지역에서 온 독일인 수도자들이 이탈리아의 몬테카시노를 새롭게 일깨워 전 유럽의 정신적 수도로 성장하게 했다. 그리스도인이 인종주의자가 되고 다른 사람과 형제가 되지 못한다면 그것은 이미 그리스도인의 정의에 위배된다. 그런 사람이 있다면 그는 그리스도인이 아니라, 정신적인 혼란 속에서 다른 사람에게도 해가 되는 암적인 존재에 불과할 것이다.

우리 시대에는 베네딕토가 주창한 정주와는 정반대로 관계의 결렬이 새로운 유행처럼 확산되고 있다. '끝까지' 사랑을 지키는 사람들이 점점 줄어들고 있다. 매일 누가 누군가를 제압하고, 누가 주도권을 잡고, 누가 최종 결정권을 갖고 있는가 하는 문제로 싸움이 일어나며 사람을 지치고 힘들게 만드는 경쟁 관계가 조성된다. 새로운 접근 방법이 필요하다. 나는 무엇을 책임질까? 나와 너가 서로 동의할 수 있는 이상적인 삶은 어떤 것인가? 내가 가진 것 중에서 무엇을 내놓을까? 달콤한 사랑의 밀월 기간이 지나고 조금씩 불협화음이 일다가 어느 순간 차가운 기운이 방 안에 감돌 때, 그래도 서로 존중하고 갈등을 견뎌낼 수 있는 능력을 키워야 하는데 그런 부분이 눈에 띄게 사라져가고 있다. 자기의 주장을 일단 뒤로 물리고 신경질적인 말이나 행동을 피하고 비방하는 말("또 시작이군! 또 자기만 생각하네! 너는 언제나 그렇잖아! 넌 나한테 말할 기회를 한 번도 안 줬어!")을 자제하는 것은 너무도 힘든 일처럼 보인다. 첫발자국을 떼기가 참 어렵다. 자기의 행동을 정당화하지 않고, 상대방의 감정을 이해하는 것도 물론 어렵다. 인간이 함께 살아가다 보면 분란을 일으키는 것은 언제나 사소한 일이다. 언제나 작은 균열이 어느새 걷잡을 수 없는 파국으로 이어지곤 한다.

　이런 맥락에서 수도자의 순결 서약은 나의 파트너에게 변함없는 사랑을 지키겠다는 맹세에 다름 아니다. 성 프란치스코 살레시오는 이것을 '미덕의 꽃 가운데 백합'이라 불렀다. 여기서 우리는 철저한 관점의 변화를 본다. 성적인 사랑과 관련해서 모든 것이 적나라하게 노출되는 이 시대에는 순결에 대해 말을 꺼내는 것이 과거의 성적인 언급이 그랬던 것보다 더 금기시되는 재미있는 상황이 연출된다. 옛날에는 '섹스' 같은 말을 입에 올리는 것이 금기였다면, 지금 이 시대에는 '순결'을 말하는 것이 그보다 더한 금기가 되었다. 음란과 외설이 일상이 되었다고는 볼 수 없지만, 오후에 라디오를 켜놓으면 외설스러운 말들이 불쑥불쑥 튀어나오는 것을 들을 수 있다. 윤리의 수호자들이 곧 가라앉아버릴 배를 버리고 소리 소문 없이 떠난 것이 아닌가 하는 느낌이 든다. 우리 시대는 보호막을 잃어버린 세대가 되어버렸다.

수도자의 순결 계명은 다른 모든 서약과 마찬가지로 인간의 인간됨을 현저하게 위협하는 세력으로부터 우리를 지켜주기 위한 것이다. 그것의 적합성을 무조건 무시할 수는 없다. '순결하지 않은' 모든 것이 폭약을 내장하고 있는 건 아니다. 그러나 불행을 가져오고 무질서를 야기할 가능성을 안고 있는 것은 사실이다. 한번 찢겨나간 마음을 다시 맞붙여 꿰매기란 쉽지 않다.

영국인으로 베네딕토 수도회의 추기경인 바실 흄(1923~1999 로마 가톨릭교회의 추기경으로 일생 동안 종교적 배경에 상관없이 따뜻한 인간애를 가지고 모든 사람들을 대해 가톨릭 사회를 넘어 광범위한 일반 대중으로부터 존경을 받았다. 영국의 정기적인 여론조사에서 가장 인기 있는 종교적 인물로 선정되기도 했다)은 이렇게 말한다.

"가족은 삶과 사랑을 배우는 우주적 학교이다. 가족이 약해지면 우리 사회 전체의 삶의 질이 하락하며, 한 사람 한 사람이 사랑하는 방법과 성숙하고 원만한 관계를 맺는 방법을 배우기가 그만큼 더 어려워진다."

그러나 오늘날에는 이런 인식이 아예 자취를 감춘 듯하다. 실제로 가족 관계나 친척 관계를 규정하는 것이 점점 어려워진다. 어머니, 아버지와 한집에서 사는 아이들의 수가 눈에 띄게 줄고 있다. 전통적인 가족 모델이 해체되고 있다는 뜻이다. 원래의 가정이 깨어지면서 관계의 구조가 복잡해지고 아버지나 어머니가 둘, 혹은 그 이상인 아이가 늘고 있다. 그게 아니면 아버지나 어머니 중 어느 한쪽이 없는 상태에서 이른바 양육권을 가진 한 명의 부모가 친부나 친모가 아니더라도 아이를 맡아 키우는 경우도 허다하다. 독일에서만 매년 5만 명의 어린이가 친부모의 손을 떠나 친척 집이나 양육 시설에 위탁되고 있는 실정이다.

부모의 이혼을 경험한 아이들은 관심의 사각지대에서 남모르게 병을 앓는 경우가 많다. 의사들의 말에 따르면, 애정과 관심을 향한 인간의 근원적인 욕구를 철저하게 거스르는 소외감과 외로움이 어린이나 청소년들에게 극심한 우울증이나 두려움을 안겨준다고 한다. 이런 문제에 대해서 솔직하고 비판적으로 말하고, 이를 적당히 덮어두려고 하는 이론의 배후를 캐묻는 것이 그렇게 매력적인 일은 아니다. 하지만 친밀한 관계의 결렬이 어린이에게 상처를 준다는 사실만큼은 분명하다. 그와 같은 경험을 한 어린이는 그때까지 전혀 몰랐던 두려움, 즉 버림받을지도 모른다는 두려움에 시달린다. 적어도 그때부터는 누가 자신을 있는 그대로의 모습만으로 사랑하지는 않는다는 두려움 속에서 살게 된다는 것이 심리학자들의 주장이다.

학자들은 1950년대를 '결혼과 가족의 황금기'라고 부른다. 그

런데 그 시기가 지난 다음부터는 '아이와 부모와 조부모'로 구성
된 가족 공동체가 완전히 해체되고 모든 게 뒤죽박죽되기 시작했
다. 이런 발전의 비극적인 결과가 오늘 우리에게 냉혹한 현실로
나타나고 있다. '악마'라는 말은 원래 그리스어 '디아볼로스'에서
나왔고 이는 '갈라놓는 자', '나누는 자'라는 뜻이다. 바로 이 악
마가 지금 우리 사회의 심장부에서 왕성하게 활동하고 있지 않은
가! 급격한 해체의 과정 속에서 가족의 존재 이유마저도 희미해지
고 있다. 그나마 경제적인 이해관계에서 아이 없이는 사회가 지속
될 수 없지 않느냐는 허탈한 주장이 어렴풋한 공감을 얻고 있는
실정이다.

　일찍부터 그리스도인들은 이 창조 세계의 근원에는 아주 특별
한 질서가 지배하고 있다고 믿었다. 그 질서의 총체는 물론 감추
어져 있다. 그러나 하느님은 천사 혹은 예언자를 통해, 또 모세나
베네딕토와 같이 특별한 은혜를 받은 사람들을 통해 이 세계를 구
성하는 비밀이 담긴 법칙을 우리에게 가르쳐주었다. 인간이 이 땅
에서 평화롭게 살기 위해 반드시 지켜야 하는 법칙이다.
　성 베네딕토는 인간을 깊이 이해한 사람이었다. 하지만 그런 깨
달음을 이론으로 발전시키지는 않았다. 매우 구체적이고 실제적
인 적용에 관심을 기울였던 그의 깬 정신은 이론 작업과는 그리
잘 어울리지 않았던 것이다. 그렇지만 베네딕토는 자신의 사회적
가르침과 도덕적 가르침을 위해 아주 아름다운 말을 발견해냈다.
그는 그 가르침을 '영적인 기술 도구'라 불렀다. 이 도구는 각 개

인의 근원적 능력을 꽃피우고 모든 사람의 공동생활을 용이하게 해준다. 이 규칙은 아주 집약된 형태로 서구 세계의 법전과 같은 중요성을 띤다. 또한 한때 유럽의 중심부에서 영향력을 발휘하던 것으로서, 카롤링거 왕조(메로빙거 왕조에 이어 프랑크 왕국의 후반을 지배한 왕조. 751년부터 987년 서프랑크 왕국이 멸망할 때까지 왕을 배출했다. 카롤링거 왕조의 샤를마뉴는 서유럽의 정치적 통일을 달성하며 로마 교황으로부터 신성로마제국 황제의 칭호를 받았다)는 이 규칙에 구속력을 부여하기도 했다. 정말 놀라운 것은 우리가 이것을 너무나도 쉽게 잊어버렸다는 점이다.

내 아이들은—아마 일부 독자들도—이 규칙 가운데 몇 가지를 향해 의혹에 찬 시선을 보낼 것이고, 몇 가지는 불편하게 받아들일 수도 있을 것이다. 그러나 그들도 머지않아 그 규칙을 기꺼이 되새기게 될 것이다. 적어도 그들이 무엇인가에 책임을 지는 위치에 올랐을 때, 인생의 가르침을 필요로 할 때면 그 규칙을 다시 보게 되리라고 믿는다.

수도자들은 베네딕토의 규칙이 철저한 검증을 거친 것이며, 이 세계의 질서와 인간 본성의 질서에 완벽하게 들어맞는다고 확신한다. 그것은 몬테카시노에 간직된 그의 필사본이 인간의 위대한 가능성뿐만 아니라 개개인의 어쩔 수 없는 약점과 실수의 가능성까지도 고려하고 있기 때문이다.

보다 나은 공동생활을 위한 성 베네딕토의 주요 규칙

무엇보다 주 하느님을 온 마음과 영혼과 힘을 다해 사랑하라.

이웃을 자기 자신처럼 사랑하라.

살인하지 말라.

간음하지 말라.

남의 것을 훔치지 말라.

남의 것을 탐내지 말라.

거짓 증언을 하지 말라.

모든 인간을 존경하라.

내가 당하고 싶지 않은 일을 남에게 하지 말라.

그리스도를 따르기 위해 자신을 끊어버리라.

육체를 다스리라.

쾌락을 찾지 말라.

금식을 사랑하라.

가난한 사람을 잘 대접하라.

헐벗은 사람에게 옷을 입히라.

아픈 사람들을 찾아가라.

죽은 이를 잘 묻어주라.

곤경에 처한 사람에게 도움이 되어주라.

슬퍼하는 사람을 위로하라.

세속의 행위들을 멀리하라.

어떤 것도 그리스도에 대한 사랑보다 중요시하지 말라.

화내지 말라.

원한을 오래 품어두지 말라.

마음에 간사한 계책을 품지 말라.

거짓 평화를 주지 말라.

사랑을 버리지 말라.

헛된 맹세를 하지 않도록 맹세하지 말라.

마음과 입으로 진리를 드러내라.

악으로 악을 갚지 말라.

불의를 행하지 말고, 자기가 당한 불의도 인내로이 참으라.

원수를 사랑하라.

우리를 저주하는 사람을 저주하지 말고 오히려 축복하라.

정의를 위해서 핍박을 참아 받으라.

교만하지 말라.

주정뱅이가 되지 말라.

먹는 것에 욕심을 부리지 말라.

시도 때도 없이 잠을 자지 말라.

게으름을 버리라.

투덜거리지 말라.

남을 비방하지 말라.

자신의 희망을 하느님께 두라.

자신 안에서 어떤 좋은 점을 보게 되거든,

자신 말고 하느님께 그것을 돌리라.

나쁜 점은 항상 자신이 한 것으로 알고, 자기 탓으로 돌리라.

심판의 날을 두려워하라.

지옥을 무서워하라.

모든 영적 욕망을 가지고 영원한 생명을 갈망하라.

죽음을 날마다 눈앞에 환히 두라.

자신의 일상 행위를 매 순간 조심하라.

하느님이 어디서나 우리를 보고 계시다는 것을 확실히 알라.

사악하고 왜곡된 말을 하지 않도록 혀를 지키라.

말을 많이 하지 말라.

공허한 말, 사람을 억지로 웃기려는 말을 피하라.

교양 없이, 빈번히 웃음을 터뜨리지 말라.

거룩한 독서를 즐겨 들으라.

기도에 자주 열중하라.

악한 것으로부터 매일매일 멀어지라.

육체의 욕망을 만족시키려 들지 말라.

자신의 사사로운 뜻을 미워하라.

성인이 되기 전에 성인으로 불리기를 바라지 말고,

참으로 성인으로 불리도록 먼저 성인이 되라.

하느님의 계명을 매일 실천하려고 애쓰라.

순결을 사랑하라.

누구도 미워하지 말라.

나쁜 열정을 가지지 말라.

시기하지 말라.

싸움을 즐기지 말라.

건방진 말이나 행동을 피하라.

나이 든 사람을 공경하라.

자기보다 나이 어린 사람을 아껴주라.

그리스도의 사랑 안에서 원수들을 위해 기도하라.

다툼이 있었거든 해가 지기 전에 화해하라.

하느님의 자비를 결코 의심하지 말라.

베네딕토 수도회의 모든 규칙을 든든히 지탱하고 있는 원칙을 요즘 유행과는 전혀 맞지 않는 구식 언어로 표현하자면 '섬김'이다. 베네딕토 수도자들에게 섬김은 부수적인 것이 아니라 주요 과제이다. 모든 것이 섬김이다. 일찍이 사람들을 사랑하여 마치 종처럼 몸을 굽혀 사람들의 발까지 씻어준 나자렛 예수도 섬김을 실천한 사람이었다.

예수가 공적인 활동을 시작하면서 처음으로 행한 기적은 결혼식장에서 일어났다. 오늘날 많은 이들이 개인적으로 비극적 오페라의 1막으로 느끼는 바로 그 자리에서 예수가 물을 포도주로 변화시켰다는 것은 깊이 생각해볼 만하다.

몬테카시노의 위대한 스승 베네딕토라면, 어떤 사람이 그의 가르침을 마더 데레사의 짧은 권고의 말로 끝맺고자 한다고 해도 기꺼이 승낙할 것이다.

"당신이 어떤 사람을 만난다면 그 사람이 당신을 만난 다음에는 반드시 더 행복해지도록 하십시오."

참 지키기 어려운 말이다. 하지만 더 나은 공동생활을 위해서라면 더할 나위 없이 정확한 말씀이다.

10 얼마나 많은 길을 걸어야
하늘을 보게 될까

모든 생명은 나름의 소명을 지닌다. 그 어떤 것도 모조품이 아니다.
그리스도는 습관이 아니라 박차고 나서는 삶을 원한다.
존재의 근원까지 파고드는 무언가를 찾으라고 요구한다.
자신을 '불에 내던질' 줄 아는 사람, 자기 안에 울려 퍼지는 어떤 음성을
듣는 사람만이 삶의 성취를 맛볼 수 있다.

하느님이 인간에게 무슨 일을 원하실 때는
반드시 그 일을 할 수 있는 힘도 주신다.
_에디트 슈타인

수도원에서는 모든 것이 제자리에 있다. 또 모든 사람들이 자신이
해야 할 일을 하고 있다. 수도자들이 각자 자기의 일을 하고 있는
모습은 매우 감동적이다. 그들은 모든 단순한 것에 외경심을 가지
고 있다. 무슨 일을 하더라도 그 단순함을 잃지 않는다. 이런 맥락
에서 수도자에게는 황금으로 만든 성물이나 스프 담는 접시나 똑
같이 중요한 것이다. 나는 쓸데없는 마찰을 일으키지 않는 그들의
생활 질서가 좋았다. 아주 견고해 보이면서도 아름다움에 대한 감
각을 표현할 줄 아는 삶의 스타일이 좋았다. 매일매일을 깨어 있
는 정신으로 살아가게 해주는 미사가 좋았다. 서로를 존중하고 서
로의 말을 경청하는 모습이 좋았다. 나아가 자기 자신을 받아들이
고 인정하며 자기의 참모습을 발견하는 자세가 좋았다.
　존 신부는 자기의 정당성을 입증하기 위해 끊임없이 말을 늘어
놓는 사람이 아니었다. 그는 자기 정당화를 몹시 싫어했으며, 자
기의 실수를 인정하고 그것을 극복하려고 했다. 그렇게 함으로써
이익을 보거나 더 많이 아는 사람이 되기 위해서가 아니라 그저

선한 사람, 조화로운 삶을 사는 사람이 되기 위해서 노력한 것이었다. 하지만 그것은 대단히 어려운 길로, 오랫동안 걷고 또 걸어야 하는 길이다.

산다는 것 자체가 힘든 일이 될 수 있다. 꿈을 품고 무엇인가를 시도하는 사람에게는 항상 곤경이 따라붙는다. 희망의 수레에 이제 막 올라탔나 싶었는데 금세 다시 굴러떨어진다. 또 하나의 깨달음을 얻기 위해 톡톡한 대가를 치르기도 한다. 사람은 누구나 크고 극적인 사건, 아주 극단적인 변화를 꿈꾸곤 한다. 그리고 그런 일의 주인공이 되고 싶어 한다. 삶은 위대한 것, 성취감 있는 것이어야 한다. 나만의 길, 나만의 스타일을 찾고 싶다. 전통과 관습이 지정해준 역할이나 강제 규정에 구속되지 않는 삶, 기존의 갑갑한 틀에서 벗어나 자유로운 삶을 살고 싶다. 이전 세대의 딜레마, 낡은 가치관, 고루함을 훌훌 털어버리고 싶다.

그러나 어느 순간 자기 자신도 과거와 하나도 다를 바 없는 생활에 깊이 빠져 있음을 느끼게 된다. 벗어나고 싶었던 그 레일 위를 여전히 전과 똑같이 달리고 있는 것이다. 인생은 어떻게든 굴러가지만 꿈과 희망은 간 곳이 없다. 지금껏 인생을 헛산 것일까?

끊임없는 질문이 솟아나 나를 괴롭힌다. 그때 어떻게 하는 게 더 좋았을까? 왜 모든 게 이렇게 반복되는 걸까? 나는 왜 이렇게 멍청하지? 나는 보이지 않는 끈에 묶인 장난감 인형처럼 이쪽저쪽으로 흐느적거리면서 영영 나의 길을 찾지 못하게 되는 건가? 밥 딜런의 노래 가사처럼 얼마나 더 많은 길을 걸어야 그 푸르고 아름다운 하늘을 조금이나마 보게 될까?

영원히 끝날 것 같지 않은 긴 싸움이다. 부모 형제 또는 자기 자신과 싸우는 싸움이다. 올바른 선택을 위한 싸움, 좋은 직장과 좋은 결혼을 위한 싸움, 자식과의 싸움도 있다. 여기에 새로운 유행에 따라 최신 제품을 골라야 하는 선택이 추가된다. 어떻게 처신할 것인가? 어떤 사람들과 어울리며 어떻게 나를 치장할 것인가? 어떤 가게에 가서 물건을 사고 어떤 음식을 먹어야 할까? 어떤 차를 타고 다녀야 멋있어 보일까?

살다 간 흔적을 남긴다고? 그게 중요한 걸까? 위대한 사람, 꽤 중요한 생애를 살았던 사람들 중에도 아무 흔적을 남기지 않은 사람이 있다. 훌륭한 음악가였지만 정작 자신은 비참한 최후를 맞고 수백 년이 지난 뒤에 자기도 모르는 어떤 사람들에게 떼돈을 안겨준 이도 있다. 그냥 작은 것에 만족하며 조용히 살아가는 건 어떨까? 아무런 책도 쓰지 않고, 아무런 이론도 남기지 않고.

성공한 삶이란 무엇인가? 어떻게 그런 삶을 살 수 있나? 성공의 기준은 무엇인가? 우리가 이 세상에 태어나기도 전에 이미 운명으로 결정되어 있는 건 아닐까? 아니면 어떤 암호 같은 게 있는 걸까? '생각은 사람이 하고, 결정은 하느님이 한다.'는 속담이 맞나? 아니면 행복과 불행이 전적으로 우리 손에 달려 있는가? 어쨌든 우리 모두는 정말 좋은 인생을 펼쳐나가길 꿈꾼다.

인생이라는 신화. 이제까지 어떤 시대도 경험하지 못했던 다양한 가능성의 파노라마 속에서 인간이 자기의 삶을 스스로 결정한다는 영원한 꿈이 전혀 새로운 차원의 모습으로 드러나고 있다.

다차원적인 서비스와 오락 산업이 넘쳐나는 사회의 감각적 요소, 출세주의, 가상현실의 시뮬레이션 기술, 정신 의약품을 이용한 세뇌, 인간의 생명이라는 것도 모형처럼 임의로 조작할 수 있는 생물학적 질료에 불과하다고 보는 '생명의 디자이너'를 자처하고 있는 의사들. 어떤 이들은 강박관념에 사로잡힌 사람처럼 자신의 자서전 출판에 열을 올린다. 영화감독이 자기 영화의 필름을 자르듯이 인간이 자기의 생명을 마음대로 재단할 수 있다는 생각으로 사람들은 공중누각을 짓는 데 몰두하고 있다.

전통적인 역할 모델은 뒤죽박죽이 되었고, 카드를 새로 돌리는 상황이다. 모든 것이 가능해 보인다. 우후죽순처럼 생겨난 이 시대의 예언자들은 인간이 모든 사슬을 끊고 엄청난 내면의 에너지를 발산하여 성공과 재산과 행복과 영원한 젊음을 누릴 수 있다고 설교한다. 그러나 생에 대한 과도한 욕망을 부추겨 다양한 가능성을 보장해주는 듯한 이런 메시지는 이미 오래전부터 사람들에게 과중한 부담과 혼란을 가져다주고 있다. 거친 물살에 실려 떠내려가는 나무처럼 정신없이 흔들리고 있는 것이다. 오랜 시간이 지나는 동안 눈에 띌 만큼 크게 자라난 자기의 자아를 상실할까 봐 두려워하고 있다. 누가 승리자이냐에 따라 가치관이 바뀌는 사회 속에서 충분히 자신의 모습을 부각시키지 못할까 봐, 스스로를 멋지게 드러내지 못할까 봐 절망에 가까운 두려움에 시달린다.

자신의 삶을 완벽하게 조절할 수 있는 사람은 아무도 없다. 이는 안타깝지만 너무나도 분명한 사실이다. 정말 중요한 일이 있을 때일수록 자기가 자기에게 도움이 되지 못한다. 행동 연구가는 행동을 파악하지 못하고 권력가는 무기력하다. 개개인의 삶이란 단 하루 만에, 아니 단 몇 분 만에 어긋날 수 있는 것이므로 자기도 의식하지 못한 사이에 완전히 다른 궤도에 오를 수도 있다. 때로는 우연한 생각이, 때로는 우연한 몸짓 하나가 엄청난 변화를 몰고 오기도 한다.

인생은 간단한 일이 아니다. 삶의 길은 산책로가 아니다. 그 길이 어디로 가고 있는지 알려고 하는 것은 당연하다. 전기 작가들이 밝혀낸 바에 따르면 자신의 인생을 하나의 총합, 즉 주변의 여러 가지 것들과 잘 연계되어 있는 총합으로 경험하지 못하는 사람은 '단 이틀도 의미 있게' 살지 못한다. 인간은 언제나 똑같은 근본적인 질문을 던지며 살게 마련이다. 나는 누구인가? 나는 어디서 왔는가? 나는 어디로 가는가? 모두가 길에 관한 물음이다.

나는 수도원의 거대한 출입문 앞에 놓인 벽돌 위에 존 신부와 나란히 앉아 있었다. 우리는 저 먼 곳을 가만히 바라보다가 마침 태양이 서서히 지평선 너머로 사라지는 모습을 지켜보게 되었다. 그가 불쑥 말을 꺼냈다.

"참 믿기 어려운 얘기 아닙니까? 이천 년 전에 한 남자가 살았는데, 그가 직접 글을 쓰지도 않았거니와 그 사람에 관한 증언에도 역사적 신빙성이 거의 없습니다. 그가 이 세상에 살았던 기간은 고작 33년. 그 33년 중에서도 겨우 3년 동안만 공개적으로 모습을 드러냈다고 하지요. 그러다 결국에는 비참한 죽임을 당했습니다. 사람들은 그에게 침을 뱉고 그를 고문하고 십자가에 못 박아 죽였습니다. 그를 놀릴 요량으로 가시로 왕관을 만들어 씌우기도 했습니다. 그의 제자들은 구명 운동을 벌이기는커녕 그를 모른다고 잡아떼기까지 했습니다. 그런데도 그에 대한 이야기가 오늘까지 이어집니다. 어떻게 그것이 가능한 건가요?"

존 신부가 잠깐 말을 멈추었다가 약간은 우수에 젖은 듯한 목소리로 물었다.

"혹시, 예수님께서 선포한 메시지를 처음에 사람들이 뭐라고 불렀는지 아세요?"

나는 고개를 저었다. 아마 '그리스도교' 혹은 '복음' 같은 말을 한 사람은 없었겠지 하는 생각은 했다. 하지만 그것 말고는 정말 짚이는 바가 전혀 없었다. 그때 존 신부가 대답했다.

"사람들은 그것을 '새로운 길'이라고 불렀어요."

신부가 나를 바라보았다.

"길에 대한 물음은 우리 삶에 있어 결정적으로 중요한 물음입니다. 우리가 어디로 가는지, 그리고 어디에 서 있는지. 일찍부터 신앙인의 길 안내서, 여행지도 역할을 해온 시편이 바로 이 질문을 주제로 삼고 있다는 사실은 우연이 아닙니다. 시편 1장의 제목이 바로 '옳은 길과 그른 길' 아닙니까."

존 신부는 목소리를 가다듬고, 이미 수천 번도 더 암송했을 성경 구절을 조금 자유로운 형식으로 읊기 시작했다.

행복하여라!
악인들의 뜻에 따라 걷지 않고
죄인들의 길에 들지 않으며

오만한 자들의 자리에 앉지 않는 사람,

오히려 주님의 가르침을 좋아하고

그분의 가르침을 밤낮으로 되새기는 사람.

그는 하는 일마다 잘되리라.

악인들은 그렇지 않으니

바람에 흩어지는 겨와 같아라.

　존 신부는 모든 역할과 규칙에 의문이 제기되다가 결국 무너져 내린 다음 힘겹게 그것을 다시 정립해야 하는 시기에 중심을 잃지 않고 살기란 아주 어려운 일이라고 말했다. 오른쪽은 다 옳고, 왼쪽은 다 그른 길이라는 식으로 인생 문제의 답을 제시하는 지침서는 이 세상에 존재하지 않는다. 그렇지만 시대를 뛰어넘어 모든 인간에게 위대한 안내 표지판 역할을 해주는 것이 있다. 자꾸만 어기고 싶은 마음이 드는, 그러나 우리 삶에 어느 정도 방향을 잡아주는 데는 손색이 없는 철칙들이 있다.

　존 신부가 말을 이었다.

　"만일 우리가 삶 속에서 우리에게 적합한 자리를 발견하게 된다면 우리 자신이 누구인지를 깨달을 수 있습니다. 그것을 성경의 언어로 하자면 '그분이 우리를 부르셨을 때 그 이름을 우리가 알게 된다.'는 것입니다."

　찾고 또 찾고. 길에 관한 물음은 어느 누구도 피해 갈 수 없다. 예컨대 아빌라의 성녀 데레사(1515-1582 가르멜회의 개혁자이자 교회학자. 45세에 예수 그리스도의 현시를 받게 되면서 신비적 생활을 시작했다. 엄격하고 청빈하며 묵상기도에 전념하는 소수의 공동체로서 수도원을 개혁하고자 했으며, 20년 동안 17개의 수녀원을 설립하는 등 '활동하고 고통 받고 사랑하는 것'이라는 그의 표어를 죽을 때까지 생활화했다)는 그녀 자신의 표현을 빌리자면 체면도 아랑곳하지 않고 땅바닥을 기어다녀야 했던 삶에서 벗어나기 위해 이십 년이라는 세월을 수도원에서 보내야 했다고 한다. 마침내 그녀는 새로운 수도회 운동의 창시자가 되었고 서른 개가 넘는 수도원이 그녀의 삶을 뒤따르고 있다. 수도자들의 아버지 바실리오는 젊은 시절 고향인 아테네에서 '학문적 자만에 한껏 거드름을 피우다가' 정신적인 침몰을 경험한 후 먼 길을 걸어 사막으로 갔다. 그는 내면생활과 자기 절제의 대가를 찾아가 만난 뒤에야 "주여, 제가 무엇을 하기를 원하나이까?"라는 한숨 섞인 물음에 대한 답을 찾을 수 있었다. 성 베네딕토 역시 오랜 시간 동안 마음의 불안에 시달렸다. 그는 고향을 떠나 구도의 길에 올랐는데 그 과정에서 많은 인생의 정류장을 거쳐 결국에는 자기가 있어야 할 자리에 다다르게 되었다. 그의 말은 우리의 환상을 인정사정없이 박살 내고 정신 차리게 한다.

"사람들에게는 괜찮아 보이지만 결국에는 깊은 지옥으로 이끄는 길이 있다."

성 아우구스티노의 경우도 크게 다르지 않았다. 그는 생의 말년에 이렇게 고백했다.

"오, 진실한 아름다움이여. 오, 오래된 그리고 새로운 아름다움이여. 나는 당신을 늦게서야 사랑했나이다."

아우렐리오 아우구스티노는 북아프리카의 타가스테 출신이다.

그의 아버지는 로마인의 참사회 회원이었고 어머니는 그리스도교인이었다. 어머니 모니카는 아들 때문에 거의 절망적인 지경에 빠져 있었다. 어느 사제가 "눈물의 자식은 망하지 않는다!"라고 하면서 그녀를 위로했지만, 상황은 쉽게 달라지지 않았다. 아우구스티노는 젊음의 격정에 휩싸인 사람이었다. 돈도 있었다. 한편 총명하기까지 해서 젊은 시절 로마에서 교수가 된 후로는 뭇사람들의 존경을 받았다. 그를 흠모하는 여인들이 있었으며 그는 이런 상황을 마음껏 즐겼다. 그는 날마다 술을 마셨다. 훗날 종교와 철학을 통한 진리 추구에 몇 번인가 실패를 경험한 뒤로는 인간의 행복이란 다른 어떤 것이 아니라 쾌락이라고 믿었다.

아우구스티노가 살았던 4세기 말 북아프리카의 시대적 상황은 그리스도교적이면서도 이교도적이고 교회 중심적이면서도 또한 교회에 적대적이었다. 아프리카의 한 젊은이는 이 모든 것에서 좌절을 맛보았다. 그는 점성술에 심취해 그것의 도움으로 삶의 여정을 헤아려보려고도 했다. 훗날 주교가 된 이 젊은이에게 참된 것이란, 인간은 그 어떤 것도 참된 것이라고 여길 수 없다는 사실뿐이었다.

얼마 후 아우구스티노는 밀라노 대학의 초빙을 받았다. 당시 밀라노는 이탈리아의 중심지였고 암브로시오(339?-397 초기 교회의 가장 위대한 인물 중 하나로 로마제국이 쇠퇴해가던 서방 세계에서 그리스도 교회의 부흥을 새로운 단계에 돌입시켰다. 이단에 빠져 있던 아우구스티노를 이끌어 가톨릭 신앙을 고백하도록 하였으며 그에게 세례를 주었다)가 밀라노의 주교직을 맡고 있었다. 그곳은 다른 도시처럼 다양한 종교, 혹은 종교 비슷한 이념이 뒤섞인 곳이 아니라 확실한 양자택일만이 존재하는 곳이었다. 이교도냐, 그리스도교냐! 아우구스티노는 유명한 수사학자였던 암브로시오 주교의 설교를 들었다. 주교의 힘 있는 언어가 매우 인상적이었지만 그 이상은 아니었다. 어느 날 어떤 아프리카 농부가 그를 찾아오기 전까지 그에게는 정말 아무 일도 없었다. 신실한 그리스도인이었던 그 농부는 바오로 사도의 서신이 포함된 어느 책이 아무렇게나 놓여 있는 것을 보았다. 농부는 천연덕스럽게 이집트의 어느 마을에서 있었던 일에 관해 얘기하기 시작했다. 최근에 안토니오라는 사람이 이 책과 똑같은 어느 책을 펼쳤다가 거기서 그리스도의 말씀을 들었다더라. "가서, 네가 가진 것을 다 팔아서 가난한 사람들에게 주어라. 그리하면 너는 하늘에서 보화를 차지하게 될 것이다. 그리고 와서 나를 따르라." 그 자리에서 그는 자기 유산을 다 버려두고 사막으로 들어갔다더라. 그 농부는 또 이렇게 말했다. 그래서 사람들은 "못 배운 이들이 갑자기 떨치고 일어나 하늘을 활짝 열어젖히는데, 똑똑한 교수 나리들은 그 학식을 가지고도 아무런 열매를 맺지 못하고 벙어리 노릇을 할 때가 많다."고 하더라.

아우구스티노는 이 이야기를 듣다가 격렬하게 손을 휘저으며 밖에 있는 정원으로 뛰쳐나갔다고 한다. 그는 자기 영혼 깊은 곳에서 불타오르는 하느님에 대한 물음을 항상 내일로 미뤄두곤 했었다. 이제 그 물음이 자기 앞에 나타났다. 그야말로 적나라하게. 무화과나무 아래로 달려간 젊은 교수의 눈에서 눈물이 왈칵 쏟아졌다. 그는 깊은 충격에 빠졌다. 자기 자신이 부끄러웠다. 그때였다. 갑자기 이웃집에서 어린이의 노랫소리가 들려왔다.

"집어라, 읽어라, 집어라, 읽어라!"

같은 가사가 자꾸만 반복되고 있었다. 아우구스티노는 귀를 기울였다. 혹시 이것이 어떤 징표가 아닐까? "집어라, 읽어라!" 하늘의 음성이 이 어린아이의 목소리를 통해 자기에게 들려오는 건 아닐까? 그는 몸을 일으켜 세워 다시 집으로 들어갔다. 눈앞에는 농부와 함께 나눈 이야기의 소재였던 그 책이 놓여 있었다. "집어라, 읽어라!" 하는 소리가 귀에 쟁쟁했다. 그는 손에 잡히는 대로 페이지를 열어 읽기 시작했다. 그때 그가 읽은 구절은 바오로 사도가 그를 위해서 메모해둔 것 같은 말씀이었다.

"밤이 물러가고 낮이 가까이 왔습니다. 그러니 어둠의 행실을 벗어버리고 빛의 갑옷을 입읍시다. 대낮에 행동하듯이 품위 있게 살아갑시다. 흥청대는 술잔치와 만취, 음탕과 방탕, 다툼과 시기 속에 살지 맙시다. 그 대신에 주 예수 그리스도를 입으십시오."

이것은 그리스도교 역사의 결정적인 순간 가운데 하나였다. 이 말씀은 교회의 역사와 세계의 역사에 변화를 일으킨 말씀이었다. 그 회심의 체험을 통해 아우구스티노의 삶이 변화했을 뿐만 아니라, 그리스도교 역사상 가장 뛰어난 스승 가운데 한 명이 탄생했기 때문이다.

스페인의 귀족이자 장교였던 로욜라의 이냐시오(1491-1556 스페인의 수도자. 젊은 시절에는 포악하고 보복적이며 거만한 군인이었으나 프랑스와의 전투에서 다리가 부러져 침대에 누워 있을 때 그리스도와 성자들의 생애를 읽으면서 신선한 충격을 받고 사도의 길에 들어섰다. 가톨릭 수도회인 예수회를 창립하였으며, 종교개혁으로 동요하고 있던 가톨릭에 새로운 숨결을 불어넣었다)는 자신의 삶을 회고하면서 스스로를 '순례자'라고 표현했다. '하느님이 나에게 원하시는 것이 무엇인가?'라는 물음이 그의 인생의 핵심 주제가 되었다. 그는 몬세라트 산속에 있는 수도원에서 참회한 뒤 군인의 갑옷을 벗어 던지고 하느님의 갑옷으로 무장했다. 하지만 일은 뜻대로 풀려나가지 않았다. 마치 바오로 사도가 그렇게도 동쪽으로 가고 싶어 했지만, 거룩한 영이 끊임없이 그를 서쪽으로 이끌고 갔던 것과 같았다.

이냐시오는 예루살렘의 비신자들에게 가서 그리스도의 복음을 뜨겁게 전파하고 싶은 열정에 휩싸였다. 물론 동부 프란치스코회의 수도원장은 그것을 허락하지 않았다. 스페인으로 돌아온 이냐시오는 소모임을 열고 선별된 손님들에게 강연을 함으로써 종교적 체험으로 인도하려고 했다. 그러나 교회 당국의 저항에 부딪혔다. 그에게 관심을 보인 것은 회개의 의사가 있는 사람들이 아니라 종교재판소였다. 그들은 그를 즉각 어둡고 퀴퀴한 냄새가 나는 지하감옥에 처넣었다. 이냐시오가 평생토록 종교재판소의 권력에 저항한 것도 어느 정도는 이런 맥락에서 이해할 수 있다. 파리에서 신학을 공부하려던 그의 계획도 수포로 돌아갔다. 새로운 영감에 도취된 나머지 라틴어에 주의를 기울이지 않은 탓이었다.

앞길이 막막했다. 강렬한 환시를 보기는 했지만, 이냐시오의 삶은 깜깜한 숲 속에서 헤매는 것과 같았다. 이냐시오는 그런 힘겨운 상황에서 그를 버려두지 않고 용기를 북돋워주시는 하느님의 '위로'가 있었다고 말했다. 그는 로마로 가는 도중, 그 도시를 몇 킬로미터 앞두고 라스토르타의 작은 성당에서 '자신의 영혼에 큰 변화가 일어나는 것'을 느꼈으며, 마침내 자신의 사명을 아주 분명하게 깨달을 수 있었다. 그는 '아버지 하느님께서 자신(이냐시오)을 아들 그리스도의 손에 넘기셨다.'는 사실이 바로 자기에게 맡겨진 사명임을 알았다. 이것이 가장 근세에 조직된 수도회인 예수회가 탄생하는 순간이었다. 예수회는 시대의 도전에 응답하는 수도회가 되었다. 교황들마저도 여태껏 존재하지 않았던 영적인 운동에 뛰어든 예수회의 수도자들이 유럽이라는 경계선을 박차고 나가 글자 그대로 온 세상 구석구석에까지 그리스도의 메시지를 전파하는 것을 막을 수는 없었다.

모든 생명은 나름대로의 소명을 가지고 있다. 그 어떤 것도 모조품이 아니다. 똑같은 틀에 똑같은 재료를 넣어 찍어낸 수많은 제품 가운데 하나가 아니다. 수도자들은 자신의 삶을 온전히 살아내고 다른 사람의 복사본이나 유행의 꼭두각시로 살지 않으려면 창조적인 용기가 필요하다고 말한다. 이것은 한 사람 한 사람의 소원에 관한 것이라기보다는 사람이 무엇을 위해서 살고, 어느 곳에 헌신할 것인가에 관련된 것이다. 안락을 추구하고 세상의 흐름에 따라 오락가락하며 사는 것은 그 답이 아니다. 그리스도는 습관이 아니라 그 반대를 요구한다. 그는 박차고 나서는 삶을 원한다. 그는 우리 존재의 근원에까지 파고드는 무엇인가를 찾으라고 요구한다. 그런 도전을 받아들이는 사람, 자신을 '불에 내던질' 줄 아는 사람, 자기 안에 울려 퍼지는 어떤 음성을 듣는 사람, 자기의 이상을 발견한 사람만이 삶의 성취를 맛볼 수 있다.

은수자와 수도자는 주위 환경만으로도 어느 정도 겸손해지지 않을 수 없는 특별한 장소, 침묵의 장소에서 명상을 통해 자기 삶의 발자취를 찾으려고 하는 사람들이다. 평범한 일상에서는 쉽게 열리지 않는 신비의 문을 열고 들어가려는 사람들이다. 어떤 이들은 처음부터 아무것도 찾지 않고 그저 자기에게 주어진 과제에 몰입한다. 삶 전체는 본디 길고 긴 순례의 여정에 다름 아니다. 이 이미지는 그리스도교 문화 발전의 초창기 때부터 인간의 고된 실존을 조명해주는 위대한 메타포로 자리를 굳혔다. 시인 단테는 이에 대해 다음과 같이 요약했다.

"지상에서 우리의 삶이 절반을 넘겼을 때 / 나는 내가 어느 숲에서 길을 잃고 헤매고 있음을 알아차렸으니 / 이는 내가 참된 길에 유의하지 않았던 탓이다."

〈신곡〉의 저자는 스스로가 새로운 고향을 찾아 이 세상을 이해하고 싶어 하는 망명자, 끝없이 길을 떠나야 하는 망명자라고 생각했다. 이 여행에 관한 이야기를 전개하면서 그는 고통 받는 시인이 정화의 영역을 거치며 전혀 다른 세상, '아름다운 낙원'으로 인도되는 과정을 묘사했다. 예수도 바로 그것을 권했다.

"너희는 좁은 문으로 들어가라. 멸망으로 이끄는 문은 넓고 길도 널찍하여 그리로 들어가는 자들이 많다. 생명으로 이끄는 문은 얼마나 좁고 또 그 길은 얼마나 비좁은지, 그리로 찾아드는 이들이 적다."

이 땅에서 살아가는 동안 그리스도와 강렬하게 만나 이 세상과는 다른 세계로 치고 올라가 성 아우구스티노처럼 전혀 새로운 삶을 살았던 소수의 사람들이 있다. 하느님은 그들에게 너무나 생생한 실재로 다가오기 때문에 그분의 존재에 대한 경미한 의혹조차 모조리 타서 없어진다. 우리 같은 평범한 인간은 고통스러운 질문의 유희에 빠져 지내다가 쉽게 이해되지 않는 대답에 대충 만족하며 살게 마련이다.

예수의 가르침은 학문이 아니다. 하느님의 아들은 위대한 스승이지만 정교한 가르침을 구축하지 않았으며 궤변을 늘어놓지도 않았다. 그의 가르침과 행동은 아주 실재적인 것으로서, 우리가 어떻게 인생을 살아야 하는가에 대한 지침으로 가득하다. 그것은 모든 시대, 모든 문화권의 사람들에게 큰 도움이 될 수 있다. 그는 이곳저곳을 떠돌아다니면서 사람들에게 설교했다. 겸손과 회개를 촉구했으며 기도를 가르쳤고 굳은 마음과 향락 추구를 경고했다. 그는 사람들에게 심오한 조언을 해주었다.

"청하여라, 너희에게 주실 것이다. 찾아라, 너희가 얻을 것이다. 문을 두드려라, 너희에게 열릴 것이다. 누구든지 청하는 이는 받고, 찾는 이는 얻고, 문을 두드리는 이에게는 열릴 것이다."

그러나 그는 가벼운 자극을 일으켜 성공 신화를 부추기는 얼치기 도사가 아니었다. 그는 이 세상을 있는 그대로 보여주었다. 이 세상의 문제를 과소평가하거나 경시하지 않고 고통이나 유혹 같은 중요한 요소를 배제하지 않았다. 그는 조언을 하는 데 그치지 않고 강력하게 요구한다. 그의 비밀은 속임수 요술이나 상술이 아니라 모든 사람에게 적용되는 그의 사상이었다. 물론 그것을 적용하는 일은 아주 특정한 코드와 맞물려 있다. 그리고 그 코드의 해독은 그 사상을 직접 실천해보는 사람에게만 가능하다.

삶의 기회를 제대로 활용하는 법에 대한 분명한 메시지가 예수의 달란트(고대 그리스의 무게 및 화폐 단위)의 비유에 담겨 있다. 어떤 사람이 여행을 떠나면서 종들에게 자기의 재산을 맡겼다. 어떤 사람에게는 다섯 달란트를, 어떤 사람에게는 두 달란트를, 또 다른 사람에게는 한 달란트를 각각 '그 사람의 능력에 따라' 맡겼다. 마침내 주인이 여행에서 돌아와 그들과 정산을 하게 되었다. 한 종은 다섯 달란트로 열 달란트를 만들었고, 두 번째 종은 두 달란트로 네 달란트를 남겼다. 세 번째 종의 차례가 되었다. 그 종은 떨면서 주인에게 말하기를, 그 돈을 잃어버리고 벌을 받을까 두려워서 그냥 땅에 묻어놓았다고 했다. 그러자 무서운 심판이 그에게 떨어졌다. 왜? 주인이 원한 것은 자기의 삶을 활용하여 뭔가를 이루어내는 것이지, 실패에 대한 두려움으로 인해 자기에게 주어진 달란트를 땅에 묻는 것이 아니었기 때문이다.

존 신부가 물을 한 모금 마신 뒤 말했다.

"나자렛 예수에 대해서는 참으로 많은 이미지가 있습니다. 그분의 사명을 분명하게 보여주는 이미지 말입니다. 그는 '세상의 소금', '생명의 빵', '세상의 빛'입니다. 하지만 그는 자신의 가르침을 각각의 사람들이 어떻게 적용하는가에 대한 구체적인 지침을 주지는 않았습니다. 그의 메시지는 시적일 뿐만 아니라 퍼내고 또 퍼내도 고갈되지 않는 풍성함을 지니고 있습니다. 그는 '내가 바로 길이요, 진리요, 생명이다.'라고 말합니다."

예수가 온 인류를 위한 새로운 가르침, 이 세상을 변화시킬 가르침을 펼치기 위해 작은 언덕에 올랐을 때 그의 입에서 나온 이야기 가운데 하나가 또 길에 관한 것이다. 그때까지만 해도 나는 내 이웃만 사랑하면 된다는 생각을 하고 있었다.

"그러나 나는 너희에게 말한다."

그리스도는 이제부터 원수까지도 사랑하라고 요청한다. 구약성경에는 "눈은 눈으로, 이는 이로 갚으라."는 말이 있지만 예수는 그것을 극복하고, 속옷을 훔치려는 사람에게 겉옷까지도 내어주라고 말함으로써 과거의 계명을 강화한다. 산상수훈의 본질에는 내면성, 성숙, 친절함이 깃들어 있다. 여태껏 인간의 신앙을 정체시킨 모든 피상적인 것, 표면적인 것, 폭력적인 것, 경직된 것을 거부한다.

"행복하여라, 마음이 가난한 사람들!"

예수는 또 이렇게 말한다.

"행복하여라, 슬퍼하는 사람들! 그들은 위로를 받을 것이다. 행복하여라, 온유한 사람들! 그들은 땅을 차지할 것이다."

이런 말도 남겼다.

"행복하여라, 마음이 깨끗한 사람들! 그들은 하느님을 볼 것이다."

존 신부가 말했다.

"이 새로운 가르침은 우리가 일반적으로 생각하는 권력, 행복, 성공과는 전혀 다른 것입니다. 예수님은 대안을 제시합니다. 진정한 힘, 신성한 권력은 다른 사람을 지배하는 권력이 아니라, 다른

214

사람에게 자비를 베푸는 힘입니다. 정의란 집을 떠나 방탕한 생활을 하다가 돌아온 아들을 몽둥이로 다스리는 것이 아니라, 손님처럼 받아들이는 것입니다. 성공이란 자신의 온갖 욕망을 마음껏 충족시키는 것이 아니라, 그것을 극복하는 것입니다. 진정한 위대함은 작은 것 안에 감추어져 있습니다. 하느님도 보잘것없는 것 속에서 자기를 드러내셨습니다. 저 외딴 동네, 작은 마구간, 가난한 사람들에게 말입니다."

예수는 자신의 연설 끝머리에 그 모든 것을 요약해서 청중에게 제시했다. 이것은 율법 중의 율법이요, 모든 인생을 위한 황금의 규칙(황금률)이라고. 하느님을 향한 사랑은 최우선 과제이다. 그러나 이웃을 사랑하는 것도 그에 못지않게 중요한 것이다. 단순히 미사 의식을 통해서가 아니라 이웃을 위한 사랑의 실천을 통해서 하느님을 사랑할 수 있다는 사상은 인간의 생각을 뛰어넘는 천재성, 하늘의 거룩한 특성이다. 그리스도는 오늘을 사는 우리에게도 말한다.

"지극히 보잘것없는 사람 하나에게 행한 것이 곧 나에게 한 것이다."

다른 식으로는 그에게 다가갈 수 없다. 그는 '선의 창조성'을 활짝 꽃피워내는 힘을 가진 짤막한 권고로 이 자유의 대헌장을 마감했다. 수도자들은 수도원의 출입문마다 그 말씀을 남몰래 적어놓았다.

"그러므로 너희는 너희에게 해주기를 바라는 그대로 너희도 남에게 해주어라. 이것이 율법과 예언서의 정신이다."

처음부터 그리스도인들은 예수의 생애를 단지 역사상의 매력적인 사건으로 여기지 않고, 삶을 살아가는 데 도움을 주는 구체적인 지침으로 이해했다. 예수의 길은 걱정과 근심으로부터 자유로워지는 길이었다. 어둠에서 벗어나 깨달음에 이르는 길이었다. 여기서 믿음은 스스로 깊이 생각하는 수고와 선한 행동을 향한 요구를 대신하지 않는다.

존 신부는 자신이 어떤 식으로 길을 찾고 있는가에 대해 나에게 이야기하지 않았다. 수도자는 지극히 사적인 문제는 대화에 끌어들이려고 하지 않는다. 언제 특별한 음성이 들려왔고, 언제 갈림길이 나타났고, 언제 운명의 시간이 찾아와 이 길로 접어들게 되었는지는 시간이 한참 흐른 뒤에야 확실하게 알 수 있는 법이다. 좁은 길은 때때로 어둠에 휩싸여 있을 수도 있다. 어떤 음성을 듣는다는 것은 대단히 힘든 일이다. 게다가 하느님은 나지막한 음성으로 말씀하시지 않는가. 하지만 그분의 도우심을 느낄 수 있는 가능성은 많다. 어떤 때는 작은 손짓으로, 어떤 때는 책으로, 또는 어떤 말을 통해서 도움의 손길이 찾아온다. 더러는 우리가 경험하는 특정한 고통과 고난이 그 통로가 되기도 한다. 결코 우연이라 볼 수 없는 섭리가 신과의 소통을 가능하게 해주고, 그것이 우리의 길을 찾을 수 있도록 도와주기도 한다. 관계의 존재인 인간은 오직 다른 사람을 통해서 스스로를 인식하고 계발하며 참된 자기를 찾을 수 있다. 혼자 힘으로는 불가능하다. 그렇기에 하느님은 인간을 통해서만 인간에게 오신다. 이는 신성한 원칙과도 같다. 그러므로 우리의 길, 삶의 의미, 삶 전체의 과제는 다른 사람과의 만남 속에서 드러난다. 존 신부가 다시 한 번 강조했다.

"그분은 언제나 인간을 통해서 인간에게 오십니다."

존 신부가 계속해서 말을 하고 있는데 내 머릿속에 어떤 만남이 떠올랐다. 얼마 전 나는 어느 신부와 이야기를 나누었다. 나는 그 사람이 억지스럽고 수다스럽다고 생각했다. 그가 말을 걸었을 때, 나는 계속해서 그의 앞니 사이의 벌어진 틈을 몰래 바라보고 있었다. 그런데 바로 그 입에서 갑자기 나를 부르는 하늘의 음성과도 같은 한마디가 들려왔다. 허공을 가르는 화살과도 같은 그 말을 나는 얼른 붙잡아—아주 구체적인 목적을 위해서—금방 써먹을 수 있었다.

한번은 교회에 다니지 않는 나의 친구 크리스티안이 내가 가야 할 길을 보여준 적도 있다. 그때 나는 며칠 동안 아무 생각 없이 쉬고 싶었다. 그런 내게 그가 아시시에 가보라고 권했다. 괜찮은 호텔, 따스한 햇살, 좋은 포도주…… 안 될 것도 없지? 나는 교회나 수도원에는 도통 관심이 없었다. 당장 그다음 날 아침에 역에 나가 에스프레소 커피 한 잔을 마셨다. 그리고 출발이었다. 이탈리아는 항상 좋았다. 그러나 직접 본 아시시는 생각했던 것과는 전혀 달랐다. 한마디로 지루하고 실망스러웠다. 나는 나 자신에 대해서, 그리고 내 친구에 대해서 화가 났다. 결국 집으로 발걸음을 돌리기로 했다. 그런데 바로 그 순간 하마터면 "와!" 하고 소리칠 뻔했다. 저기 산 위에 아침 햇살을 받아 빛나는 마을이 있었다. 지상에서 이보다 더 아름다운 마을은 쉽게 찾아볼 수 없을 것이다. 이것이 진짜 아시시구나! 지금까지 나는 엉뚱한 곳을 헤매고 있었던 것이다. 빛바랜 여운을 참된 것인 양 여기고 있었다. 길만 잘못 든 것이 아니라 방향도 전혀 맞지 않았다. 한번 돌아서니 세상 전체가 달리 보였다. 잠깐 이런 생각도 들었다. '아시시에서는 무신론자도 자기의 신념을 지키기가 어렵겠구나.' 성 프란치스코는 이 마을에 대한 축복의 시를 이렇게 마무리했다.

"너, 하느님의 신실한 도시여, 주께서 네게 복 주시기를 원하노라. 이는 많은 영혼이 네 안에서, 그리고 너를 통해 구원을 얻게 될 것이기 때문이다."

테제 공동체의 창설자인 로제 수사는 다음과 같은 말을 한 적이 있다.

"그리스도는 어떤 사건들을 통해서 당신에게 말하기도 한다. 그는 당신을 어떤 물음 앞에 세우고 어떤 영감을 선사한다."

물론 이런 경험을 하기 위해서는 어느 정도 훈련을 받고, 고착된 상황에서 벗어날 수 있도록 도와주는 만남에 마음을 활짝 열고 귀 기울이는 예민함이 필요하다. 나보다 먼저 그 길을 간 사람들, 내가 의지하고 방향을 제시받을 수 있는 사람들이 있다. 잘못된 길로 빠져든 사람에게 바른길로 돌아오는 다리가 되어주고, 자기를 철저하게 닫고 사는 이에게 스스로를 다시 한 번 제대로 볼 수 있도록 거울이 되어주는 영혼의 동반자들이 있다. 테제에서 알게 된 스물여섯 살의 독일 아가씨 이본은 이렇게 이야기했다.

"사람은 어떤 만남을 통해서 세상을 보는 것 같아요. 인생은 내가 생각했던 것과 똑같을 필요가 없나 봐요. 때로는 어떤 사람의 한마디가 큰 도움이 되기도 하네요."

뭔가를 진심으로 추구하는 사람은 자기에게 꼭 필요한 말을 듣게 된다고 존 신부도 말했다. 성경에 이렇게 쓰여 있듯이.

"내가 너희에게 보여주는 길은 먼 곳에 있지 않다. 너희는 너희 하느님께 가까이 가기만 하면 된다. 그 말씀은 너희에게 가까이 있다. 너희 입과 너희 마음에 있다."

존 신부가 말했다.

"우리 자신만으로는 아무것도, 정말 아무것도 새롭게 할 수 없습니다. 우리보다 앞서 길을 간 다른 사람들, 예술가나 학자나 수공업자나 교육가가 이미 오래전에 시작한 일의 끈을 이어받아 베를 짜는 것뿐이라고나 할까요. 여기서 중요한 건 믿을 만한 안내자를 만나는 일입니다. 수도 규칙서에도 나와 있듯이, 좋은 안내자는 '자기 자신과 다른 사람의 상처를 공공연히 드러내거나 알리지 않고 치유할 줄 아는' 사람이지요. '모든 일에 조언을 구하라. 그러면 그 일을 한 뒤에 후회할 필요가 없으리니.' 이것이 베네딕토의 가르침이었습니다."

잠시 후 존 신부가 한 가지 덧붙였다.

"여기 더 좋은 방법이 있습니다. 사실 그리스도께서 이 말을 직접 하셨으며, 죽는 순간까지 거기에 매달려 그 말을 직접 구현하려고 했습니다. 그것은 '제 뜻이 아니라 아버지의 뜻이 이루어지게 하십시오.'입니다. 어떤 수도자들은 이 말씀이 자기의 피와 살에 스며들 때까지 읽고 묵상합니다. 왜 그럴까요? 답은 아주 간단합니다. 당신에게는 선한 의지가 있습니다. 그렇죠? 또 악한 의지도 있습니다. 무엇인가에 길들여진, 왜곡된 의지 말입니다. 선한 의지는 '당신의 뜻이 이루어지기를' 바라는 마음에서 나옵니다. 그걸 능가하는 것은 없습니다. 우리 수도자들은 이렇게 기도합니다. '주님, 내 모든 삶을 당신 손에 드립니다.' 그리고 그 기도를 매일 반복하며 명상합니다. 그 기도가 바로 나의 기도라고 생각하는 사람의 삶은 이전과는 다른 삶이 됩니다. 좀 역설적으로 들릴지 모르지만, 바로 그 기도와 함께 진정한 자유의 삶이 시작됩니다. 어떤 왕이 사소한 것까지 일일이 신경 쓰면서 심지어 정원사에게 덤불을 이렇게 쳐라, 길은 이렇게 내라 하고 말해줘야 한다고 생각해보십시오. 우리 하느님은 '걱정하지 말라!'고 말합니다. 그리고 우리를 괴롭히는 수많은 결정을 거두어주십니다. 이제는 그것 때문에 스스로를 괴롭힐 필요가 없습니다. 괜찮은 생각 아닙니까?"

존 신부가 결론을 맺었다.

"과장하고 싶은 생각은 없습니다만, 그 밖의 다른 모든 것이 내게는 너무 사소한 것처럼 여겨집니다."

11 기도하라, 그리고
일하라

성 베네딕토는 양손, 즉 일하는 손과 기도하는 손이 다 있어야
참된 인간의 손이 된다고 했다.
노동하는 사람만이 진정한 명상을 할 수 있고
기도하는 사람만이 영속적인 가치가 있는 일을 할 수 있다.

우리의 선조들과 사도들이 그랬듯이 직접 손으로
일을 해서 먹고살아야 진정한 수도자라 할 수 있다.
_누르시아의 베네딕토

수도자들은 원칙적으로 부지런한 사람들이다. 소의 젖을 짜고 어
린이를 가르치고 병든 사람을 돌보고 촛불을 밝히고 미사 도구를
챙기는 수녀는 더 부지런해야 한다. 황량한 벌판에 불과했던 곳에
수도원이 들어서면 낙원에 비길 만한 공원이 생겨난다. 예컨대 부
르고뉴(프랑스 동부의 손 강 동쪽 연안에 있는 지방. 14세기에 번영한 공국이었
으며, 포도 재배와 포도주 생산으로 유명하다)의 포도주 전통과 피렌체의
산타마리아 노벨라 농장이 남아 있는 것도 수도자들의 근면함 덕
택이다. 냉기가 감도는 서재에서 언 손으로 필사 작업에 몰두했던
수도자들이 없었다면 우리는 고대의 고전 작품들을 지금처럼 접
하지 못했을 것이다. 샴페인을 마실 때마다 우리는 그 짜릿한 맛
을 내는 비법을 찾아낸 베네딕토회의 수도자 돔 페리뇽(1668-1715
'샴페인의 아버지'라 불리는 17세기 베네딕토회 수도자이자 와인 제조 책임자. 포
도를 발효시키는 도중 날이 추워져 발효가 안 되다가, 봄이 되면서 병 속에서 다시
발효가 진행되어 탄산가스가 발생해 병마개를 날려버리는 일이 빈번히 일어나자
이 현상을 보고 아이디어를 얻어 발포성 와인에 대해 연구했다. 코르크 마개를 발

명했으며, 품질 좋은 와인을 생산해냈다. 그를 기리고자 이름을 딴 명품 샴페인 '돔 페리뇽'이 나왔다)을 떠올리지 않을 수 없다.

나는 존 신부를 볼 때마다 감탄해 마지않는다. 그는 무슨 일을 하든지 항상 시간을 정확히 정하고 나서 시작한다. 그리고 그 시간이 지나면 일을 놓는다. 그는 조용히 일을 한다. 식당 봉사를 할 때나 도서관에서 일을 할 때도 마찬가지이다. 그가 말했다.

"참 놀랍지 않아요? 우리는 한번 일에 착수하면 항상 끝을 봅니다. 비결은 질서입니다. 그러면 일이 활기차게 진척됩니다."

성 베네딕토는 여러 면에서 성공적인 업적을 남긴 사람이었다. 노동의 역사에서 가장 큰 성과를 올린 것으로 판단되는 슬로건도 그의 입에서 나왔다. 그는 '게으름은 영혼의 적'이라는 사실을 꿰뚫어 보았다. 그러나 하루에 여섯 시간 이상 일하는 것은 건강에 좋지 않다고 지적하기도 했다. 수도원에는 일중독에 빠진 사람이 아무도 없다. 수시로 드리는 기도가 그것을 예방해준다. 하지만 베네딕토의 처방이 오늘날 우리의 상황에도 적용될 수 있을까? 요즘 같은 세상에서는 게으름이 영혼을 망치는 것이 아니라 오히려 영혼을 살리는 길이 아닐까? 실제로 지금 우리 시대에는 어떤 특정한 병에 걸려서 죽는 사람보다 일에 치여 파멸에 이르는 사람의 수가 훨씬 많다는 추측이 더 설득력 있다.

살다 보면 도무지 되는 일이 없는 날이 있다. 중요한 서류를 놓고 오거나 컴퓨터가 갑자기 다운되거나 전화가 두절된다. 세차게 불어닥치는 바람 탓에 집중력이 완전히 날아가버린다. 그러나 그런 날에도 일의 성과와 관련된 압력은 가차 없이 우리를 몰아친다. 컨디션이 좋은 사람도 매번 그런 압력을 견뎌내야 한다는 사실이 갈수록 어렵게 느껴진다. 나는 큰 과제를 좋아하는 타입이지만 때로는 백 퍼센트 실업률이 달성된 나라를 꿈꾸기도 한다.

일과 관련하여 많은 변화가 일어났다. 늦은 밤, 잠을 자려고 커튼을 칠 때면 건너편 집에서 혈기 왕성한 젊은이가 졸린 눈을 비벼가며 컴퓨터 앞에 붙어 있는 모습을 본다. 아침에 눈을 떠서 커튼을 걷어도 아직 그 자리에 앉아 있다. 계속 그 자리에 있다. 친구인 안드레아스와 약속이라도 잡을라치면 그는 약속 시간표를 죽 훑어보다가 고개를 설레설레 흔들고는 뒤셀도르프, 베를린, 함부르크 어쩌고 하면서 웅얼거린다. 그 와중에도 다른 동료들과 업무 얘기를 주고받는다. 결국 우리는 4주 후로 약속을 잡았다. 그래도 성공한 셈이다.

"일요일 회사에 와서 아침 식사나 같이하자고. 아침 일곱 시 어때? 오케이?"

옛 동료 가운데 몇은 그렇게 힘껏 몰아붙인 덕에 지금 상당히 높은 위치에서 일하고 있다. 회사에서 승진하고 명성과 지위가 올라가면서부터 옛날 친구들이 전화를 해도 그때마다 바쁘다는 핑계를 들어야 하고, 편지를 쓰면 아예 답장을 기대하기 힘든 사람이 되어 있다. 일주일에 오십 시간 이상 뼈 빠지게 일하면서도 그것을 형벌이라고 생각하기는커녕 오히려 훈장이라고 생각한다. 일을 위해 일상을 단순화한다는 취지에서 늦게까지 일을 하다가 곧장 가까운 술집에 가서 진탕 술을 마시고 그대로 집에 가서 침대에 뻗는다. 그렇게 해봐야 나중에 회사를 그만두게 될 때는 본부에서 날아온 유치한 카드 한 장, 비닐로 포장된 꽃 한 다발이 전부다. 아니, 그거라도 있으면 다행인 건가?

어린이들은 초등학교에 다닐 때부터 벼락치기 공부, 과외 학습, 플루트 레슨, 테니스 레슨을 받느라 우왕좌왕 불안하게 돌아다닌다. 그렇게라도 하는 게 과연 도움이 될까? 부모들은 자신들의 우상인 아이들이 미래에 월급을 잘 받는 직업을 구할 수 있도록 미리부터 성공에 대한 이야기를 늘어놓고 있는 걸까? 우리의 달력에는 언제부터인가 일요일이 아니라, 무엄하게도 월요일이 한 주의 첫머리에 서 있다. 그런데 우리가 이렇게 일에 맞추어 자신의 존재를 규정하고 사회적인 성공에 따라 친구와 동료를 평가하는 것이 정말 가치 있는 일일까?

지금으로부터 약 1,500년 전 베네딕토가 노동의 슬로건을 창안했을 때, 손으로 하는 노동은 어쩔 수 없이 해야 되는 일이었다. 땅을 일구며 사는 이들은 비천한 사람으로 취급받았다. 손으로 하는 일과 머리로 하는 일이 분리되면서 계층 간에 첨예한 차이가 생겨났다. 나아가 도시와 농촌 사이의 괴리, 시골의 투박함과 대도시의 정교함 사이의 괴리는 점점 더 심각해졌다. 꽃 피는 풍경은 사라지고 전쟁, 대량 이동, 기근, 무차별 개발이 공동체를 황폐화하고 도덕을 파괴했다. 바로 그때 베네딕토가 이제껏 한 번도 들어보지 못한 일을 감행했다. 수도자의 아버지인 그가 하필이면 노동에 깊은 관심을 보이기 시작한 것이다.

"빈둥거리며 돌아다니지 말라! 멈춰 서라! 정주! 칼에 대한 숭상을 버리라! 무장 해제! 숲과 밭과 목초지를 일구자! 무엇인가

하자, 무엇인가 이성적인 일을!"

마침내 누군가가 와서 헛간에서 썩고 있는 씨앗을 꺼내 땅에 뿌리고 그 땅을 위해 복을 빌었다. 그것은 기적과도 같은 일이었다. 베네딕토의 정신에 입각한 노동의 재발견은 폭약에 불이 붙은 것처럼 엄청난 연쇄작용을 일으켰다. 대지에 꽃이 피어나고 풍요로운 수확이 굶주림을 몰아냈다. 손으로 하는 노동에 중요한 가치가 부여되었다. 변화는 거기에서 그치지 않았다. 베네딕토는 노동 자체를 해방시켰다. 신드바드가 램프에 갇혀 있던 지니를 꺼내주었듯이 베네딕토는 노동의 에너지를 꽁꽁 묶어놓았던 포박을 끊어버렸다. 그것만으로도 그는 가히 엄청난 일을 해낸 것이다. 그는 노동에 신성한 의미를 부여하는 한편 노예해방을 위해 노력했다.

노동에 대한 생각이 바뀌면서 인간에 대한 생각, 인간의 존엄성에 대한 생각도 차츰 바뀌기 시작했다. 수도원 밖의 세상에서 자유인과 노예의 차이가 엄연했던 시대에 수도원의 담장 안쪽에서는 모든 차별이 철폐된 공간이 창출되었던 것이다. 수도원 안에서는 모든 사람이 하느님의 자유 안에 자유로우며, 공동의 사명 안에서 모두가 평등하다.

육체노동을 멸시하던 고대 세계의 부정적 영향을 마침내 끊어버린 베네딕토 사상의 결과는 실로 엄청난 것이었다. 성찬식을 행하고 가난한 사람들에게 먹을 것과 마실 것을 제공하기 위해서는 두말할 나위 없이 밀과 포도주가 필요하다. 그리스도의 말씀과 교부의 문헌을 읽고 그대로 살기 위해서는 읽는 법과 쓰는 법을 배우지 않으면 안 된다. 농업이 발달하면서 사람들은 땅이 주는 것을 그때그때 받아먹는 데 그치지 않고 어떻게 하면 땅이 더 풍성한 수확을 낼 수 있을지 연구하기 시작했다. 여기에 필요한 기구를 직접 만들다 보니 수공업 기술이 발달하게 되었고, 그 결과 갖가지 재료에 관한 체계적인 지식이 축적되었다. 거룩한 말씀에 대한 관심은 문법 연구를 촉진시켰고, 이와 더불어 언어학과 문학이 발전해 여러 가지 방식으로 언어를 가꾸는 작업이 본격화되었다.

수도회에 속한 사람들은 수백 년 동안 유럽이 형성되는 과정에서 묵묵히, 그리고 꾸준히 자신의 몫을 감당해왔다. 밭을 매고 알곡을 추수하고 숲을 개간하고 늪지를 메웠다. 무슨 일을 하든지 장인이 되고 모범이 되었다. 그들이 경영, 관리, 정신 훈련과 같은 아주 특별한 분야에서 최고의 전문 지식과 최적의 재능을 소유하고 있었다는 사실은 어쩌면 당연한 일이다. 그들의 정돈된 삶은 가장 어려운 과제를 대할 때도 그것을 이겨낼 수 있는 힘과 에너지를 제공했다. 개개인의 다양한 특성은 인정하되 무기력한 태도나 불평 따위는 전혀 용납하지 않는 단호한 지도자들도 있었다.

질서, 절약, 근면과 같은 미덕에는 반박의 여지가 없었고 이것이 모든 행동에 있어 높은 효율성을 보장해주었다. 허황된 욕심과 자기과시를 허용하지 않는 협동이 있었다. 낙관적인 마음, 침착함, 규칙성, 적극성과 같은 근본 자세가 있었다. 무엇보다도 일치된 마음과 동기부여가 있었다. 이익을 낸다는 이기적인 동기가 아니라 하느님께 영광을 돌리고 인간을 이롭게 한다는 동기였다. 한마디로 이런 새로운 정신은 유럽 문화의 발전에 있어 밑거름 역할을 했다. 어디 그뿐이랴. 베네딕토의 명구 "기도하라. 그리고 일하라."는 아직까지도 온 세상의 조화로운 계발을 위한 가장 성공적인 강령으로 남아 있다.

베네딕토의 사상은 우리 시대의 변태적인 노동 현실과는 전혀 무관하다. 베네딕토는 노동이 목적 자체가 된다든지, 혹은 노동이 온갖 사치품을 누리고 살면서 중요한 지위에 올라 다른 사람보다 자기를 돋보이게 하려는 수단이 되는 것을 원하지 않았다. 노동의 에너지가 올바른 맥락에서 쓰이지 않을 경우 아주 참담한 결과를 가져올 수 있음을, 몬테카시노의 수도자 베네딕토는 일찍부터 깨달았던 듯하다. 노동이 사람을 죽일 수도 있다. 어떻게? 사람을 노예처럼 부리고 경쟁을 부추겨 타인과의 연대를 불가능하게 만드는 사회구조를 통해서! 이른바 세계화 시대에 우리가 거듭 확인하고 있는 바와 같이, 노동은 분열을 조장할 수도 있다. 일자리가 있는 사람과 없는 사람이 있으며, 다른 사람의 노동력을 이용해서 부자가 된 사람이 있는 반면 다른 나라, 다른 사람의 착취로 인해 가난을 짊어지고 사는 나라와 사람이 있다.

세계화 시대의 노동 구조는 이 세계의 불평등을 서서히 고착화시키고 있다. 사회 하층부의 빈곤은 더욱 심화되고 있으며, 그와 반대로 극소수의 상층부는 점점 더 부유해지는 실정이다. 세계 인구의 10퍼센트가 채 안되는 사람들이 전 세계 부의 90퍼센트를 거머쥐고 있다. 지난날 동서양의 역사에 뚜렷한 족적을 남긴 전설적인 통치자들도 감히 상상하지 못했던 엄청난 부를 지금은 몇몇 사람들이 독차지하고 있다.

노동을 우상화하고 경제적인 성공만을 최고의 가치로 내세우는 사회는 엉뚱한 방향으로 치닫게 마련이다. 베네딕토는 전혀 다른 것을 생각했다. 위대한 수도자들은 노동을 구실 삼아 '가난의 서약'을 포기하는 법이 없었다. 여기서 가난이란 굶주림과 궁핍함을 의미하는 게 아니다. 그런 것과는 당연히 맞서 싸워야 할 터이다. 베네딕토가 말하는 가난은 소박한, 그러나 그럭저럭 먹고살 수는 있는 조건을 의미한다. 이는 제2차 세계대전 이후 임시로 시행되었던, 힘들지만 매우 창조적이었던 시간과 비교할 수 있다. 일종의 긴축 경제 생활이라고나 할까? 그것은 결코 부끄러운 일이 아니다. 적은 것을 가지고도 넉넉한 기쁨을 누릴 수 있다. 모든 것이 넘쳐나는 소비사회에서는 거의 경험할 수 없는 기쁨을.

수도자들의 아버지 성 베네딕토의 전일적인 사고는 손으로 하는 노동, 머리로 하는 노동, 영혼의 노동을 하나로 아울러 평화롭고 화목한 삶, 한 장소에 뿌리내리고 사는 삶을 가능하게 했다. 베네딕토의 수도 규칙서에 따르면 수도원은 자급자족을 실현해야 한다. 모든 것이 수도원의 담장 안쪽에 있어야 한다. 방앗간도 작업장도 정원도……. 수도자들은 씨를 뿌리고 추수도 하고, 가축을 기르고, 옷을 짜고 염색도 하고 깁기도 하고, 다양한 연장과 신발을 직접 만들고, 읽고 공부하는 데 필요한 책을 직접 베껴 쓰면서 가장 기본적인 방식으로, 그러나 인간적으로 살아가는 공동체적 삶의 모범이 되었다. 점점 더 세분화되는 현대사회는 인간을 하느님에게서 떼어놓은 것과 같이 인간과 노동을 분리시켰다. 인간이 만들어낸 것이 더 이상 인간을 거들떠보지 않고 있다. 일례로 독일연방은행이 유례없는 수십억의 흑자를 보게 되었다는 내용의 보도가 발표되고 얼마 지나지 않아 독일연방은행의 직원 수천 명이 해고 통보를 받았다. 바로 그 이득을 이루어낸 장본인들이 해고당한 것이다.

베네딕토는 모든 것을 하느님, 인간, 노동의 관계 속에서 사유했다. 그 세 가지는 서로 긴밀하게 얽혀 있으며 서로가 서로에게 책임을 지는 관계다.

수도원은 모든 면에서 인생의 학교이다. 수도원은 개개인 모두가 이 세상에서 잃어버린 삶의 의미와 조화를 다시 발견하도록 가르친다. 이는 비단 인간에게만 해당되는 것이 아니다. 중세의 수도자들은 낙원의 모습을 상실한 황폐해진 자연을 잘 정돈하고 이로써 하느님의 섭리에 상응하는 상태를 일구기 위해 노력했다. 수도자는 공산주의 작업반도 아니고 키부츠(이스라엘 집단농장) 회원도 아니다. 문화 사업을 벌이겠다고 다짜고짜 수도원에 들어오는 사람은 아무도 없다. 하지만 노동이 삶의 중요한 요소인 것만큼은 분명한 사실이다. 적어도 베네딕토적 의미의 노동은 그렇다.

수도원 공동체에서 노동은 기도의 연장이며, 한 걸음 더 나아가 하느님의 창조 사업에 동참하기 위해서 책임감을 가지고 수행해야 할 의무이다. 이런 관점에서 볼 때 몬테카시노는 환경 이념의 본산이며 베네딕토의 수도자들은 최초의 녹색당이다. 언젠가 플랑크슈테텐의 수도원장 그레고리오는 철저하게 생태주의적으로 조성된 수도원의 모습을 열심히 보여주면서, 숲이 산성화되고 지하수가 오염되는 현실을 목도하며 어떻게 레바논의 화려한 백향목과 창조 세계의 아름다움을 노래한 시편을 읽을 수 있겠느냐고 안타까움을 토로했다.

앞에서 암시한 바와 같이 베네딕토의 노동 이념은 의미심장한 결과를 가져왔다. 계급 없는 사회의 조직이 바로 그것이다. 이것은 형제애에 기초한 질서의 당연적 귀결이었다. 베네딕토에게 노동은 생계유지의 토대였을 뿐만 아니라 이웃 사랑의 훈련이었다. 그래서 최초의 수도원장인 베네딕토는 "우리의 선조들과 사도들이 그랬듯이 직접 손으로 일을 해서 먹고살아야 진정한 수도자라 할 수 있다."고 단언했다. 이 준칙을 따르자면 다른 사람의 노동에 기생하는 삶은 원천적으로 불가능하다. 훗날 성 베네딕토의 규율을 엄격하게 준수한 시토 교단은 다른 사람에게 올무가 될 수 있는 토지 임대료나 십일조를 받지 않도록 규칙으로 의무화했다. 그보다 이전에 이미 베네딕토도 "수공업자가 자기의 생산품을 팔 때 사기를 치지 말라."고 명령한 바 있다. 여기서 더 나아가 베네딕토는 "물건의 값을 매길 때는 사악한 소유욕이 슬쩍 끼어들어서는 안 된다."고 말했다.

베네딕토의 이런 조언을 접하면, 그가 역사 전체를 조망하는 식견을 가졌던 것이 아닌가 하는 생각이 든다. 현명하게도 그는 그때 이미 불공정한 소득 분배가 사람들을 변질시키고 시기와 사치와 잘못된 권력으로 귀결될 수 있다는 것을 예견하였다. 그래서 그는 이 문제를 단단히 짚고 넘어갔다.

"어느 누구도 자기 재산을 소유해서는 안 된다. 책도 안 되고, 책상도 안 되고, 필기구도 안 된다. 아예 아무것도 소유하지 말라."

베네딕토는 이 규정과 관련해서는 유난히 엄격한 면을 보였다. 그는 명령했다.

"여러 가지 악덕 중에서도 특히 소유욕은 수도원에서 반드시 근절되어야 한다."

몬테카시노 수도원의 창설자는 병들고 약한 형제들에게도 적절한 일거리를 주어야 한다고 분명하게 지시했다. 아무런 일거리도 주지 않아 그들의 존엄성이 침해되거나 너무 무거운 일을 맡겨 그들의 육체를 짓누르는 일이 없도록 하라는 의미다. 장애인 차별에 반대하는 법률이 생기기 훨씬 이전의 일이다. 모든 사람들이 자기의 능력에 맞게, 자기의 필요에 따라 일하게 하자는 것이 베네딕토의 근본 취지였다.

카푸친회의 수도자 규정에는 이런 말이 있다.

"수도자는 가난과 겸손의 정신에 어긋나거나 이익을 바라는 마음 또는 개인적인 허영을 부추기는 일을 해서는 안 된다."

여기에 경고의 말이 또 추가된다.

"수도자는 노동을 궁극적인 것으로 여기거나 부당한 방식으로 거기에 빠져들지 않도록 주의해야 할 것이다."

베네딕토 수도회의 노동 윤리에는 특유의 균형 감각이 배어 있으며, 그 덕분에 수도자들의 생활은 지혜로움을 잃지 않는다. 수도원의 모든 물건은 어느 개인이 아니라 전체의 소유다. '모든 것이 모두의 것'이다. 모든 물건은 거룩한 제단 위의 물건과 동일하게 취급되어야 한다. 성 베네딕토가 수도원의 당가(수도원 전체의 살림살이를 돌보고 감독하는 임무를 맡은 수도자)에게 특별히 지시한 사항은 독일연방공화국의 재무장관에게도 권하고 싶은 말이다.

"그는 그 어떤 것도 소홀히 여겨서는 안 된다. 그는 소유욕이나 소비 욕망에 휘둘려서는 안 된다. 그는 재산을 흥청망청 쓰는 일이 없어야 하고 모든 일을 정도에 맞게 해야 하며 수도원장의 지시를 잘 따라야 한다."

누군가가 어떤 일을 하다가 실수를 저질러 물건을 부수거나 잃어버리면 그에게 무거운 벌을 내려야 하는데, 그것은 그 사람이 '자기의 실수를 인정할 자세가 되어 있지 않을 때'에만 적용된다.

일을 할 때에도 온화함이 감돌아야 한다는 것을 잘 보여주는 전설 같은 일화가 있다. 베네딕토의 제자 중에서 가장 나이 어린 수도자가 도끼질을 하다가 의욕이 앞서서 그랬는지, 일이 영 서툴러서 그랬는지 도끼날을 그만 호수에 빠뜨리고 말았다. 베네딕토는 의기소침해 있던 젊은 수도자를 이해심 넘치는 태도로 부드럽게 위로하더니 도끼 자루를 물에 가져다 댔다. 그러자 호수 바닥에 가라앉았던 쇠붙이 도끼날이 강력한 자석에 이끌리듯 수면 위로 올라와 나무로 된 도끼 자루에 달라붙었다고 한다. 그레고리오 대교황의 베네딕토 전기에서 이 위대한 스승은 젊은 수도자에게 이렇게 말한다.

"보라, 네 도구를 다시 갖게 되었구나."

뒤이어 그가 한 말은 베네딕토 수도회의 노동 윤리의 초석이 되었다.

"일을 계속하고 슬퍼하지 말라."

바이에른 주의 어느 수도원에서도 이와 비슷한 이야기가 전해

내려온다. 수련자 가운데 한 사람이 큰 절망에 빠졌다. 자기에게 맡겨진 일에 대해 도저히 감당할 수 없다고 느꼈던 것이다. 그렇지만 그때는 여러 가지 이유 때문에 그가 이 과제를 맡지 않을 수 없는 상황이었다. 절망 속에서 힘들어하던 그는 경험 많은 한 선배 수도자를 찾아갔다. 여러 수도자들이 수도원에서 어려운 문제에 부딪힐 때마다 조언을 구하던 수도자였다. 그 고참 수도자는 얘기를 주의 깊게 듣고 나서 다음과 같은 대답을 해주었다.

"그대가 해야 하는 일은 그리 중요한 게 아니다. 그대가 그 일을 잘 해내는가 그렇지 못한가도 중요하지 않다. 다만 중요한 것은 그대가 모든 일을 온 마음으로 가장 정성스럽게 하는 것이다. 그러면 다른 모든 것도 저절로 이루어질 것이다. 마지못해 하는 일은 그대 자신뿐만 아니라, 그 일까지도 망가뜨릴 수 있다."

수도자는 어둠 속에서 하루를 시작한다. "해 뜨는 데서 해 지는 데까지 주님의 이름은 찬양받으소서."로 시작되는 첫째 기도, 즉 아침기도는 사방이 아직 깜깜할 때 드린다. 수도원마다 나름의 형식과 전통을 발전시켰지만 대개는 하루에 일곱 번 있는 성무일도를 지킨다. 독서의 기도, 아침기도, 삼시경, 육시경, 구시경, 저녁기도, 끝기도.

수도원 바깥의 우리 삶은 모든 시간을 무조건 '일' 아니면 '오락'으로 요리하기로 작정한 것 같다. 도시 사람들은 쇼핑에 정신이 팔려 있고, 농촌 사람들도 논밭 사이를 오가느라 정신이 없다. 늘 무엇인가에 쫓기고 있는 형국이다. 과거에는 수도원 바깥의 세상도 미사를 중심으로 하는 시간 속에서 살았다. 내가 어렸을 적에는 들에서 일하던 농부들이 기도 시간을 알리는 종소리가 울려퍼지면 농기구를 옆에 내려두고 성호를 그으며 '주님의 천사' 혹은 '하늘의 모후'로 시작되는 기도를 드리는 모습을 볼 수 있었다. 그것은 비굴한 노예근성에서 나온 것이 아니라, 이 기도 훈련의 유용성을 잘 알고 있기 때문에 할 수 있는 행동이었다. 기도를 드리는 사람은 그 덕분에 스트레스도 사라지고 고요한 명상을 통해 새로운 힘이 솟구친다는 것을 알고 있었다.

존 신부도 이른 아침의 기도와 명상으로 하루를 준비하노라고 말했다. 그는 이 공동의 기도가 심신에 활력을 불어넣고 걱정을 씻어주는 것을 느낀다고 했다. 고통스러운 고민에 휩싸일 때도 기도 시간을 통해 그 고민의 짐을 벗어버릴 수 있다. 정오에 드리는 기도는 노동으로부터의 거리 두기를 가능하게 해준다. 밤에 드리는 기도는 컴퓨터의 전원을 눌러서 껐을 때처럼 온갖 잡념을 떨쳐버리고 고요와 침묵의 세계에 잠길 수 있게 해준다.

"기도는 하느님과 인간 사이에 열려 있는 문입니다. 그 문을 이용하지 않을 이유라도 있나요?"

존 신부는 어깨를 으쓱 추켜올리며 말했다. 수도자 중에서 자기의 일을 혼자 힘으로 감당할 수 있다고 생각하는 이는 한 사람도 없다.

"그분 없이는 아무것도 되지 않습니다. 내 몸이 피곤할 때 나는 이렇게 말합니다. 주님, 더는 못 하겠습니다. 이제는 당신이 저를 도와주셔야 합니다."

신앙의 신비를 깨치지 못한 사람에게 이런 말은 아주 유치하게 들릴 것이다. 그렇지만 그리스도께서는 이미 우리에게 확실한 약속의 말씀을 주셨다.

"그리고 너희가 기도할 때에 믿고 청하는 것은 무엇이든지 다 받을 것이다."

카르투지오회의 수도자들은 이 세상을 위해 기도하며 일하는 그들의 삶의 의미를 탁월하게 설명해주는 하나의 상징을 구약성경에서 발견해냈다. 이 상징은 하느님의 백성 이스라엘이 아말렉 족속에 맞서 전투를 벌이는 장면에서 나온 것이다. 전투가 한창일 때 모세가 하늘을 향해 두 손을 들고 기도했다. 그러자 금세 이스라엘 사람들의 위세가 적군을 능가하기 시작했다. 하지만 하느님의 사람이 피곤해서 팔을 내려놓으면 적군의 힘이 되살아나면서 이스라엘이 궁지에 몰렸는데, 그러다가 모세의 팔이 다시 올라가면 행운이 뒤따르는 상황이 계속 반복되었다. 그러다가 마침내 아론과 후르가 모세의 손을 옆에서 지탱하여 그 손이 아래로 처지지 않도록 했다. 그렇게 오랜 시간이 지난 끝에 이스라엘은 승리를 쟁취할 수 있었다고 한다.

"기도하라, 그리고 일하라."

성 베네딕토는 이 구호를 통해 노동 에너지에 내장된 악마적 힘을 봉쇄하고 노동이 균형을 잃지 않도록 조치했다. 그는 무엇이 먼저인지를 분명히 못 박는다.

"그 어떤 것도 미사보다 우선시해서는 안 된다."

종소리가 울려 퍼지면 모든 것을 그만두고 그 소리에 담긴 경계의 외침에 귀 기울여야 한다. '너는 지금 무엇을 하고 있는가? 너는 어떻게 살고 있는가? 카르페 디엠. 이날을 붙잡으라!' 가장 중요한 것은 하느님으로부터 나오는 생명력에 사로잡혀 삶의 질을 개선하는 일이다. 그래서 먼저 하느님께 미사드리고 다음에는 힘들여 일을 하는 것이다.

수도자들은 일의 노예가 된 사람들을 이해하지 못하리라. 그것은 하느님의 자녀에게 주어진 자유를 노예 문서와 맞바꾸는 일에 다름 아니다. 우리가 하루의 일과를 적절한 때 끊고 멈추었다가 다시 시작한다면 그 하루는 전혀 새로운 차원을 획득하게 될 것이다. 맹목적으로 허둥지둥 뛰어다니다가 뭔가에 치여 넘어지는 일은 더 이상 없을 것이다. 누군가 말했듯이 "'기도'와 '노동'은 우리를 하늘 높이 치솟게 해주는 좌우 날개이다."

처음 우리의 질문으로 돌아가보자. 게으름은 정말 영혼의 적인가? 적어도 분명한 사실은, 빈둥거리며 사는 이는 다른 사람에게만 폐를 끼치는 것이 아니라 결국에는 자기 스스로를 태만하고 타락하고 어리석은 존재로 전락시키고 만다는 것이다. 그런 까닭에 수도자들은 인간에게 각각의 과제가 필요하다고 믿는다. 인간은 그 과제와 맞닥뜨리면서 성숙하는 것이라고. 수도자의 삶의 기술에서는 손과 머리, 육체와 영혼 등 모든 것이 아우러진다. 명상하는 삶은 노동하는 삶으로 인해 지탱되며, 다시 인간의 모든 행위는 내적 성찰에 의해 심화된다. 성 베네딕토는 양손, 즉 일하는 손과 기도하는 손이 다 있어야 참된 인간의 손이 된다고 생각했다.

우리의 대화를 마무리하면서 존 신부는 말했다.

"노동하는 사람만이 진정한 명상을 할 수 있습니다. 또 기도하는 사람만이 영속적인 가치가 있는 일을 할 수 있습니다. 기도와 노동이 함께 있는 곳에서 비로소 인간은 균형을 찾을 수 있지요. 그리고 이것이야말로 온전한 진리입니다."

12 다른 모든 사람의
   모든 것이 되라

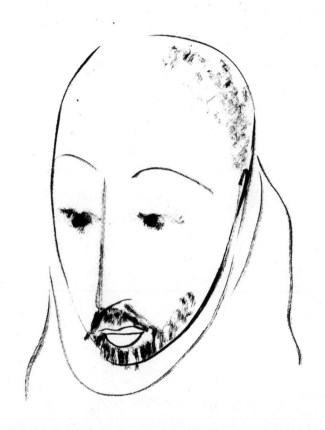

사랑은 인간을 창조했고 겸손은 인간을 구원했다.
자기 높임은 우리를 아래로 떨어뜨리고 겸손은 우리를 끌어올린다.
낮은 곳에 있다고 생각할 때가 가장 높은 곳에 이른 순간이다.
모든 사람은 다른 모든 사람에게 모든 것이 되어주려고 노력해야 한다.

사랑은 인간을 창조했고
겸손은 인간을 구원했다.
_빙겐의 힐데가르데

개신교 교회의 주교회 감독인 호르스트 히르슐러가 언젠가 아주
우스운 자기 경험담 하나를 들려주었다. 최근 그에게 자신을 어느
방송사의 편집부장이라고 소개하는 젊은 여성이 전화를 걸어 왔
다고 한다. "거기 교회 관계자 되시는 분이 계신가요?" 하고 묻기
에 감독은 "네, 제가 히르슐러 감독입니다." 했더니 "잘됐네요!"
하고 그녀가 좋아하면서 자기가 전화를 걸게 된 배경을 설명하기
시작했다.
   "세상에, 그러니까 제가 지금 진짜 감독님하고 얘기하고 있는
거네요. 감독님, 가톨릭교회엔 계명이라는 게 있잖아요. 그걸 알
고 계시나요?"
   "물론이죠. 개신교 교회하고 똑같은 건데요."
   "아, 그래요? 그것 참 흥미롭군요. 그쪽에는 무슨 내용이 있지
요? 계명이 많은가요?"
   "네, 그게 십계명, 그러니까 열 가지 계명이지요."
   "아, 열 개요?"

"네, 그리고 거기에는 아주 합리적인 내용들도 들어 있습니다. 예컨대 다섯째 계명은 '살인하지 말라.', 여섯째는 '간음하지 말라.', 여덟째 계명은 '거짓 진술을 하지 말라.'입니다."

"정말 흥미롭네요. 좋습니다. 그러면 감독님, 그 내용을 팩스로 좀 보내주실 수 있겠습니까?"

나쁜 의도로 이런 전화를 건 것은 아니었다. 이 짧은 대화는 우리 시대의 종교가 어떤 처지에 있는지를 단적으로 보여준다. 신앙에의 기본 상식이 실종된 사실에 대해서는 말할 필요도 없다. 나는 유명한 정치 풍자만화 하나를 떠올렸다. 빌헬름 2세 시대에 관한 이 풍자만화에는 제국 수상인 비스마르크의 모습이 나오는데, 그가 피곤한 표정으로 거대한 증기선에서 내리는 모습이 그려져 있다. 조타수가 배를 떠난 것이다. 어쩔 줄 모르는 갑판 위의 승객들은 어둠 속을 불안하게 더듬는다.

계명과 미덕의 수호자들이 파도에 흔들리는 배에서 아무도 모르게 떠나버린 것 같은 느낌이다. 흔들리는 배는 우리가 사는 세상이다. 어쩌면 그들은 자신의 경고가 조롱과 경멸의 대상이 되는 것에 큰 상처를 받았는지도 모른다. 어쩌면 너무 지쳐버렸는지도. 누구나 알다시피 진공상태는 오래 지속되지 않는다. 인내가 다하면 불안과 초조가 오고, 겸손이 없으면 교만해지고, 희망이 사라지면 두려움이, 감사가 사라지면 배은망덕이, 진정한 대화가 없으면 경박한 토크쇼만 남는다는 것은 굳이 설명할 필요도 없다. 덕이 사라진 자리에 악덕이 치고 들어오듯, 한 사회의 파수꾼 역할을 하던 사람들이 떠나고 나면 그 공백도 오래가지 않는다. 일전에 일부 잡지들이 교회를 비롯하여 '윤리의 사도' 임무를 수행하는 인물들을 공개적으로 탄핵한 일이 있었다. 그런데 이제는 바로 그 잡지사들이 윤리의 몰락, 가치 전도 등의 주제를 표제로 내걸고 있으니 그야말로 악어의 눈물 아닌가. 덕은 일종의 품귀 상품이 되어버렸고, 하룻밤 사이에 사막 한복판의 물처럼 꼭 필요한 것으로 부각되었다. 그건 그렇고, 과연 덕이란 무엇인가?

존 신부는 보충수업 시간에 덕에 대해 이야기하는 것을 눈에 띌 정도로 불편해했다. 하지만 어느 방송사의 여성 편집장이 십계명에 무지했던 것만큼 나 역시 도대체 그 덕이라는 개념이 무엇인지에 대해 모든 걸 잊어버린 느낌이었다. 존 신부는 주저하면서 조금씩 이야기를 풀어나갔다. 그 모습이 마치 다 큰 어른한테 포크와 나이프를 써서 먹는 법을 가르치는 사람 같았다. 그는 덕이란 단순히 선을 행하는 수준을 넘어서서 최선을 다하려는 어떤 성향이라고 했다. 어찌된 일인지 인간은 자꾸만 그 덕의 길에서 벗어나려고 한다. 그렇지만 덕은 결국, 우리의 행동을 조절하고 좋은 삶을 영위할 수 있도록 도와주는 신뢰할 만한 힘, 즉 능력이다.

그는 자신의 설명이 썩 만족스럽지 않다는 표정이었다. 오랜 시간 동안 많은 체험과 피드백을 통해 체화된 진리, 그러나 이론적으로 정리할 기회가 없었던 그 진리의 내용을 말로 가르친다는 것은 결코 쉬운 일이 아니다. 어쨌거나 존 신부는 일단 시작한 일을 계속해나갔다.

"본래 덕은 어느 한 종교에만 결부된 것이 아닙니다. 공자도 신의, 경건함, 옛것에 대한 존중, 공정함, 예절에 대한 존중과 같은 덕을 제일 중요한 덕으로 쳤습니다. 그리스도교에도 지혜, 정의, 용기, 절제와 같은 이른바 주덕(중심이 되는 덕목)이 있습니다. 이 덕도 성경의 유산입니다."

지혜서의 한 구절에 이것이 요약되어 있다.

"만일 사람이 덕을 사랑한다면 온갖 덕은 곧 지혜의 노고의 산물이다. 지혜는 절제와 현명과 정의와 용기를 가르쳐준다."

존 신부가 말했다.

"가장 중요한 덕 가운데 하나에 관해서 얘기해봅시다. 겸손에 대해서 한번 생각해볼까요. 때때로 우리는 이것을 무슨 병이라도 되는 양 취급합니다. 겸손이 우리의 가치와 존엄성을 떨어뜨리는 굴욕적인 어떤 것이라고 생각하기 때문입니다. 겸손은 자만과 자존심을 포기하는 것입니다. 저항하지 않는 것, 즉 어떤 일이 일어나게 그냥 내버려두는 것입니다. 겸손은 되받아치지 않는 것입니다. 심지어 불의한 일도 참아내는 것입니다. 손해라고 생각되는 일, 고통스러운 일을 견디는 것입니다. 자기를 굽히고 들어가는 것입니다. 교만한 사람, 자만심으로 가득 찬 사람, 자신을 굽힐 준비가 되어 있지 않은 사람은 많은 것을 경험하지 못합니다."

베네딕토는 균형 잡힌 인격을 가진 사람이었다. 하지만 원래부터 그런 사람은 아니었다. 그는 각고의 노력을 통해서 부단히 자신의 성품을 갈고닦았다. 강한 자기의식의 포기는 쇠퇴가 아니라 발전이라고 그는 말했다. 도덕적 힘을 알맞게 비축해놓으면 자기 자신과의 평화만이 아니라, 다른 사람과의 평화 또한 조성된다는 것이 그의 확신이었다. 어떤 일을 겸손으로 참아내고 절제함으로

견뎌내면 불행한 일도 긍정적인 것으로 바꿔낼 수 있는 힘이 생긴
다고 강조했다.

존 신부가 계속해서 말했다.

"겸손은 자기를 무장 해제하는 자세랍니다. 맹목적인 굴복이
아니라 자신을 여는 것입니다. 이런 겸손은 관계를 돈독하게 하고
서로를 존중하며 가까워질 수 있는 분위기를 만들어냅니다. 겸손
은 다른 이에게 부탁하는 것을 꺼리지 않습니다. 반대로 교만은
나의 인격을 둘러싼 두꺼운 갑옷 같은 것으로 항상 다른 사람 위
에 군림하려고 합니다."

겸손은 자기의 실수를 인정할 수 있는 자세라는 것이다. 이 같
은 자세가 뒷받침되어야 다른 이의 의견이나 비판이나 걱정거리
를 귀 기울여 들을 수 있다. 수도자의 이야기가 이어졌다.

"어느 날 어떤 사람이 저를 찾아왔습니다. 가정생활에 문제가
있는 남자였습니다. 그 사람은 그 문제를 놓고 밤낮으로 고민했지
만 아무런 해답도 찾지 못했다고 토로했습니다. 맞는 말이었습니
다. 그는 계속 고민만 했지 자신의 입장을 바꾸지는 않았으니까
요. 그는 이렇게 말했습니다. '안 됩니다. 이건 내가 양보할 일이
아니에요.' 사실은 그 부분이 그 사람의 가장 중요한 문제였습니
다. 그가 자기의 문제를 인정했더라면 아마 그것이 해결의 실마리
가 되었겠지요. 그는 자기가 그런 식으로 행동하면 체면이 손상된
다고 생각했습니다. 그가 겸손했더라면 자기 자신을 구했을 것이
고, 가족의 분위기가 좋아져서 온 가족의 미래가 보장되었을 겁니
다. 하지만 그 사람은 지금도 저에게 이렇게 말합니다. '아네요.

나는 결코 양보할 수 없습니다.' 결국 그 가족은 갈라서고 말았습니다. 그 남자의 인생도 망가졌고요."

나는 존 신부의 말이 옳다고 생각했다. 지금은 사치의 대명사가 되어버린 자동차가 존재하지도 않던 시대에 살았던 성 프란치스코 살레시오는 이렇게 말한 바 있다.

"자기가 좋은 말을 타고 다닌다고 해서 신에 버금가는 존재라도 된 것처럼 생각하는 사람들이 있다."

그런 사람은 멍청하고도 뻔뻔한 자다.

"그 경우에 자랑스러워해야 하는 것은 (말을 탄 사람이 아니라) 그 말이다."

교회의 스승 프란치스코 살레시오는 이처럼 인간의 속성을 꿰뚫어 보는 사람이었다. 그의 통찰력 있는 가르침은 현대를 살아가는 사람들에게 불편하게 들린다. 그는 자신의 가르침을 다음과 같이 요약했다.

"어떤 사람이 가진 우수성이 그 사람을 더 겸손하고, 욕심도 없으며, 더 작게 만들 때 우리는 그가 진정으로 위대한 사람이라는 것을 알아볼 수 있다. 자기가 의식하고 있는 아름다움은 참된 아름다움이 아니다. 한 사람을 현학적인 자의식에 부풀게 만드는 교육이나 지식은 추한 것이다. 자신의 지위, 학위, 훈장을 자랑스러운 듯이 내보이는 자는 사람들의 조롱과 질문을 유발할 뿐이다. 의도적으로 추구하지 않는 영예가 진정 아름다운 법이다. 그것을 얻으려고 노력하는 것은 너무나 흔한 일이다."

살레시오 주교는 이렇게 덧붙였다.

"고상하고 건강한 정신의 소유자들은 싸구려 장식품에 가치를 두지 않는다. 그들은 그런 장식 따위는 비속한 이들의 몫으로 돌린다. 그들은 더 나은 일을 해야 한다."

성 베네딕토의 세계관은 오늘날의 우리에게 익숙한 세계관과는 정반대의 모습을 하고 있다. 그의 규칙에 따르면 인간은 교만이 아니라 겸손을 통해 높아진다.

"자기 높임은 우리를 아래로 떨어뜨리고 겸손은 우리를 끌어올린다."

그리스도교적 세계관에서 보면 낮은 곳에 있다고 생각할 때가 바로 높은 곳에 이른 순간이다. 쓰디쓴 실패를 맛본 뒤에, 높은 말 위에서 떨어진 후에 자기의 목소리를 낮추는 사람은 패배자가 아니다. 오히려 그는 전보다 더 인간적인 사람이 된다.

겸손에 관한 베네딕토의 가르침은 금욕 수행의 고전으로서 교부들의 '종교적 선언서'로 꼽힌다. 베네딕토는 그 가르침을 사다리의 디딤판을 연상케 하는 열두 단계로 정리했다. 그 사다리를 힘들여 올라가는 사람은 장차 '전혀 힘들이지 않고 아무런 두려움 없이' 모든 것을 실행할 수 있다고 약속했다. 또 "가장 높은 단계에 오른 사람은 모든 두려움을 내쫓는 완전한 하느님의 사랑에 이르게 된다."고 했다.

몬테카시노의 위대한 스승의 가르침은 윤리적인 개념을 사용하고 있기에 지금의 우리에게는 거슬리는 부분도 없지 않다. 그럼에도 이 규칙에는 시대를 뛰어넘는 위대한 절대 진리가 담겨 있다.

베네딕토의 겸손의 사다리(발췌)

형제들아, 성경은 우리에게 소리쳐 말하기를, "누구든지 자기를 높이는 사람은 낮아지고, 자기를 낮추는 사람은 높아질 것이다."라고 하신다.

이 말씀으로써 (성경은) 자기를 높이는 모든 짓이 교만의 일종임을 우리에게 일러준다.

형제들아, 우리가 만일 겸손의 최고 정상에 이르기를 원하고, 또한 현세 생활의 겸손을 통해서 오르게 될 천상적 들어 높임에 속히 도달하기를 원한다면, 우리는 야곱이 꿈에서 천사들이 오르락내리락하는 것을 보았다던 그 사다리를 우리의 향상하는 행동으로써 세워야 하겠다. 내리고 오른다는 것은 분명히 교만으로써 내려가고 겸손으로써 올라간다는 것으로밖에 우리는 달리 알아들을 수 없다.

세워진 사다리 자체는 우리의 현세 생활이니, 우리의 마음이 겸손해질 때 주께서는 천상으로 향한 그 사다리를 세워주신다.

우리는 그 사다리의 다리들을 우리의 육체와 영혼으로 보며, 하느님의 부르심은 우리가 올라가야 할 겸손과 규율의 여러 단계들을 이 다리들 사이에 끼워넣으신다.

겸손의 첫째 단계는 하느님께 대한 두려움을 늘 눈앞에 두어 잠시도 잊지 않으며, 하느님께서 명하신 모든 것을 늘 기억하여 하느님을 경멸하는 자들이 자기들의 죄로 말미암아 어떻게 지옥불에 태워지며, 또 하느님을 두려워하는 사람들에게 마련된 영원한 생명이 어떠한 것인지를 자신의 마음속으로 늘 생각하는 것이다. 그리고 매시간 죄와 악습에서, 즉 생각과 혀와 손과 발과 자기의 뜻과 육체의 욕망에서 자신을 지킬 것이다.

사람은 하느님께서 천상으로부터 항상 자신을 내려다보시고, 어디서나 자신의 행동을 살펴보고 계시며, 또 천사들이 매시간 보고드리고 있다는 사실을 염두에 둘 것이다. 그러므로 우리가 우리의 뜻을 따르지 말아야 한다는 것을 당연히 배우게 될 터이니, "사람들에게는 옳게 보이는 길들이 그 끝은 지옥의 깊은 곳까지 빠진다."라고 하신 성경의 말씀에 유의해야 한다. 그러므로 '죽음이 쾌락의 문 가까이에 있으니' 나쁜 욕망을 삼가야 한다. 이에 대해 성경은 명령하기를, "너의 욕정을 따라가지 말라."라고 하신다.

겸손의 둘째 단계는 자신의 뜻을 좋아하지 않고 자신의 욕망을 채우기를 즐겨 하지 않으며, 오히려 "나는 내 뜻을 이루려고 온 것이 아니라 나를 보내신 분의 뜻을 이루려고 왔다."라고 하신 주님의 말씀을 실제 행동으로 본받는 것이다. 또 성경에는 "(개인의) 뜻은 벌을 가져오나 (다른 이에 의한) 강요는 화관을 마련한다."라고 하셨다.

겸손의 셋째 단계는 하느님께 대한 사랑 때문에 온갖 순명으로 장상(지위가 높거나 나이가 많은 사람)에게 복종하여 "그분은 죽기까지 순종하셨다."라고 사도께서 말씀하신 그 주님을 본받는 것이다.

겸손의 넷째 단계는 순명에 있어 어렵고 비위에 거슬리는 일 또는 당한 모욕까지도 의식적으로 묵묵히 인내로써 받아들이며, 이를 견뎌내면서 싫증을 내거나 물러가지 않는 것이다. 이에 대해 성경에는 "끝까지 참는 사람은 구원을 받을 것이다."라고 하셨고, 또 다른 곳에서 성경은 "하느님, 은 덩이를 풀뭇불로 달구어내듯 당신이 우리를 불로 단련시키셨으니, 올가미에 우리가 걸리게 하시고, 환난을 우리 등에 지워주시나이다."라고 하신다. 또 우리가 장상 밑에 있어야 함을 가르치기 위해 계속해서 말하기를 "사람들을 우리의 머리 위에 두셨나이다."라고 하신다. 나아가서 그들은 역경과 모욕 중에도 주님의 계명들을 인내로써 채워 한쪽 뺨을 치는 이에게 다른 쪽 뺨을 돌려 대고, 속옷을 빼앗는 이에게 겉옷마저 주며, 5리를 가자고 강요하는 이에게 10리를 가주고, 바오로 사도와 같이, 거짓 형제들을 참아주고 박해하는 이들을 참아주고 자기를 저주하는 이들을 축복해준다.

겸손의 다섯째 단계는 자기 마음속에 들어오는 모든 악한 생각이나 남모르게 범한 죄악들을 겸손한 고백을 통해 아빠스(대수도원장)에게 숨기지 않는 것이다. 이 점에 대하여 성경은 우리에게 권고하여 말하기를 "네 길을 주께 드러내고 그를 믿으라."라고 하신다.

겸손의 여섯째 단계는 수도자가 온갖 비천한 것이나 가장 나쁜 것으로 만족하는 것이다.

겸손의 일곱째 단계는 모든 사람들 가운데 자신이 가장 못나고 비천한 사람이라는 것을 자신의 말로써 드러낼 뿐 아니라, 마음 깊숙한 정으로 확신하여 자신을 낮추고 예언자와 함께 "내가 나를 높였음에 낮아지고, 부끄럽게 되었나이다."라고 말하는 것이다.

겸손의 여덟째 단계는 수도자가 수도원의 공동 규칙이나 장상들의 모범이 권고하는 것 이외에는 아무것도 행하지 않는 것이다.

겸손의 아홉째 단계는 수도자가 말함에 혀를 억제하고, 침묵의 정신을 가지고 질문을 받기 전에는 말하지 않는 것이니, 성경은 "많은 말에서 죄악을 피하지 못한다."라고 가르치기 때문이다.

겸손의 열째 단계는 쉽게 또 빨리 웃지 않는 것이니, 성경에 "어리석은 자가 큰 소리를 내어 웃는다."고 기록되어 있기 때문이다.

겸손의 열한째 단계는 수도자가 말할 때 온화하고 웃음이 없으며 겸손하고 정중하고 간결하면서도 이치에 맞는 말을 하고, 큰 소리를 지르지 않는 것이다. "지혜로운 사람은 적은 말수로 알아본다."

겸손의 열두째 단계는 수도자가 마음으로뿐만 아니라, 몸으로도 자기를 보는 사람들에게 항상 겸손을 드러내는 것이다. 즉, 하느님의 일이나 성당, 수도원 안, 정원, 길, 밭 등 어디에서든지, 또 앉아 있을 때나 걸어다닐 때나 혹은 서 있을 때나, 언제나 머리를 숙여 땅을 내려다보며 복음서에 나오는 그 세리가 눈을 땅으로 내리뜨고, "주여, 저는 죄인이므로 하늘을 향해 제 눈을 들기에 부당합니다."라고 한 그 말을 언제나 자기의 마음속에서 되풀이할 것이다.

그러므로 겸손의 이 모든 단계들을 다 오른 다음에 수도자는 곧 하느님의 사랑에 도달하게 될 것이다. 이 완전한 사랑은 두려움을 몰아낸다.

베네딕토의 사다리는 높다. 아무도 저 꼭대기까지 오를 수 없을 것 같다는 생각도 든다. 일단 저 위에 오른 사람도 영원히 그곳에서 머무르지 못한다. 평생 그 사다리를 오르며 수행해온 노수도자가 말했다.

"나는 항상 첫째 단계부터 새로 시작합니다."

한번은 예수가 물었다.

"누가 더 높으냐? 밥상 앞에 앉은 사람이냐? 시중드는 사람이냐?"

'다른 사람의 짐을 져주는 것'은 그리스도교의 핵심적인 가르침 가운데 하나이다. 바오로 사도의 말처럼 모든 사람은 '다른 모든 사람에게 모든 것이 되려고' 노력해야 한다. 형제자매가 되어주고 동반자가 되어주고 선한 이웃과 종이 되어주어야 한다. 섬김은 이론의 차원에서 이루어지지 않는다. 섬김은 말로 성취되는 것이 아니라 구체적인 행동을 요구한다.

이천 년 그리스도교의 역사를 통해 섬김과 복종의 훈련이 훌륭하게 대중화되었다고 주장하고 싶어 하는 사람은 없을 것이다. 그러나 오늘날까지도 수도자의 삶 속에서 섬김과 복종은 없어서는 안 되는 덕목이다. 공기가 없으면 숨을 쉴 수 없듯이 섬김과 복종 없는 수도 생활은 상상할 수 없다. 수도자들에게 섬김은 교만을 이기기 위한 조절 요소이기도 하다. 언젠가 라칭거 추기경도 나에게 이렇게 말했다.

"인간은 유일무이한 존재입니다. 하지만 인간이 위대해질수록, 또 자립적인 존재가 될수록 자기 자신과 남에게 더 위험한 존재가 됩니다."

겸손은 우리 인간을 자기 자신으로부터 보호해준다. 섬김이라는 덕목은 좀 더 자세히 들여다보면, 우리 사회의 근본적 문제에 대한 하나의 대안이다. 추기경은 말했다.

"남을 다스리는 사람이 되려면 먼저 남을 섬겨야 한다는 예수님의 말씀과 그분이 직접 보여주신 삶의 자세는 이 세상을 바꿀 수 있는, 또 그래야 하는 혁명적인 것입니다. 권력과 재산 그 자체가 목적으로 간주되는 한, 권력은 다른 사람을 내리누르는 권력이 되고, 재산은 항상 다른 사람을 배제하는 재산이 될 것입니다."

그리스도의 가르침은 예나 지금이나 우리를 향한 강력한 도전이다. 성 베네딕토의 규칙은 이기심을 버리고 다른 사람을 섬기는 이야말로 미래의 사람이라는 것을 보여주고 있다. 여기서 다시 한 번 베네딕토의 목소리를 직접 들어보자.

형제들은 서로 섬길 것이며, 병 때문이나 혹은 중요한 직책을 맡은 경우가 아니면 아무도 주방 업무에서 면제받지 못할 것이니, 이렇게 함으로써 더 큰 공로와 애덕을 닦게 되기 때문이다.

모든 것에 앞서 모든 것 위에서 병든 형제들을 돌보아야 한다. 참으로 그리스도께 하듯이 그들을 섬겨야 한다.

그러나 병자들도 스스로 하느님의 영광 안에서 섬김을 받고 있음을 생각하며, 자기를 섬기는 형제들을 지나친 요구로 근심시키지 말 것이다.

병든 형제들이 먹거나 마실 때 필요한 것을 다른 형제들이 미리 가져다주어서 어느 누구도 무엇인가를 요청해야 하는 일이 없도록 할 것이다.

찾아오는 모든 손님들을 그리스도처럼 맞아들일 것이다. 왜냐하면 그분께서는 (장차) "내가 나그네 되었을 때 너희는 나를 맞아주었다."라고 말씀하실 것이기 때문이다.

오고 가는 모든 손님들을 깊은 겸손으로 대할 것이다.

가난한 사람들과 순례자들을 맞아들임에 있어 각별한 주의와 열심을 기울일 것이다. 부자들은 그들의 위세 자체가 그들에게 존경을 가져다준다.

나이 어린 형제들은 나이 많은 형제들을 존경하고, 나이 많은 형제들은 나이 어린 형제들을 사랑해야 한다.

형제들이 서로 만날 때는 나이 어린 형제가 나이 많은 형제에게 축복을 구한다.

나이 많은 형제가 오면 나이 어린 형제는 일어서서 앉을 자리를 권한다.

이로써 "서로서로 존중하며 공손하게 대하라."라는 말씀이 이루어진다.

우리를 하느님으로부터 떼어놓고 지옥으로 이끄는 사악하고 쓰라린 열정이 있듯이, 우리를 죄악에서 떼어놓고 하느님과 영원한 생명으로 이끄는 선한 열정도 있다.

형제들은 다른 이의 육체적인 약점과 성격상의 약점을 끝없는 인내로 참아내야 할 것이다.

형제들은 서로 복종함에 있어 경쟁하듯 열심일 것이다.

자기의 유익을 구하지 말고 다른 사람의 유익을 추구하라.

이기심을 버리고 형제에 대한 사랑을 서로에게 증명하라.

사랑 안에서 하느님을 경외하라.

그 어떤 것도 그리스도보다 우선시하지 않도록 하라.

이 장을 마치면서 나는 베네딕토의 규칙서 가운데서 특별히 우리 아이들에게 들려주고 싶은 몇 가지 규칙을 골라보았다.

싸우기를 좋아하는 사람은 이를 꾸짖어 고치도록 한다.
의복은 형제들이 거주하는 곳의 여건과 그 기후에 따를 것이다.
수도자는 이 모든 것들의 색깔이나 품질에 대해서 투정하지 말고, 다만 거주하는 지방에서 구할 수 있거나 혹은 싼값으로 살 수 있는 것으로 해야 할 것이다.
새것을 받으면 언제나 헌것은 즉시 되돌려주어 가난한 사람들을 위하여 옷 방에 보관하게 할 것이다.

13 소중한 것은
   눈에 보이지 않는다

눈에 보이는 것 뒤에는 또 다른 무엇인가가 있다.
영혼은 인간의 우둔한 지성이 이 세상에서 파악할 수 있는 것을 보지 않고
오히려 그것이 결코 간파할 수 없는 것을 본다.
눈에 보이는 것만 보며 산다면 반쯤 눈이 먼 상태로 사는 것이다.

눈은 몸의 등불이다.

그러므로 네 눈이 맑으면 온몸도 환하고

네 눈이 성하지 못하면 온몸도 어두울 것이다.

_ 나자렛 예수

나는 수도자들의 삶에 서서히 익숙해지기 시작했다. 모든 것이 있어야 할 곳에 있는 수도원의 삶이 편안하게 다가왔다. 네온사인으로 장식된 상점도 없고 믿을 만한 회사의 강제 합병도 없다. 갑자기 불도저가 들이닥쳐 미관상 좋지 않은 콘크리트 건축물을 깨부수는 일도 없었다. 매일매일의 수련은 나에게 도움이 되었고 귀청이 떨어져나갈 듯한 종소리도 참을 만한 것이 되었다.

수도원의 경당에서 드리는 미사에는 마을 사람들도 온다. 레이스 달린 미사보를 머리에 쓴 경건한 여인들부터 볼이 발그레하고 성모 마리아 같은 얼굴의 여자아이들까지 있다. 때로는 엄숙한 분위기를 풍기는 젊은 남자들도 경당을 찾는다. 성찬식이 거행될 때는 바닥에 무릎을 꿇는다. 오르간 반주자인 스티븐 형제는 연주를 통해 장엄한 소리와 감정의 폭포를 연출하고 그레고리오 성가(로마 가톨릭교회의 전통적인 고풍스러운 단선율 전례 성가. 7세기 교황 성 그레고리오 1세 때 형성된 것으로, 그 전까지 구전되어오던 성가를 집대성해 정착화시켰다

256

는 점에서 그레고리오 성가라 불리게 되었다)에 강렬한 힘을 쏟아부어 듣는 이를 시시로 중력이 사라진 세계로 인도하곤 했다.

점심때가 되면 수도원의 식당에 모여 식사를 했다. 먼저 서서 기도를 드리고 주 하느님과 성 베네딕토에게 고개를 숙인 다음, 당번 수도자가 그날의 성경 말씀을 낭독했다. 수도원장의 신호가 있으면 우리는 침묵 속에서 식사를 들었다.

수도원의 많은 복도며 계단이며 문이 점점 친숙해지기는 했지만, 그래도 미로 속을 헤매는 것 같은 느낌이 들 때가 간간이 있었다. 언젠가는 미사를 드리러 가다가 길을 잃었다. 약간 늦었다는 생각이 들었고 어느새 종소리가 울리기 시작했다. 나는 이리저리 뛰어보았지만 도무지 제 길을 찾을 수가 없었다. 그 시간에는 나를 도와줄 만한 사람도 없었다. 수도원 전체가 갑자기 쥐 죽은 듯이 조용해졌다. 어쩔 줄 몰라 당황해하고 있는데, 한없이 기다란 복도 저 끝에서 얼굴에 주름이 많고 키가 자그마한 수도자 한 분이 쓱 나타났다. 몸이 구부정하고 본래 말이 없던 노수도자는 내가 어떤 곤경에 처했는지 이미 알고 있었다는 듯 나를 보더니 곧바로 오른손으로 어느 방향을 가리켰다. 나중에 존 신부에게 경당 가는 길을 찾기가 힘들다고 이야기했더니 싱겁게도 "아, 그거요. 원래 그렇습니다. 그게 정상이에요." 하고 말할 뿐이었다.

수도원에서 나는 영적인 발전을 위해 무엇인가를 하고 싶었다. 수도자들은 우리가 시야에서 놓쳐버린, 그러나 여전히 흥미로운 것들에 대해서 많이 가르쳐주었다. 카르투지오 수도회에서는 삶의 모든 불꽃, 모든 행동, 모든 몸짓, 가만히 앉아 있는 모든 시간,

심지어 뇌와 심장의 미세한 움직임까지도 하나의 목표를 지향한다고 가르친다. 그것은 하늘과 대화하는 것, 하느님과 연합할 수 있게 되는 것이다.

수년 동안 기도에 집중하는 훈련을 해온 사람들은 말로 표현할 수 없는 기쁨을 경험한다고 한다. 마이스터 에크하르트(1260?-1327 중세 독일의 신비주의 사상가. 영혼 깊은 곳에 있는 불꽃과 신과의 합일을 강조하였다. 신은 삼위격의 구별을 초월한 근원적 신성이라고 주장했으며, 이런 경지에 이르기 위해 모든 피조물뿐만 아니라 자기 자신에서도 벗어나 스스로를 완전히 비우지 않으면 안 된다고 설파했다. 이단적 설교를 했다는 이유로 재판에 회부되어 유죄 선고를 받고 교황에게 상소하였으나 결말을 보지 못한 채 죽었다)는 독일 도미니코회(도미니코에 의해 1216년에 설립된 청빈과 교육을 근본으로 하는 설교 수도회. 인간의 영혼을 구원하는 일을 가장 중요한 목표로 삼고, 신앙의 진리를 만인에게 전하기 위해 효과적인 방법으로 복음을 가르치는 데 중점을 두고 있다. 도미니코회의 수도자들은 육체노동 대신 지적 활동에 종사한다)의 수도자이자 인류 역사를 통틀어 가장 위대한 신비주의자 가운데 한 사람으로, 에크하르트라면 자기의 말에 귀 기울이는 이가 한 사람도 없을 경우에는 봉헌함을 향해서라도 설교를 할 것이며, 그 설교가 사람들에게 잃어버린 고향, 곧 하느님 안에 있는 고향을 되찾아줄 것이라는 이야기가 있을 정도로 타고난 설교가였다. 그는 이 세상에서 자신의 영혼에 있어 하느님을 모시는 것보다 더 위대한 일은 없다고 가르쳤다.

수도자들의 아버지 가운데 한 사람으로 꼽히는 카시아노는 인간의 모든 생각을 뛰어넘는 신비적 체험의 한 단계에 대해 이렇게 말했다. "이 신비의 체험에 다다른 사람의 영혼은 인간이 생각할 수 있는 가장 짧은 시간에 지고한 진리를 표현하게 되는데, 그 사람이 다시 보통 때와 같은 상태로 돌아온 뒤에는 그것을 다시 반복할 수 없다." 클레르보의 베르나르도는 "나는 경험하기 위해 믿는다."라는 신비주의적 슬로건을 만들어냈다. 신적인 것을 흥미로운 가르침으로 인식하는 수준을 넘어 그것을 하나의 생생한 경험으로 맛보는 것이 그의 목적이었다. 하지만 "그것을 직접 체험한 사람이 아니면 어느 누구도 그 체험의 본질을 설명할 수 없다."는 것이 또한 그의 신념이었다. 종교적인 인식의 영역에서는 우리의 직접적인 체험이 중요하다. 다른 모든 것은 무가치하다. 베네딕토 자신도 거룩한 교부들의 가르침을 엄격하게 준수한 사람에게서 엿볼 수 있는 최고의 완전함, 즉 '성취의 정상'을 말한 바 있다. 그러나 그는 '게으르고 우유부단하며 냉담한 사람들'을 위해서 일정한 규칙을 세워, 깨달음으로 이르는 길에서 그들도 최소한 '초보 단계'에 발 디딜 수 있도록 했다.

그리스도교의 신비주의는 인간의 영혼이 현세에서도 하느님의 현존을 특정한 경험을 통해 인식할 수 있음을 전제한다. 신앙인이 일단 어떤 단계에 도달하게 되면 그 이후부터는 급격한 변화를 경험한다. 이것은 마치 경주용 오토바이가 어느 정도 속도를 받으면 중력의 지배에서 놓여나 원형 경기장의 커브를 돌 때 가파른 벽에 거의 수평으로 붙어 질주하는 것과 같다. 많은 성인들이 하느님에 대한 완전한 헌신을 통해 경험하는 이 놀라운 감정을 묘사한다.

"이것은 빛으로 가득한 체험, 인간 존재의 근원에 자유를 가져다주는 체험이다."

"갑자기 하늘로 향하는 창문이 활짝 열리면서 기쁨이 솟구치고 두려움이 사라지는 체험이다."

수도원에 있는 모든 표징과 상징을 해독하기란 어려운 일이다. 하지만 우리는 그것들의 도움으로 일상적이고 피상적인 것 너머에 있는 또 다른 실재에 눈뜨게 되고, 지식의 차원에서는 도저히 인식할 수 없는 무엇인가를 볼 수 있게 된다. 하나의 조각품, 성당의 기둥 하나하나, 거룩한 제단, 아치에 새겨진 숫자, 의복의 색깔 등에는 그것들을 만든 사람이 숨겨놓은 심오한 의미가 담겨 있다. 그것은 흡사 보이지 않는 세계의 비밀문서와 같으며, 그 표징이라든지 숫자의 배열은 모든 존재의 초월적이고 신적인 질서를 우리에게 보여준다. 리옹의 이레네오(140?~202? 초기 교회의 교부이자 최초의 가톨릭 신학자로, '가톨릭교회의 수호자'라 불릴 정도로 뛰어났다. 이단 사상의 정체를 적나라하게 폭로하면서 동시에 초기 교회의 정통 신앙을 확립하였다)는 "하느님에게서는 어떤 것도 공허하지 않다. 모든 것이 표징이다."라고 말했다.

이른바 문명화된 사람들일수록 성경의 세계는 잘 알지 못한다. 우리는 깊은 깨달음의 세계에서 나오는 신비로운 메시지로 벽에 새겨져 있는 상징을 해독하는 기술을 잃어버리고 말았다. 그러나 우리의 선조들은 달랐다. 그들은 읽지도 쓰지도 못했지만 신앙의 문법을 이해하고 표현하는 데 전혀 문제가 없었다. 성경의 비유나 성자들의 전설을 무미건조한 르포 정도로 읽어치울 생각을 하는 이는 아무도 없었을 것이다. 그들은 그런 이야기들이 하느님의 진리를 계시한다고 믿었으며, 그 이야기를 통해 하늘의 섭리가 우리를 향한 경고와 언약을 표현한다고 생각했다.

"이 세상이 존재하는 것은, 하느님이 원하시기 때문이다."

이것이 기본 입장이었다. 기적은 가능한 것이었다. 심지어 일상적인 것이기도 했다.

그리스도교의 수도자들은 소림사의 승려들처럼 곤봉을 멋지게 휘두르거나 목판을 격파하는 뛰어난 무예의 소유자들은 아니지만 그들에게도 비범한 재능이 있었다. 로욜라의 이냐시오의 경우는 눈물의 은총을 받아서 빛에 휩싸이는 환시를 체험했다고 한다. 이 스페인의 신비주의자는 "기도를 드리면서 눈물이 넘쳐흘렀고 뒤이어 눈에 심한 통증이 왔다."고 일기에 썼다. 그는 자기 생애의 위대한 깨달음의 순간을 3인칭 관찰자의 시점에서 기술했다.

"그의 정신의 눈이 열리기 시작했다. 하지만 이것은 어떤 얼굴을 보았다는 의미에서가 아니다. 오히려 그가 많은 물음들을 이해하고 깨닫게 되었다는 의미에서다. 그 물음은 종교적인 생활만이 아니라 신앙과 학문에도 관계된 질문들이었다."

이냐시오는 그 깨달음의 순간이 그에게 가르쳐준 것은 이 세상에 있는 수백 명의 박사들이 가르쳐줄 수 있는 것보다 더 큰 의미를 지닌다고 고백했다.

신앙의 역사에서 우뚝 솟아 있는 또 하나의 인물은 아빌라의 데레사이다. 열일곱 개의 수녀원과 열다섯 개의 수도원을 창설한 그녀는 우리가 제대로 사용하지도 않고 무의식에 쌓아놓은 모든 영적인 능력을 철저하고 강력한 신앙으로 되살려내는 힘을 가지고 있었다고 전해진다. 그 힘을 통해 영혼은 어떤 초월적인 '부유'를 경험한다든지 얼굴에서 광채가 난다든지 하는 강렬한 신비 체험 속에서 무아경에 빠지는 일을 겪게 된다. 어느 날 그녀는 환시 속에서 세라핌(인간과 같은 모습으로 세 쌍의 날개를 가진 천사)이 나타나 불타오르는 황금빛 화살로 그녀의 심장을 쏘아 꿰뚫는 것을 경험했다고 기록했다. 지금도 스페인 알바데토르메스에 있는 그녀의 수도회 소속 성당을 찾아오는 방문객들은 그 거룩한 여인의 심장에 남은 상흔에 대한 이야기를 자세히 들을 수 있다. 데레사의 이런 체험에서 우리는 인간의 능력과 신적인 능력이 상호 협력하는 것을 볼 수 있다. 베네딕토 수도회의 여성 수도자 체칠리아 본은 이것을 식물의 광합성 작용과 비교했다. 푸르른 잎사귀는 빛 에너지를 자신의 조직 안에 받아들여 동화시키는 창조적인 능력을 가지고 있다. 이런 신진대사의 작용 없이는 어떤 생명체도 살아남을 수 없다. 특별히 하느님과 가까이하는 삶을 살았던 사람들에게서 이런 과정이 다른 사람들보다 확연하게 나타난다.

데레사는 빼어난 미모로 유명했다고 한다. 그러나 빨래나 요리 같은 궂은일도 척척 해내는 여인이었다. 수녀가 된 뒤에는 기도의 여러 가지 형태를 구분했으니, 그 다양한 기도는 예컨대 '황홀경'이나 '무아경', '영혼의 비상'같이 천차만별의 상태로 이어진다. 특히 '영혼의 비상'의 경우는 신비주의적 합일의 높은 단계에서 '가장 깊은 기쁨'이 찾아온다. 영적인 생활의 위대한 스승이었던 데레사에게 중요한 것은 단순히 강렬한 느낌에 사로잡히는 일이 아니었다. 그녀는 하느님께서 무언가 분명한 것을 원하신다고 가르쳤다. 그러므로 구체적인 행동으로 이어지지 않는 신비주의는 존재하지 않는다. 진정한 신비주의는 행동으로 나타나기 때문이다. 반면 신비주의적 토대 없이 위대한 꽃을 피울 수 있는 행동이란 존재하지 않는다. 신비주의를 배제한 행동은 무모한 행동주의로 변질될 수 있기 때문이다.

아빌라의 성녀 데레사는 자신의 신비로운 체험을 다음과 같이 해석했다.

"나는 이것이 어떻게 이해될 수 있는지 모르겠다. 그런데 바로 그 이해할 수 없음이 내게 큰 기쁨을 가져다준다. 진실로 영혼은 인간의 우둔한 지성이 이 세상에서 파악할 수 있는 것을 보지 않고, 오히려 그것이 결코 간파할 수 없는 것을 본다."

훗날 데레사는 〈영혼의 성〉이라는 저서에서 이렇게 덧붙였다.

"그 밖에도 하느님이 창조하신 피조물은 그것이 아무리 작은 것이라 하더라도, 심지어 개미 한 마리라 해도 그 안에 인간이 이해할 수 있는 것보다 더 위대한 것이 감추어져 있다고 믿는다."

데레사는 평생의 경험과 지혜를 압축해서 한마디로 표현했다.

"모든 것은 헛되고, 하느님 한 분이면 족하다."

데레사는 그 이유에 대해 이렇게 설명한다.

"그리스도를 사랑하기 시작한 사람은 누구나 더 주려고 하면 할수록 더 받는 특별한 경험을 하게 되기 때문이다."

데레사는 1582년 10월 4일에 사망했다. 며칠 뒤 교황 그레고리오 13세는 달력 개혁을 통해 새로운 시간 계산법을 시행하도록 했다. 율리우스력에서 그레고리오력으로 넘어가는 과도기의 열흘이 제외됨으로써 위대한 여성 데레사, 영원과 잇닿은 삶을 살았던 데레사의 사망일은 어떤 의미에서는 제 날짜를 부여받지 못하고 만물의 무한성 속으로 사라지게 되었다.

쉬는 시간을 보내고 나를 찾아온 존 신부는 스스로 '신비 여행'이라고 부르는 짧은 여정에 나를 데려가겠노라고 했다. 베네딕토의 글을 읽어보면, 아무리 영혼의 고공비행이라 하더라도 건전한 토대 위에서 출발한 것이 아닌 이상에는 그것을 높이 평가할 수 없다는 입장이 드러난다. 존 신부는 말했다.

"신비 체험이 빠진 수도자의 생활은 상상할 수 없습니다. 그리스도교의 신비주의는 그리스도교 자체만큼이나 오랜 역사를 가지고 있습니다. 바오로 사도에서 시작해 아우구스티노, 보나벤투라(1221-1274 이탈리아의 가톨릭 신학자로 프란치스코 수도회 총장이 되어 수도회 조직 정비 및 강화에 힘썼으며, 아우구스티노의 전통에 따라 신비적인 사색을 존중하였다. 신비한 체험에 의하여 삼위일체를 이해해야 한다고 주장했다), 이탈리아의 수호성인인 시에나의 가타리나(1347-1380 이탈리아의 성녀로 병자와 가난한 자를 돕고 죄인들을 개종시키는 데 힘썼다. 여러 차례 신비적 체험을 하고 그리스도의 성흔을 받았으며, 그리스도와의 신비적 혼인을 확신하였다), 십자가의 성 요한을 거쳐 우리 시대의 에디트 슈타인에 이르기까지 위대한 영적 스승들은 모든 사람이 특별한 위험 없이 실천할 수 있는 기도의 길을 쌓아 올렸습니다. '신비주의'란 감각기관을 통해 받아들이는 외적인 인상에서 벗어나 눈을 가다듬고 정신을 집중하는 길입니다."

그러면서도 존 신부는 자신의 신비주의적 카리스마를 전혀 과시하지 않았다. 그는 신비적 열광주의의 위험성을 잘 알고 있었다. 신비적 열광주의는 너무나도 쉽게 미신이나 마술, 비의 종교에 빠져들어서 신앙을 마술사의 주문 따위와 뒤섞어버린다. 우리 시대는 예수 그리스도의 이미지마저도 그때그때 구미에 맞게 조작해버리는 탓에 이제 뭐가 진짜 예수의 모습인지조차 헷갈릴 지경이다. 그런 책들은 또 얼마나 많이 쏟아져 나오는가? 존 신부는 실소를 자아낼 만한 제목 몇 가지를 나열했다. 〈예수—보이지 않는 존재의 초상〉〈마술 치료사 예수〉〈심리 치료사 예수〉〈예수, 카슈미르에 와서 죽었다〉〈예수는 카슈미르에서 죽지 않았다〉〈예수, 할리우드에 가다〉……. 예나 지금이나 신앙이란 인간의 말로는 완전히 표현될 수 없는 것이다. 인간은 신앙을 제멋대로 조작할 수 없다. 신앙은 궁극적으로 하느님의 선물이다. 존 신부가 말했다.

"하느님은 우리 안에서 타오르는 빛, 따스하고 거룩하며 우리의 상처를 치유하는 빛과 같은 분입니다. 우리에게 힘을 주는 선한 에너지 같은 존재입니다. 하지만 하느님은 비판적인 생각이나 이성과도 관련이 있습니다. 정말 중요한 것은 지금 우리가 믿고 있는 것이 올바른 영인지, 엉뚱한 방향에서 온 잘못된 영은 아닌지를 판별하는 일입니다."

어느새 나는 존 신부와 함께 수도원의 경당에 들어와 있었다.

존 신부는 먼저 성수가 담긴 성수반에 손을 적신 뒤 성호를 그었다. 그는 이 거룩한 물과 성호에 커다란 축복이 깃들어 있으며, 인간의 언어로는 충분히 설명되지 않는 치유의 힘이 내재되어 있다고 말했다.

"잘 생각해보십시오. 내면세계로만 침잠하는 신앙은 그리스도교 신앙과 백 퍼센트 일치하는 것이 아닙니다. 하느님을 지향하며 산다는 것은 우리의 전부, 그러니까 몸과 영혼 전체가 참여하는 일입니다. 머리와 배, 손과 발 전부 말입니다. 교회가 그리스도교의 구원을 생명력 있게 표현하기 위해 사용하는 표징과 의식들은 모든 사람이 눈으로 보고 귀로 들을 수 있는 것들입니다. 우리는 그것을 직접 만져보고 그 냄새를 맡을 수도 있답니다."

그가 천천히, 약간 답답하다고 느껴질 정도로 천천히 무릎을 꿇었을 때 그의 머리 위로 오전의 햇살이 비쳐 들었다.

"우리는 성당에 들어올 때마다 무릎을 꿇습니다. 제단 앞에서 몸을 깊이 숙여 절을 하고, 성당 안에서는 항상 미사 때와 같은 자세를 취합니다. 이런 자세는 상당히 중요합니다. 이건 단순히 위엄을 표현하는 게 아닙니다. 우리가 서고 굽히고 무릎 꿇는 것은, 신비의 세계에 가까이 가기 위함입니다. 신비 체험은 무릎을 꿇은 상태에서 가장 자주 일어납니다. 물론 모든 것은 때에 맞게 해야 합니다. 그러나 성당 안에 들어와 팔짱을 끼고 앉아 있다고 해서 마음을 아예 닫고 있는 건 아니지 않느냐는 식의 생각에는 문제가 있습니다. 그 사람의 자세가 이미 그를 폐쇄적으로 만들고 있습니다. 성 아우구스티노도 말했습니다. '눈에 보이는 외적인 몸의 자세가 눈에 보이지 않는 영혼의 내적인 움직임을 강화하며, 후자가 없이는 전자가 불가능하다.' 이것은 오늘까지도 변함없는 사실입니다. 자, 보세요. 이 미사 공간엔 한 사람을 영적인 에너지로 강하게 충전시킬 수 있는 자리들이 있습니다. 이 세상이 논리적이고 수학적인 기본 구조를 가지고 있다는 것을 부정할 사람은 없을 겁니다. 저는, 이런 말이 가능할는지 모르겠지만, 하느님도 이 대칭적 질서 속에서 사유하시는 것이 아닌가 하는 생각까지 듭니다. 어쨌든 이런 대칭 구조의 중심에는 우리 안으로 강력한 에너지가 흘러 들어오게끔 하는 무엇인가가 있습니다. 그 에너지는 긍정적인 것일 수도 있지만, 안타깝게도 부정적인 것일 수도 있지요. 독재자들은 바로 이 점을 잘 파악하여 이용할 줄 아는 사람들이었습니다. 한번 성당의 중심부에 자리를 잡고 앉아보세요. 곧 모든 것이 나를 중심으로 배치되어 있다는 느낌, 사람도 그렇게 할 수 있다는 느낌이 들 겁니다. 십자가에서부터 보이지 않는 직선을 그어 반원형의 제단 후벽과 감실(성당 안에 성체를 모셔둔 곳), 제대를 지나오면 만나는 바로 그 자리입니다. 오른쪽으로는 성모 마리아상이 보이고 왼쪽으로는 네 복음서를 상징하는 그림이 있는 독서대가 보이지요. 그 자리를 빙 둘러 십자가의 길 14처가 보입니다. 여기가 바로 에너지가 집중되는 자리라는 것을 피부로 느낄 수 있습니다. 거룩한 미사가 시작되면 성직자들의 절제된 동작이 눈에 들어오고 거룩한 성경 말씀이 낭독됩니다. 성가대의 찬양이 울려 퍼지고 신비로운 향기가 성당을 가득 채웁니다. 충만한 모성애와 영혼의 감동이 느껴지는 진정한 하늘의 미사가 거행되면 우리 마음속에 감추어져 있던 악기가 소리를 내면서 이 세상 만물의 영원한 하모니와 하나로 아우러집니다. 바로 그때 이 자리에서 당신이 미사를 드린다면 거룩한 감동으로 눈물이 흘러내리는 것을 주체할 수 없을 겁니다."

이렇게 우리는 짧은 여행을 끝마쳤다. 존 신부는 광신적 공상가와는 거리가 먼 사람이었다. 그는 영적인 체험을 통해 진리의 세계로 파고드는 것을 보물을 찾는 작업에 비유했다. 보물을 찾는 사람들은 땅을 깊이 파고 들어간다. 수많은 돌 더미, 자갈 더미를 파헤치고 들어간 끝에 황금 왕관이라도 몇 점 발견하면 그것만으로도 행복을 느끼고 만족스러워한다.

"맞아요!"

존 신부는 눈을 깜박이며 나를 쳐다보고 말을 이었다.

"우리에게는 보이지 않는 것을 조금이나마 보이게 할 수 있는 도구들이 있습니다. 우리의 선조들은 측량할 길 없는 소중한 보물을 물려주었습니다. 많은 교회와 성스러운 장소들은 이 세상의 지혜를 가르쳐주는 책과도 같지요. 그 가르침을 깊이 묵상할 때 우리는 그것을 통해 많은 것을 깨달을 수 있습니다. 어디 그뿐인가요? 그것들은 우리를 고요하게 해주고, 우리에게 내적인 질서와 위로와 치유를 선사합니다."

베네딕토회 수도자인 비드 그리피스(1906-1993 영국의 수도자로, 남인도의 아슈람에 머물며 선교사로 활동했다. 힌두 수도원의 예복을 입었고, 힌두교와의 대화를 시도하였다. 과학과 영적 세계의 관점을 조화시키고자 했다)는 영성의 대가로서 인도에서 삼십 년이 넘도록 어느 그리스도교 아슈람(인도 전통에서 스승과 제자가 함께 생활하며 깨달음을 찾아가는 구도의 공간)을 이끌었던 사람이다. 그는 원래 그리스도교는 이 세상의 부정적인 세력들과 타협하지 않는다는 것을 그 과제로 삼아왔는데, 지금 서구의 그리스도인들은 너무나도 세속적인 정서에 빠져 있다고 질타했다. 이는 쾌락에 탐닉하며 소비 지향적 사고에 물들어 영적인 가치를 소홀히 하고 있는 그리스도인들에 대한 비판이었다. 그로 인해 그리스도인들은 다양한 경험의 세계를 잃어버리고 직관적인 사고의 힘을 통해 활용할 수 있는 엄청난 재능도 상실했다는 것이다.

그리스도교 교회는 놀라울 정도로 풍부한 상징, 기호, 말씀, 행위, 기도, 전례, 축제 등을 보유하고 있다. 게다가 거룩한 성사와 신비로운 의식, 영성 훈련과 입문 의례, 성찬식과 세례를 발전시켜왔다. 서구 사회에서 이런 상징적 요소들은 한 사람의 탄생에서 죽음에 이르기까지, 그야말로 전 생애를 포괄한다.

"상징과 기호는 정신의 새로운 영역으로 다가서는 길에서 우리를 태우고 가는 운송 수단과 같은 것입니다. 한번 생각해보세요. 이 세상에서 가장 소중한 것들은 우리 눈에 보이지 않습니다. 에너지를 예로 들어볼까요. 우리는 에너지를 볼 수 없습니다. 하지만 그 에너지는 로켓같이 무거운 것도 우주로 쏘아 보낼 만큼 강력한 힘으로 존재합니다. 인간의 감정이나 사랑도 마찬가지죠. 사랑은 눈에 보이지 않지만 그 어떤 고성능 컴퓨터보다 더 위대한 일을 할 수 있습니다. 눈에 보이는 것 뒤에는 또 다른 무엇인가가 있습니다. 정말 중요한 것은 눈에 보이지 않아요. 전통 물리학 이론과 큰 차이를 보이는 양자역학도 이러한 세계관과 중요한 부분에서 의견을 같이하고 있습니다. 거기서 주장하는 걸 들어보면 이건 거의 형이상학적인 내용이라는 느낌이 들 정도지요."

프랑스의 철학자 장 기통은 몇 년 전 〈슈피겔〉지와의 인터뷰에서 이렇게 이야기했다.

"무릎을 꿇고 진리를 위해 기도하는 기도실과 현미경으로 진리를 찾기 위해 노력하는 연구실은 더 이상 대립적 위치에 있는 두 공간이 아니다. 기도실과 연구실 사이의 거리가 점차 가까워지고 있다."

무척 인상적인 말이었다. 그런데 나는 존 신부야말로 이미 기도실 안에 연구실을 꾸며놓은 사람이라는 사실을 여태껏 눈치채지 못하고 있었던 것이다. 존 신부가 말했다.

"우리 수도자들은 기계론적 세계관이 모든 걸 설명해내지 못하며, 오히려 본질적인 것에는 아무런 대답도 하지 못한다는 사실을 의식하고 있습니다. 다른 한편으로 우리는 우리의 온 감각과 뇌의 활동과 영혼의 힘을 동원하여 어떤 새로운 차원을 감지할 수 있는 촉수를 계발합니다. 바로 그 촉수의 도움으로 우리는 새로운 세계와 소통할 수 있게 됩니다. 그것은 눈으로 보는 세계와는 다른 차원의 세계입니다. 아주 쉬운 예를 하나 들어보지요. 어떤 일이 벌어지면 우리는 대개 우리의 눈으로 그 사건을 관찰합니다. 다시 말해, 두 눈으로 그 사건을 우리 안에 받아들이는 겁니다. 그런데 눈으로 감지하는 일은 빛이 있어야만 가능합니다. 그리고 이 빛이 바로 신비에 감싸인 존재 아닙니까. 그 빛의 파장은 어느 한곳에 국한시킬 수 없습니다. 달리 이야기하자면, 빛은 온 우주에 있는 것입니다. 하지만 내 눈이 그 빛과 만나 어느 한곳을 비추고 있을 때 비로소 뭔가가 감지될 수 있는 것입니다. 지루하세요?"

그의 논리를 힘겹게 따라가느라 내가 꽤나 우스꽝스러운 표정을 지었던 모양이다. 나는 아주 잘 듣고 있노라고, 얼른 확인시켜주었다.

그의 얘기가 계속되었다.

"그래서 우리 하느님의 이미지를 확인해주는 많은 깨달음들이 생겨납니다. 우리가 경험하는 시간과 공간과 질량은 어떤 것을 인지하는 주체의 상태에 의존해 있는 범주라는 것을 알게 되지요. 이런 깊은 깨달음에 도달한 성인들은, 자기 자신의 몸을 어느 정도 떨어져서 보는 체험을 하기도 하고 자신의 전 생애가 아주 짧은 순간에 응축되어 나타나는 것을 체험하기도 합니다."

그가 손가락을 추켜올리며 이렇게 말했다.

"우리의 시간과 공간이라는 범주가 아무런 의미도 갖지 못하는 다른 세계, 다른 우주가 존재한다는 사실이 머지않아 증명될 겁니다. 사람들도 그걸 받아들일 수밖에 없겠지요. 물리학에서 '이해한다'고 하는 것은 어떤 현상을 '받아들인다'는 것과 같으니까요."

존 신부는 약간 지쳤는지 조금 쉬고 싶어 했다. 그가 내 방을 떠났을 때 나는 창가에 다가섰다. 가는 비가 내리기 시작했다. 유리창에 작은 빗방울들이 어렸다. 나는 존 신부가 말한 다른 존재의 상태에 대해 생각해보았다. 예언자들, 이른바 깨달은 사람들, 선각자들은 바로 그런 상태에 도달한 사람이 아닐까? 불현듯 내 아이들이 아주 어렸을 적, 그 애들과 가끔 했던 놀이가 생각났다. 그 놀이를 하면서 "네가 못 보는 걸 나는 본다." 하고 말했던 기억이 떠올랐다. 빙겐의 힐데가르데는 어떤 환시 속에서 의술에 관계된 지식뿐만 아니라 존재의 포괄적인 구조, 하늘과 땅의 결합, 보이지 않는 것과 보이는 것의 접합까지 경험하게 되었노라고 주장했다. 어떤 사람도 그것을 객관적으로 증명해 보일 수는 없다. 그것은 유전공학 연구자들의 학설과 비교해도 전혀 뒤지지 않을 만큼 아주 흥미로운 영역을 암시한다. 가장 학식 있는 수도자 가운데 한 사람이었던 독일의 도미니코회 수도자 알베르토 마뇨(1193-1280 독일의 철학자이자 신학자이면서 자연과학자. 토마스 아퀴나스와 함께 스콜라 철학을 완성시켰다. 당시 논란이 되었던 그리스 철학과 그리스도교 관계의 문제에서, 전자의 특징인 이성적 탐구의 가치를 높이 평가하며, 신학과 철학 사이에 명백한 경계선을 그음으로써 철학이 지니는 자율적 가치를 분명히 했다)도 "인간은 창조 세계의 중심, 즉 물질과 정신, 시간과 영원 사이의 중심에 서 있다."고 말한 바 있었다. 바로 그 순간 하얀 비둘기 한 무리가 지나가는 것이 눈에 들어왔다. 베네딕토의 누이 스콜라스티카가 죽은 날부터 몬테카시노의 수도원에는 비둘기들이 살게 되었다고 한다. 전설에 따르면, 그 거룩한 사람의 영혼은 몸을 떠나 하얀 비둘기의 모습으로 하늘을 향해 날아 올라갔다.

수도자들의 아버지인 베네딕토에 대해서도 기적 같은 이야기들이 많이 전해져 내려온다. 베네딕토는 산산조각으로 부서진 것을 다시 결합시키고, 텅 비어 있는 것을 채우는 힘을 가지고 있었으며, 자기가 죽을 시간까지 아주 덤덤하게 예견했다고 한다. 한번은 이 거룩한 수도자가 한밤중에 창가에 다가섰다. 그의 내면은 하느님을 향한 강렬한 열망에 휩싸였다. 갑자기 눈부신 빛이 흑암을 갈랐다. 한낮의 작열하는 태양빛보다 더 밝은 광채가 밤을 밝혔다. 무슨 일이 벌어진 것일까? 훗날 토마스 아퀴나스는 이 사건을 다음과 같이 해석했다. 베네딕토는 그 순간 깊은 신비적 체험에 잠겨 하느님을 본 것이라고. 그리고 이런 체험은 이제껏 아브라함과 모세에게만 허락된 것이었다고. 영혼이 확장되어 천사의 인식 능력과 대등해진 상태에서 하느님의 빛이 베네딕토의 축복받은 이성 안으로 들어와 베네딕토를 영원한 진리의 초상이 되게 했다고. 교황 그레고리오 1세는 "몬테카시노의 수도자 베네딕토에게 이제 온 세상은 유일한 햇빛 속에 하나 된 것이나 다름없었다."고 썼다.

다시 돌아온 존 신부는 우리의 대화를 마무리하면서 이렇게 덧붙였다.

"원래 모든 수도자들은 신비주의자입니다. 능력이 많거나 적거나 하는 것에는 큰 의미가 없습니다. 우리 모두의 과제는 하느님을 추구하고 그분을 섬기는 것입니다. 그게 전부입니다. 고도로 기계화되고 추상화된 세상은 모든 인간이 자기 안에 간직하고 있는 자연적인 센서, 감지 능력을 포기하고 기계에 의존하도록 만들어버렸습니다. 그 기계는 의식적인 경험과 무의식적인 경험을 갈라놓습니다. 아마 이것이 원인일 겁니다. 영적으로 영양결핍 상태인 우리 시대의 사람들은, 바로 그런 이유에서 어떤 사건을 바라보고 너무나 잘못된 결론에 도달하는 것입니다. 하지만 하느님은 사라지지 않았습니다. 그분은 지금 여기에 계십니다. 우리 수도자들은 그분의 성령과 팀을 짜서 일합니다. 이것은 이상한 밀교의 영이 아닙니다. 그 영이 우리를 보고 우리는 그 영을 봅니다. 하느님은 우리에게 인격적으로 다가옵니다. 아주 간단합니다. 우리 수도자들이 생각하기에 인간이 이성으로 파악할 수 있는 것은 이 세상의 한 부분, 눈에 보이는 일부에 불과합니다. 흔히 말하듯 빙산의 일각이지요. 눈에 보이는 것만 보면서 산다면 그것은 반쯤 눈이 먼 상태로 사는 것입니다."

14 이 세상 모든 것은
선물

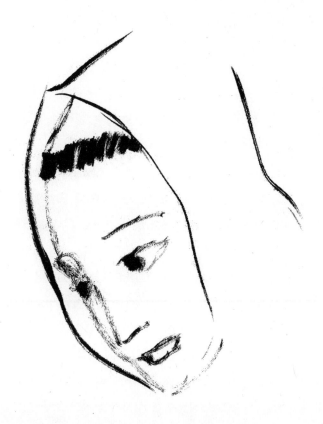

고통은 신이 건네준 사랑의 증거이다. 고통은 눈을 밝게 해준다.
고통은 우리에게 말한다. 이 세상에 당연한 것은 아무것도 없으며
모든 것은 선물이라고.
우리는 우리가 아주 당연하게 생각했던 것, 그 가치를 충분히 알지
못했던 것들에 대해 다시 생각하게 된다.

십자가는 나의 책이다.

__ 알퇴팅의 콘라트

때때로 뭔가를 회상하는 것은 굉장히 좋은 일이다. 우리가 아직 어린아이였을 무렵엔, 지금 내가 이 책에서 말하고 있는 통일성, 분리되지 않은 삶의 정체성이 존재했다. 일요일이면 사람들은 미사에 참석하고 자신의 죄를 고백했다. 그때 내 느낌에 교회는 우리를 지켜주는 곳이었다. 우리를 우리 자신으로부터 지켜주는 곳이기도 했다. 우리는 선과 악에 대한 이미지를 갖고 있었다. 시나이 산에서 온 계명을 알고 있었고, 하늘에 이르는 길을 찾아야 한다는 것 또한 알고 있었다. 교회는 길을 잃어버린 양들이 모여 다시 한 번 시작할 수 있게 해주는 곳이었다.

나에게는 장례미사에 대한 기억이 특히 아름답게 남아 있다. 신부님이 수업 중에 우리를 불러내셨다. 우리 복사(미사 등 예절이 거행될 때 주례를 도와 시종하는 사람)들은 십자가를 지고 조문객들 앞에서 걸어가며 친구들이 공부하고 있는 교실 창문을 힐끗 쳐다보았다. 무덤 앞에서는 취주악단이 잔잔한 성가를 연주했고 관은 영원한 휴식의 자리로 들어갔다. 식당에는 장례에 참석한 사람들을 위해 스프를 준비해놓았다. 그 무렵 이런 기본적인 삶의 리듬에 뭔가 변화가 생길 거라고 생각한 사람은 아무도 없었을 것이다.

내 할머니가 돌아가셨을 때 마을의 여인들이 모두 모여 당시에는 아직 일상적인 것이었던 묵주기도를 드리면서 돌아가신 분과 작별의 정을 나누며 좋은 여행을 기원해주었다. 그들은 하도 만져대서 이제는 닳아빠진 묵주를 손에 쥐고 노래인지 기도인지 분간할 수 없는 흥얼거림을 계속 반복했다. 어린 나는 장례미사의 내용을 잘 이해하지는 못했지만, 그 단조로운 기도의 파도 속에서 어렴풋하게나마 느껴지는 것이 있었다.

"고난의 극복은 고난을 통해서."

고난을 통한 구원, 이는 그리 대중적인 사고는 아니다. 지금이나 그때나 마찬가지로. 고난을 원하는 사람은 아무도 없다. 고통이 인간의 삶에 긍정적인 영향을 끼칠 수 있는가? 하느님은 우리가 고난 당하는 걸 보며 기뻐하는가? 리지외의 데레사 수녀는 "우리가 고난 없이 사랑을 찾을 수 있다고는 믿지 않는다."고 말했다. 왜 안 되는가? 그건 인생 자체를 적대시하는 사람, 세상 물정을 모르는 사람, 피가학증 환자들이나 할 법한 소리가 아닌가? 디트리히 본회퍼(1906-1945 교회의 나치화와 교회에 대한 국가의 간섭에 반대한 단체인 독일 고백교회의 목사이자 신학자. 나치 정권하에서도 나치에 반대하는 자세를 고수하였고, 비합법적인 포교 활동을 하다가 게슈타포에 체포되어 강제수용소에서 처형당했다)의 글에 "한 사람을 그리스도인으로 만드는 것은 종교적인 행위가 아니라, 이 세상의 삶에서 하느님의 고난에 동참하는 것이다."라 했다. 왜 그런가? 그 의미는 무엇인가?

이제는 나의 선생님이나 다름없는 존 신부가 말하기 시작했다.

"고통을 견디는 것, 심지어 그 고통에 자기의 몸을 완전히 던지는 것, 고통을 극복하는 것— 이것은 참으로 이해하기 어려운 말들입니다. 신앙이 없는 사람들이 그리스도교의 가르침 가운데 가장 격렬하게 거부 반응을 보이는 대목이 바로 고난에 관한 가르침이지요. 고난이라는 주제는 모든 종교의 공통분모이기도 합니다. 티베트의 수도자들은 모든 존재가 언제나 새로운 고난에 직면하게 된다고 이야기합니다. 그 원인은 '목마름'이라고 하더군요. 쾌락에 대한 열망, 존재 자체에 대한 열망 말입니다. 그들은 이 목마름을 제거해야 고통이 그친다고 말합니다. 또 이를 위해서 인간이 걸어가야 할 올바른 길을 '고귀한 여덟 개의 길(팔정도)'이라 부르더군요."

내가 곧바로 물었다.

"그 고통의 실체를 완전히 파악하는 게 가능한 일입니까?"

"고통은 이 세상에 엄연히 존재하는 것입니다. 그렇지 않았다면 삶의 구성 자체가 불가능했을 것입니다."

고통에 관한 대화 중에 이런 말들이 오갔다.

내가 말했다.

"대부분의 사람들은 고통을 안 좋은 것, 악한 것으로 생각하고 어떻게 해서든지 피하려고 합니다."

존 신부가 대꾸했다.

"그것은 현대인들이 삶의 이상이라고 생각하는 것과 관계있습니다. 삶을 가볍게 사는 사람들은 후회 없는 쾌락, 구속 없는 사랑, 고통 없는 죽음을 원합니다. 이것은 위험한 오판이지요. 고통은 사람됨에 있어 필수 요건입니다. 고통을 받아들이려 하지 않는 사람은 스스로를 기만하게 됩니다. 나아가 다른 사람까지 속이게 됩니다. 그런 사람의 세계는 딱딱하고 냉정하고 무자비한 세계로 변합니다. 그는 근본적으로 다른 사람의 고통을 함께 느끼고 나누는 것을 거부합니다."

"우리 집 아이들은, 자기가 만일 하느님이 된다면 맨 먼저 두 가지를 이 세상에서 없애버리겠다고 하더군요. 그중 하나는 악이고, 또 다른 하나는 고통입니다."

"악의 가능성은 우리가 자유로운 존재라는 것을 전제합니다. 우리가 진정 자유롭게 결정하고 그로부터 인간답게 성숙하기 위해서는 모든 길이 열려 있어야 합니다. 우리는 아주 작은 상처에도 고통을 느낍니다. 가만히 한번 생각해봅시다. 상처를 입을 수 없는 사람은 감정도 없을 것입니다. 생기 없는 기계 인간처럼. 고통도 있지만, 그 고통 속에서 느끼는 위안도 있지 않습니까. 고통은 우리의 눈을 밝게 해줍니다. 고통 속에 있으면 많은 것들이 분명해집니다. 살아가면서 눈물을 흘릴 만한 일이 전혀 없는 사람이 있다면 그 사람이야말로 정말 불쌍한 사람일 겁니다."

"하지만 다른 것도 아니고 사랑이 그렇게 많은 고통을 동반하다니 참 이상한 세상 아닙니까?"

"사랑은 그 자체가 하나의 열정입니다. 사랑은 우리에게 많은 것을 주지만, 우리가 자기 자신을 내어줄 자세가 되어 있을 때 비로소 그것을 받을 수 있습니다. 우리가 이기적인 삶에서 벗어나 다른 사람을 위해 무엇인가를 포기하는 법을 배울 때 말입니다.

고난이 사랑의 내면이라는 것은 결코 헛된 말이 아닙니다. 여기서 우리는 고난을 배우는 일이 왜 중요한가를 이해하게 됩니다. 사랑은 자기 안에 있는 무엇인가를 포기하고 다른 사람을 참아내는 것이기도 하니까요. 교황 요한 바오로 2세도 이렇게 말했습니다. '고난은 분명 인간의 비밀에 속한다. 그리스도께서도 인간이 고난을 통해 다른 이에게 선한 일을 할 수 있다는 것을 직접 보여주셨다.' 현대인들은 이 신비의 관점을 잃어버렸습니다. 교황은 이 점을 간명한 언어로 표현해주었습니다. 그리스도는 기적을 통해서만 인간을 치유하신 것이 아닙니다. 그는 직접 십자가를 지셨으며, 그로써 이 세상을 구원하신 것입니다."

고난을 통한 구원, 십자가를 통한 치유. 나는 존 신부의 말을 달게 받아들일 수가 없었다. 어쩌면 그것은 아직도 내 기억 속에 남아 있는 고통스러운 경험 때문이었는지도 모르겠다. 내 모든 존재, 우리 가족의 생계가 달린 중요한 프로젝트가 하나 있었다. 그런데 갑자기 그것이 거부당하는 일이 발생했다. 진정서도 보내고 직접 찾아가 말도 해보고 기도도 해보았지만 모든 것이 허사였다. 나의 모든 노력에도 불구하고 최종 결정이 나던 날, 누군가가 예리한 칼로 내 심장을 찌르는 것 같은 고통을 느꼈다. 나는 깊은 충격에 빠져 비틀거렸다. 이 이해할 수 없는 고통을 견뎌낸다는 것은 거의 불가능해 보였다. 나는 몇 시간 동안 낯선 도시를 아무런 목적 없이 헤집고 돌아다녔다. 기가 완전히 꺾인 채 모든 것이 공허하게 느껴졌다. 아무런 생각도 할 수가 없었다. 마치 성냥개비가 하나도 없는 성냥갑이 된 기분이었다. 사람들이 공원에 나와 뛰놀며 웃고 있었다. 하지만 그들의 웃음소리가 내게는 조롱하는 것처럼 들렸다. 도대체 왜? 왜 나에게 이런 일이 일어난 건가? 하느님과 상관없이 살아가는 저 슈퍼스타나 돈 많은 모델들 중 하나가 아니라 왜 나에게?

시간이 조금 지나자 맨 처음의 고통은 서서히 가시고, 불공평한 운명에 대한 분노도 시들해졌다. 돌연 이 세상이 투명해진 듯했다. 마음은 차분히 가라앉았으며 강한 의지 같은 것도 꺾였다. 유리처럼 맑은 생각이 저속 촬영기로 찍은 영상처럼 방금 전의 이 극심한 고통의 순간에 이르기까지의 과정을 비쳐주었다. 제대로 알지도 못하고 미리 기뻐하던 일, 자만심에 들떠 있었던 일, 교만했던 일, 그 모든 것들이 눈앞에 펼쳐졌다. 나는 일어나 달렸다. 그저 달리기 위해서 뛰었다.

"모든 걸 스스로 감수해야 하는 건가요, 신부님?"

"그걸 기뻐하세요. 고통은 성숙의 과정입니다. 고난을 자신의 내면 속에 받아들인 사람은 다른 사람을 이전보다 더 잘 이해할 수 있습니다. 고통은 인간을 유연하게 만들어줍니다. 우리를 둘러싼 딱딱한 껍질을 깨부수지요. 십자가에 달린 예수님의 모습은 양팔을 옆으로 활짝 벌린 자세입니다. 오랫동안 높은 자리에서 군림하며 살다가 갑자기 아래로 굴러떨어진 사람에게서도 이런 모습을 볼 수 있을 겁니다. 전에는 다른 사람을 업신여기고 교만하고 잘난 체했지만 지금은 자기에 대한 집착에서 멀리 떠나 있는 모습 말입니다. 그러면서 더 인간적이고 다른 사람을 더 많이 수용하는 사람이 되는 경우가 있습니다. 자꾸만 고난을 피하는 사람은 결국 자신을 합리화하는 사람, 딱딱하게 굳은 사람이 됩니다. 그런 사람은 자기의 행동만이 옳으며, 또 모든 것의 기준이라고 생각합니다. 고통은 우리를 이런 욕심에서 해방시킵니다. 자신의 안녕, 자신의 배우자에 대한 욕심, 나아가 자신의 행복과 건강에 대한 욕심으로부터 해방시킵니다. 고통은 우리에게 말합니다. 이 세상에 당연한 것은 아무것도 없다고, 즉 모든 것은 선물이라고. 우리는 우리가 아주 당연하게 생각했던 것, 그 가치를 충분히 알지 못했던 것들에 대해 다시 생각하게 됩니다. 그리고 우리에게 그런 것들이 있다는 데 감사하고 기뻐하는 법을 배우게 됩니다. 그것들이 영원한 것이 아니라는 사실을 우리가 제대로 의식하면서 산다면 우리는 완전히 다른 삶을 살게 될 것이라고 생각합니다. 모든 것은 이 세상의 삶에 국한되어 있으며 언젠가는 우리도 그것들을 되돌려주어야 합니다. 그 사실을 알고 있다면 어떤 사람이나, 어떤 물질에 집착하지 않으면서 침착하고 의연하게 인생을 살아갈 수 있습니다. 더 많이 감사하고, 더 많이 기뻐하고, 더 많이 존경하면서 사는 겁니다. 자꾸 나중으로 미루지 말고 지금, 너무 늦기 전에, 당장이라도 손을 뻗으면 잡을 수 있는 기쁨을 누리며 살아야 합니다."

"아주 시적인 말이군요."

"그 이상이지요. 고통의 가장 근본적인 효과는 그것이 우리의 삶을 짧은 순간에 예리하게 되밝혀준다는 점입니다. 단번에 우리의 소소한 문제들이 상대적인 것이 됩니다. 자식이 암에 걸려 병원에 입원시킨 사람이 있었습니다. 그는 대기실에 앉아 있던 중에 무심코 거기 놓인 잡지들을 보다가 여태껏 자신이 인생의 중요한 부분을 얼마나 허비했는지 느끼게 되었습니다. 얼마나 많은 문제를 잘못된 방식으로 접근하고 있는지 알게 되었지요. 그 짧은 순간에, 인생에서 정말 중요한 것이 무엇인지가 분명해진 겁니다. 그 밖의 많은 것들은 충분히 포기할 수 있는 부분임을 깨닫게 된 것이지요.

병원에 가면 많은 사람들이 자신의 고통을 직시하고 그것을 극복함으로써 자신을 긍정적으로 변화시켜나가는 과정을 직접 볼 수 있습니다. 그 사람들은 기적을 경험합니다. 홀가분하고 자유로운 분위기가 느껴집니다. 딱딱하게 경직된 것들이 그 사람들에게서 다 빠져나간 듯한 느낌이 듭니다. 친지들이 다시 찾아와서 그들과 이야기를 나눕니다. 배우자와의 서먹서먹했던 관계가 풀어지고 다정하게 손을 잡습니다. 그들을 병들게 했던 안일한 일상, 죽음에 이르게 하는 천편일률적인 일상생활의 고리가 마침내 깨어져나가고 심장이 다시 힘차게 뛰기 시작합니다. 유감스럽게도 우리는 이런 경험을 너무 빨리 잊어버리는 경향이 있습니다."

"하지만 암으로 병원에 입원한 자식이 결국 세상을 떠났다고 가정해보십시오. 그 아이의 죽음은 누구의 잘못도 아니고요. 거기에 무슨 의미가 있습니까?"

"누군가의 안타까운 죽음은 우리에게 모든 것의 의미에 대해 매우 강렬한 질문을 던집니다. 고혈압으로 고생하는 사람이 있다면 그는 지금까지 자신이 잘못 산 적은 없는지 살핀다거나, 혹은 앞으로 그렇게 살 수도 있는 가능성을 미연에 방지한다는 차원에서 어떤 의미를 찾을 수 있겠지요. 그렇지만 어린아이의 죽음 같은 경우에는 그 사별에 대해 무엇인가 의미를 부여하려는 자체가 어리석은 짓입니다. 그러나 삶은 그것의 길이와는 상관없이 무조건적인 의미를 가집니다. 그 운명을 받아들이고 대처하는 과정에서 남은 사람들에게 전혀 새로운 가능성, 의미 있는 가능성의 영역이 열리게 됩니다. 삶은 계속되어야 하니까요.

모든 위대한 작품이나 시대를 뛰어넘는 가치를 지닌 것들이 어느 정도의 고난을 전제한다는 사실은 이 세계의 신비한 법칙 가운데 하나입니다. 물질적인 것이든 정신적인 것이든 아무런 고통 없이 탄생된 것은 아무것도, 정말 아무것도 없습니다."

내가 다시 물었다.

"고통이라는 것이 보통 때는 단단히 잠겨 있는 어떤 영역의 문을 열어주는 열쇠와 같은 역할을 한다는 말입니까? 한 인간이 고통을 통해서 새롭게 빚어지고, 어떤 비범한 메시지를 실현하는 사람으로 성숙한다는 것인가요?"

존 신부가 말했다.

"그럴 수 있습니다. 하지만 우리는 모든 것을 정확하게 알 수는 없습니다. 고난이란 어떤 것을 자기 내면에 받아들이는 일이기도 합니다. 피상적인 것을 걷어내는 일이지요. 뼛속 깊이 파고드는 무엇이라야 제대로 파악되고 우리 안에서 자리를 잡습니다. 바람이 불면 작은 낟알도 날아가고 살갗에 남아 있는 염분도 날아가 버립니다. 다른 사람에게 환심을 사기 위해 아부하거나 제멋에 겨워 의기양양하게 사는 것은 오히려 쉬운 일입니다. 그러나 다른 사람이 자신을 무시하는데도 참아내는 것이야말로 많은 이들에게 여전히 어려운 일이지요. 이를 악물고 반대에 맞서며 무엇인가를 견뎌내는 법을 배우는 것, 이것은 정말 대단한 성과입니다. 불로 강철을 연단하듯 우리도 불을 견딜 수 있어야 합니다. 성인들은 언제라도 고통을 참아낼 준비가 된 사람들이었습니다. 고통은 그들을 비껴가지 않았으며 그들도 고통을 감수했습니다. 리지외의 데레사가 겪었던 고통과 절망, 십자가의 성 요한이 말하는 '어둔 밤', 안나 샤퍼(1882-1925 수녀들의 선교 활동에 참여하고 싶어 했지만 너무 가난해서 거절당했던 그녀는 일을 하던 중에 사고로 화상을 입으면서 자리에 눕게 되고, 일을 할 수 없게 되어 더더욱 극심한 가난에 시달린다. 그러나 놀랍게도 성흔을 받고, 직장암에 걸려 결국 죽음에 이르지만 1999년 교황 요한 바오로 2세에 의해 시복된다)의 이해할 수 없는 육체적 고통을 한번 떠올려보세요. 안나는 고통 속에서도 '주님, 저를 완전히 당신께 맡깁니다.' 하고 기도했습니다. 이 고통 속에서 은총이 증명될 것이라고 믿었기 때문입니다. 고통을 피하지 않고 받아들이는 것, 바로 이러한 인내 속에서 전혀 예기치 못했던 일들이 일어납니다. 이 말은 약간 엉뚱하게 들릴 수도 있습니다. 그렇지만 하느님의 사랑의 현존도 고통 속에서 밀도 있게 나타납니다. 고통스러운 상황 이외에, 인간이 그분을 그렇게 절실하게 필요로 하는 순간이 있을까요? 고통은 창조주가 자신의 작품이요, 자신의 일꾼인 인간을 연단하는 과정입니다. 작가인 게르투르투 폰 르포르(1876-1971 독일의 소설가이자 시인. 교회, 국가, 인간을 주제로 장편, 단편, 시, 수필 등 여러 장르에 걸쳐 20여 편의 작품을 발표했다. 모두 가톨릭적 세계관에 입각한 것으로 깊은 신앙심과 종교적 인간애를 여성다운 섬세한 필치로 그려냈다)도 '극도의 외로움, 절망의 끝에서만 우리에게 선사되는 신적인 사랑의 경험들이 있다.'고 말한 바 있습니다."

　가톨릭의 제안만큼 죽음을 삶과 밀접하게 연결시키는 것은 없다. 신자들은 '죽은 사람들의 부활과 다가올 세상의 생명'을 믿노라고 고백한다. 죽음은 밖으로 내몰리지 않고 삶으로 통합된다. 죽음도 잘 준비할 수만 있다면 더 쉬운 일이 될 수 있다. 중세에 애독되던 이른바 〈아르스 모리엔디(죽는 방법)〉는 좋은 죽음과 나쁜 죽음에 대하여, 그리고 죽음을 준비하는 종교적 예식에 대하여 기술하고 있다. 일반적으로 전수되던 죽음의 기술에는 죽음 맞이에 필수적인 예식과 관습이 포함되어 있어 임종 때 사용하는 기름과 죄의 용서로 장비를 잘 갖춘 뒤에 저세상으로 갈 수 있도록 했다.

　히에로니뮈스 보스(1450-1516 네덜란드의 화가. 인간의 탐욕과 죄악으로 인한 지구의 대혼란을 화필로써 생생하게 예언했으며, 그가 묘사한 인간의 타락과 지옥 장면은 소름끼치도록 끔찍해 '악마의 화가', '지옥의 화가'로 불렸지만, 일상생활을 소재로 종교적 풍유와 풍자적인 주제들을 독창적으로 구사하여 세속의 쾌락에 빠져 있는 사람들에게 강력한 경고의 메시지를 전달했다)를 비롯한 많은 화가들이 삶의 또 다른 차원에 대한 비전을 화폭에 담아 표현하려고 했다. 이들의 그림에는 죽은 사람의 영혼이 천사의 인도를 받아 터널 비슷한 곳을 지나서 빛에 도달하는 모습이 자주 등장한다. 오늘날 죽음의 문턱에 이르렀다가 다시 깨어난 사람들의 고백에 관한 연구를 살펴봐도 이런 빛에 대한 증언이 거의 빠지지 않는다. 그들은 희망에 찬 무엇인가를 약속해주는 아주 편안한 빛을 보았다고 말한다. 영국의 과학자들이 밝혀낸 바에 따르면, 인간의 뇌가 정지하고 의학적으로는 완전히 사망한 것으로 판명된 후에도 인간의 의식은 어느 정도 기능을 한다고 한다. 전문가들은 바로 이 점에 착안하여, 심장이 멈추고 숨이 멎은 상태에서도 인간의 의식 혹은 영혼은 계속 살아 있다고 주장하는 것이다.

수도자들은 이야기한다. 다른 경우에도 마찬가지지만, 우리의 생명에 대한 최종적인 결정권은 우리 자신이 아니라 우리의 창조자에게 있다고. 그는 우리에게 새로운 생명을 주실 것이며, 그분 안에서 모든 불안은 평화로움으로 바뀌고, 그와 함께 모든 갈망이 채워질 것이라고. 토마스 아퀴나스는 "이것이 논리적인 회귀, 즉 근원으로의 회귀이며 우주가 자신의 최종적 목표를 이룩하면 모든 피조물은 그 근원으로 돌아가야 한다."고 말했다. 수도원에서 '죽음 형제'가 문을 두드릴 때 수도자들은 '하느님이 주는 영원한 명랑함과 평안함이 있는 고향으로' 간다. 이런 표현은 동료 수도자의 죽음을 알리는 글에서도 자주 사용된다. 작가인 프란츠 베르펠(1890-1945 유대계 독일인 소설가이자 시인, 극작가이다. 표현주의의 대표적 작가로 독특한 종교적 경지를 추구하여 세계적인 문호로 인정받고 있다. 히틀러가 오스트리아를 합병하고 프랑스를 점령하자, 유대인이었던 그는 도피 생활을 해야 했지만 외곬으로 하느님을 찾았으며, 동포애로 일관한 반전 평화론의 입장에서 유대인의 운명과 사명을 깊이 추구했다)은 이렇게 관찰했다.

"인간은 바로 그 순간을 위해 지칠 줄 모른 채 열심히 일해왔다. 그때는 안도의 한숨을 쉬며, 영원히 안전한 집이 세워져 있음을 소망할 수 있다."

카르투지오 수도회에서는 수도자 한 사람이 영면하면 겉옷에 붙어 있던 두건을 머리 위에 씌우고 수도복은 널빤지에 못질하여 고정시킨 다음 시체를 관에 들이지 않고 곧장 무덤에 내려놓는다고 한다. 장례가 끝나면 동료 수도자들은 수도원의 식당에 모여 약간의 식사를 하면서 형제들 가운데 하나가 목적지에 도달했음을 축하한다.

시토회 수도자들은 임종과 관련하여 아주 포괄적인 규정들을 정해놓음으로써 동료 수도자가 편안하게 죽음을 맞이할 수 있도록 했다. 그 규정에는 이렇게 쓰여 있다.

"병든 형제에게 죽음이 가까이 왔거든, 형제 사랑의 정신으로 한 공동체를 이룬 이들이 한자리에 모여서 그를 기도로 지지해준다. 하느님은 우리에게 고난을 주시어 우리를 구원으로 인도하신다. 이는 잔인한 것이 아니라 하나의 가르침이며 도전이다. 종이 울리면 모든 사람들이 병실에 모여, 소리 내어 사도신경(그리스도교의 바탕이 되는 핵심 교리를 담은 초대교회의 신앙 고백문. 가톨릭 주요 기도문의 하나이다)을 외운다. 공동체는 임종을 앞둔 이의 침상에 무릎을 꿇고 수도원장이 이끄는 연도(연옥에 있는 이를 위한 기도)에 동참한다. 수도원장은 미리 몇몇 형제들을 지정하여 침상에 있는 형제를 위해 대표로 기도하게 하고, 또 한 사람의 신부를 지정하여 그에게 위로의 말을 건네게 한다."

이 규정서는 영혼이 영원히 죽지 않는다는 것을 전제하고 있다.

"수도원장은 시체가 홀로 남지 않도록 하고 항상 그 옆에 촛불을 밝혀놓도록 해야 한다."

수도자들은 죽은 이의 발을 동쪽으로 향하게 하여 무덤에 들인다. 그런 다음 삼십 일 동안 죽은 이를 기억하는 시간을 갖는다. 수도원의 식당에서 그가 앉던 자리에는 십자가를 하나 세워두고, 그의 점심 식사와 저녁 식사를 가져다놓는다. 그리고 '가난한 사람들이 있으면 그것을 먹을 수 있도록' 한다.

시토회의 아버지로서 후세에 큰 영향을 미친 클레르보의 베르나르도는 말을 타고 제네바의 호수를 지나가는데 명상에 너무 깊이 잠긴 나머지 그곳에 호수가 있다는 사실조차 의식하지 못했다고 한다. 1153년 8월 20일 그는 건초 더미에 재를 흩뿌려놓고 그 위에 몸을 쭉 뻗어 누운 채로 죽음을 맞이했다. 그는 자신을 따르던 수도자들에게 자기 스스로 평가하기보다는 다른 사람의 평가를 신뢰할 것을 권했다.

성 아우구스티노는 임종을 맞이하여 눈물로 죄를 뉘우치고 끊임없이 기도하기 위해 침상 옆에 있는 벽에 참회의 시편을 붙여놓았다. 그는 430년 8월 28일에 세상을 떠났는데, 죽기 열흘 전부터는 이 세상의 요란함과 관심 어린 대화가 그의 고요함을 방해하지 않도록 방문객을 맞지 않았다.

성 프란치스코는 자신의 죽음을 앞두고 종교적인 기쁨에 사로잡혔다. 그는 형제들에게 자기가 움막에 들어가 옷을 벗고 바닥에 누워 있는 동안, 예수님의 마지막 말씀을 낭독하면서 죽음에 대한 노래를 불러달라고 부탁했다. 그는 왼손으로 자신의 오른쪽 옆구리에 난 상처를 덮었다. 그가 라베르나 산에서 거룩한 흔적으로 얻게 된 상처, 평생 다른 사람에게 보이지 않은 상처였다.

"나는 내 일을 다 했다. 너희들이 할 일이 무엇인지는 그리스도께서 너희에게 가르쳐주시리니."

이것이 '아시시의 참회자'가 1226년 10월 3일에 형제들에게 한 작별의 말이었다.

성 도미니코는 1221년 8월 6일 '창조주에게 자신의 영혼을 되돌려' 주었다. 그는 임종을 앞두고 자신의 침대 주변에 모여 기도하던 형제들에게 "내가 살아 있을 때보다 죽은 후에 너희들에게 더 도움이 될 것이다."라고 말했다. 그는 그들에게 다음과 같은 부탁으로 영적인 유산을 남겼다.

"사랑을 가지라! 이성을 지키라! 자발적인 가난을 유지하라!"

고통의 시간, 운명의 타격은 인간을 땅바닥에 내동댕이칠 수 있다. 하지만 그것을 받아들여 어깨에 메고 나가는 사람에게는 그런 어려움도 희망의 징표가 된다. 로욜라의 이냐시오는 도무지 아무 것도 할 수 없을 것 같은 상황에서도 하느님의 도움을 굳게 믿었을 때 경험한 '위로'와 놀라운 일들에 대해서 이야기했다. 프란치스코회의 묵상 훈련 중에 '십자가의 길'이라는 이름의 유명한 묵상법이 있다. 존 신부의 말처럼 이것은 그리 호감 가는 구호가 아니다. 그러나 그리스도는 바로 이 고난을 통해 가장 위대한 비밀을 선사했다. 이 고난의 비밀은 우리 인간들에게 언제나 신비로서 남아 있다. 가톨릭의 위대한 학자 로마노 과르디니(1885-1968 독일의 가톨릭 신학 및 종교철학, 문학과 사회 평론가이다. 튀빙겐-뮌헨 대학에서 화학과 경제학을 공부했고, 프라이부르크 대학에서 신학을 전공하여 가톨릭 사제가 되었다)도 이 문제와 씨름했다.

"왜 고난인가? 모든 것이 행복과 성공을 외치고 있는데, 왜 고난을 받아야 한단 말인가?"

결국 그는 십자가에 해답이 있음을 깨닫게 되었다. 고난의 상징인 성금요일이 지나고 부활이 찾아오듯이 고난을 통해서 축복의 샘이 조성된다는 사실은 그에게 있어 해방의 메시지였다.

존 신부가 나에게 뭔가 보여줄 것이 있다고 했다. 그러더니 나를 앞세워 긴 복도를 걸어가는데 마치 어떤 분명한 목적지를 향해가고 있는 것 같았다. 문득 그가 말했다.

"예수님이 자기 피조물을 구원하기 위해서 무조건 그렇게 고난을 당하고 죽어야 했는가, 왜 그래야 했는가 하는 물음에 대해서는 사실상 설명이 불가능합니다. 하지만 그분이 지배자의 모습으로 왔다고 생각해보세요. 그분의 메시지가 사랑의 메시지가 될 수 있었을까요?"

그가 강한 몸짓을 하며 말했다.

"무기의 힘으로 새로운 사회질서를 만들어낼 수 있나요? 아닙니다, 아니에요. 그분의 힘은 함께 사랑하고 함께 아파하는 힘이지 다른 게 아니었습니다. 우리가 믿는 하느님은 직접 고난을 경험한 하느님입니다. 하느님은 이 세상의 불의를 고난 속에서 함께 경험하셨고, 그래서 우리가 그분을 가장 필요로 하는 순간에, 고통과 절망의 순간에 우리 가장 가까이에 계십니다."

라칭거 추기경은 "하느님은 우리가 그분을 알아보지 못하도록 스스로 작아지셨다."고 말했다. 그가 나에게 들려준 참으로 놀라운 말 가운데 하나였다. 그 말을 자주 명상할수록 그 신비에 가까이 다가갈 수 있다고 했다.

존 신부가 다시 말을 이었다.

"고난을 통하지 않고는 하느님이 우리에게 그렇게 가까이 오실 수 없습니다. 모세는 하느님의 백성을 이끌고 바다를 건너서 그 백성을 적들로부터 구출해 약속의 땅으로 들어갈 수 있었습니다. 예수님도 고난의 바다를 건넜습니다. 이것이 바로 메시지입니다. 신앙의 진리가 대개 그렇듯 이 또한 역설적으로 들리지요. 어둠을 통해 빛으로, 고통을 통해 기쁨으로, 죽음을 통해 생명으로, 십자가를 통해 부활로 나아가는 것이 신앙의 세계입니다.

예수 그리스도가 못 박혀 달려 있었던 십자가, 이른바 거룩한 나무와 관련하여 아름다운 중세의 전설 하나가 전해져 내려옵니다. 위대한 피에로 델라 프란체스카(1416?-1492 이탈리아의 화가. 제단화를 많이 제작했는데 독자적인 높은 풍격을 보였으며, 원근법의 자유자재한 구사, 맑은 색채, 명석한 빛의 처리, 위엄 있고 당당해 보이는 인물 표현 등으로 그 시기에 보기 드문 획기적인 양식을 펼쳤다)는 이 전설을 아레초(이탈리아 중부 아레초 현에 있는 도시. 성벽으로 둘러싸인 시가는 아름다워 예로부터 저명한 예술가들이 배출되었다)의 성 프란치스코 성당에 프레스코 벽화로 그려냈습니다. 사람들은 말합니다. 피에로는 이런 그림을 그리기 위해서 이 세상에 대한 신비주의적 이해의 심층까지 내려갔다 올라와야 했다고 말입니다. 어쨌거나 이 전설은 세 시대로 구성되어 있습니다. 전설의 첫 부분은 아담의 딸들 중 한 명에 관한 이야기로 시작됩니다. 그 딸은 하느님이 직접 창조하신 첫 번째 피조물의 죽음으로 인한 고통을 이 세상에 거칠게 외쳐서 나타냅니다. 아담의 셋째 아들 셋은 잃어버린 낙원의 문을 두드리며 병든 아버지를 위해 치유의 기름을 조금 달라고 부탁해보지만 소용이 없습니다. 천사가 그의 부탁을 거절합니다. 그 기름은 5,500년이 지난 다음에야 충분해질 것이라고요. 대신 천사는 지식의 나무에서 나온 가지 하나를 셋에게 줍니다. 그 가지는 아담이 죽은 뒤에 그의 무덤에서 자라나 크고 육중한 나무가 됩니다.

이 나무의 이야기는 계속됩니다. 어느 날 솔로몬 대왕이 그 나무를 눈여겨봅니다. 그는 이 거룩한 나무를 자기 왕궁을 짓는 데 사용하려고 합니다. 그런데 크기가 잘 안 맞았습니다. 너무 길든지 너무 짧았었나 봅니다. 그래서 그 나무는 결국 어느 강을 가로지르는 다리의 재목으로 쓰이게 되었습니다. 솔로몬을 만나러 오던 시바의 여왕이 바로 그 다리를 건너려던 순간 어떤 환상을 보았습니다. 나중에 여왕은 솔로몬에게 말합니다. 훗날 유대인의 왕국을 파괴할 사람이 이 나무에 매달려 죽게 될 것이라고 말입니다. 솔로몬은 즉시 명령을 내려 그 나무를 땅에 묻어버리게 합니다. 하지만 그 나무는 어떻게 된 일인지 다시 세상에 나와 마침내는 골고타 산에서 그리스도가 못 박혀 달린 나무가 됩니다. 예수님의 육신과 메시지를 영원히 이 세상에서 제거하기 위해 세운 그 나무가 구원의 표징이 된 것입니다. 역설 그 자체지요. 죽음의 상징이었던 것이 온 세상을 감동시키는 생명의 상징이 되었습니다. 성 십자가 현양 축일(9월 14일)이 되면 가톨릭교회는 이렇게 선언

합니다. '하느님, 독생 성자의 십자가로 인류를 구원하셨으니, 주님께서 생명의 십자 나무로 구원하신 저희가 부활의 영광을 누리게 하소서.' 하고 말입니다."

드디어 존 신부가 생각했던 목적지에 도달했다. 그는 나에게 이 수도원에 있는 십자가의 길을 보여주려 했던 것이다. 다시 존 신부가 말했다.

"그리스도가 고통 속에서 걸어간 길은 모든 고난의 학교이며, 모든 인내와 극복의 학교입니다."

실제로 예루살렘에 거주하던 초창기 그리스도교인들은 '비아돌로로사', 즉 예수가 고통을 당하며 걸어간 그 길을 직접 걸어보는 일을 반복했다. 초기에는 그의 고통에 대한 감정적 회상의 차원에서 그 길을 걸었을지도 모르지만, 후에는 구원의 거룩한 비밀을 가까이 느끼기 위해서 그 길을 걸었다고 한다. 처음에는 중세의 프란치스코회 수도자들이 자기네 교회 내부에 그리스도가 고난 당했던 곳을 본뜬 장소들을 만들었고, 나중에는 그것이 모범이 되어 서구의 거의 모든 도시에 십자가의 길을 묵상하는 14처가 세워졌다. 이 십자가의 길은 특별히 성지순례를 갈 수 없는 사람들이 와서 묵상할 수 있도록 고안되었다. 십자가의 길을 따라가면서 해당 처마다 그 상황에 맞는 기도를 드리고 자신의 죄를 참회하며 고난의 신비를 묵상하는 사람은 죄의 사면을 받는다고 한다.

존 신부가 제1처를 보여주었다.

"현대인들에게는 이미지와 생각, 역사적 진실과 전설적인 윤색을 하나로 아우르는 게 결코 쉬운 일이 아닙니다. 중세시대의 서

민적 신앙심은 사물에 대해 신비주의적인 눈을 가지고 있었기 때문에 좀 더 깊은 차원, 치유가 일어나는 차원을 파고드는 것이 훨씬 수월했을 겁니다. 지금은 저 그림들이 너무 오랫동안 침묵을 지키고 있는 것 같습니다. 하지만 기도서를 손에 들고 형식에 따라 기도하며 각 처를 도는 수준을 벗어나서 나 자신의 체험, 나를 괴롭히는 물음들, 나를 궁지에 몰아넣는 문제들을 끌어안고 십자가의 길을 걷다 보면 갑자기 그 그림과 조각들이 말을 하기 시작합니다. 그렇게 함으로써 우리는 뭔가를 보고, 뉘우치고, 짊어지는 법을 배웁니다. 각 처는 우리에게 메시지를 주며, 각 처의 그림을 바라보는 사람들에게는 전혀 예기치 않았던 빛이 비추어지는 것입니다. 그리고 아주, 아주 깊은 위로를 받게 됩니다. 이런 경지에서 기도를 올리는 사람은 각 처에서 자기 자신의 삶을 다시금 발견할 수 있게 되며, 결국에는 인생의 짐이 가벼워지는 것을 느끼게 됩니다. 약할 때에도 삶을 잘 제어할 수 있는 힘을 얻게 되는 것입니다."

'십자가의 길' 체험은 다른 사람에게 배우거나 가르칠 수 있는 성격의 것이 아니다. 각 처는 각각의 사람에게 그때그때 다른 메시지를 전달한다. 그것은 직접 시도해봐야 알 수 있는 세계다. 존 신부가 말했다.

"직접 행함으로써 배우는 것입니다. 잘 보세요. 이 그림들 안에서는 그야말로 많은 일이 일어나고 있습니다. 몹시도 끔찍한 장면들이지요. 사람들이 그분을 조롱합니다. 그분에게 침을 뱉습니다. 그분의 옷을 찢어 나눕니다. 예수님은 자꾸만 넘어집니다. 세 번

넘어진 뒤에도 자신을 추슬러 일어납니다. 몸의 메시지는 그 어떤 말보다도 강렬하게 파고듭니다. 하느님은 우리에게 약해져서는 안 된다고 요구하는 분이 아닙니다. 그분이 원하는 것은 우리가 항상 다시 시작할 수 있는 힘, 어려운 운명을 받아들일 수 있는 힘을 발견하는 것입니다."

그는 잠깐 말을 멈추었다. 우리는 예수가 십자가에 못 박히는 장면을 말없이 바라보았다. 예수는 기력이 완전히 쇠진한 모습이었다. 더 이상 버티기도 힘든 상황이었다. 어디 피할 곳도 없고 아무 구원도 느낄 수 없었다. 끔찍한 예감은 확연한 현실이 되었다.

존 신부가 다시 말했다.

"또 이런 이야기도 있습니다. 바오로 사도는 극도의 고통 속에서 하느님께 기도했습니다. 그는 자기 자신에 대해서 매우 불만족스러웠습니다. 그가 들은 대답이 뭔지 아세요? '내 은혜가 너에게 족하다. 그 능력은 약한 데서 완전하게 된다.'였습니다. 바오로 사도는 이 말을 하늘의 음성으로 들었습니다."

나는 무슨 말을 해야 할지 몰랐다. 존 신부 역시 아무 말도 하지 않았다. 그는 "이것이 온전한 진리입니다." 하고 말하지는 않았지만, 분명 그렇게 생각했을 것이다.

15 사랑하라, 그리고
하고 싶은 일을 하라

어떤 사람을 사랑한다는 것은
그 사람에게 "너는 죽지 않을 거야." 하고 말하는 것이다.
죽음이 고통스런 것은 우리가 사랑하기 때문이다.
사랑이 고통스런 것은 그것이 언젠가는 끝날 것이라는 사실 때문이다.
사랑은 실존이다.

어떤 사람을 사랑한다는 것은 그 사람에게
"너는 죽지 않을 거야." 하고 말하는 것이다.
_가브리엘 마르셀

수년 전 내가 처음으로 로마의 성 베드로 성당에 갔을 때 어떤 이
야기를 듣고 놀란 적이 있다. 그 이야기는 나에게 아주 깊은 인상
을 남겼다.

본당에는 수많은 사람들이 있었다. 그들은 볼만한 것이 있으면
부지런히 사진을 찍어댔다. 여자들은 청동 베드로상의 발에 입을
맞추었다. 어느 고해소에는 젊은 여인이 홀로 고개를 떨군 상태로
무릎을 꿇고 앉아 있었는데, 환한 햇빛이 그 여인을 측면에서 비
추어주었다. 그녀는 끊임없이 들으며 참회하는 것 같았다. 갑자기
그녀의 눈에서 눈물이 흘러내려 뺨을 적시는 것이 보였다. 그때
막 그곳을 지나치려는데, 어느 신부가 손짓으로 나를 부르는 것이
었다. 나는 궁금하기도 하고 왠지 끌리는 바도 있어서 고해소로
갔다. 고해 시간은 짧았지만 무척 좋았다.

고해신부는 마지막에 나에게 권하기를, 아니 권했다기보다는
명령하기를 열흘 동안 빠뜨리지 말고 여섯 번씩 성모송을 바치라
고 했다. 그렇게 하면 일요일에 더 깨어 있는 미사를 드릴 수 있다

는 것이었다. 그는 이것이 '아주 큰 비밀'이라고 했다.

"네, 아주 큰 비밀입니다."

금방 알아차릴 수 있는 폴란드 억양으로 그는 다시 한 번 힘주어 말했다.

그러나 내가 말하고 싶은 그 이야기는, 본당이 아니라 작은 부속 경당에서 들은 것이다. 이 경당의 문지기는 신앙에 관심 없는 관광객들에게는 출입을 통제했다. 내가 간신히 사람들을 헤집고 그 경당 안으로 들어갔을 때 맨 앞줄 의자에 앉아 있던 두 명의 수녀가 눈에 들어왔다. 그들은 무릎을 꿇은 채 미동도 하지 않고 고요히 기도하고 있었다. 수도복을 입고 기도하는 그들의 모습에는 우리가 일상 속에서 쉽게 만나기 힘든 기품이 배어 있었다. 잠시후 나는, 바로 이 경당에서 일종의 '릴레이 기도'를 추진하고 있다는 얘기를 들었다.

수녀들이 낮이고 밤이고 쉬지 않고 돌아가면서 로사리오 묵주 기도를 드리는데, 전 세계에서 그 순간에 행해지는 다른 기도들과 하나의 위대한 합창을 이루어 인간의 모든 문제를 아름다운 선율로 천공에 쏘아 올리는 일을 단 일 초도 쉬지 않겠다는 것이었다. 나는 이 이야기에 큰 감동을 받았다. 수도원에서 장엄한 멜로디의 합창을 들으면서 나는 다시 그 이야기를 떠올렸다. 이 노래는 온 세계를 끌어안는 조화의 힘을 가진 것만 같았다.

이제 몬테카시노 수도원과 존 신부에게 작별 인사를 해야 할 순간이 가까이 왔다. 나는 애틋한 심정으로 수도원 이곳저곳을 돌아다녔다. 수도원 바깥의 산정에 올라 수도원의 위엄 있는 경관을 오래도록 지켜보았다. 세속적인 것에서 벗어나 하늘을 가까이 느낄 수 있는 자리였다.

이따금 스티븐 수도자의 웅장한 오르간 연주가 수도원 안에서 울려 퍼졌다. 존 신부와 마찬가지로 미국 출신인 그는 신들린 듯 연주에 빠져들곤 했다. 운 좋은 날에는 그의 연주에 맞춰 '주님, 저희를 불쌍히 여기소서!' 합창이 울려 퍼지는 걸 들을 수 있었다. 나는 이 거룩한 미사 의식의 부드러움을 좋아했다. 미사는 베네딕토회 수도자들에게 가장 근본적인 사명이다. 미사 때 사용되는 문장 하나하나, 몸동작 하나하나에는 끊임없는 검증과 실험을 거쳐 수백 년을 이어온 신비가 담겨 있다. 그런 미사에 참여하게 되면 우리 존재가 새로운 세계를 향해 고양되는 느낌을 받는다.

수도자들이 함께 무리를 이루어 걸어가는 모습에서도 숭고함이 우러나온다. 그들 존재의 가장 깊은 곳에서 빛이 그들의 겉모습까지 바꾸어놓은 듯한 인상을 준다. 백발의 수도자들이 대열의 선두에 자리한다. 두 손을 가지런히 모으고 잔잔하게 떨리는 그들의 몸은 이미 그들이 예감하는 영원의 세계에 대한 기다림 속에 있는 것 같다. 나는 생각에 잠겼다. 죽음은 고난의 극복이요, 사랑의 지속일 수 있다고 생각했다. 어느 수도자의 방에 있던 '어쩌면 오늘 밤일지도!'라는 글귀가 쓰인 그림이 떠올랐다.

거룩한 장소는 다른 곳에서는 찾아볼 수 없는 아주 독특한 광채를 머금고 있다. 마치 신성한 무엇인가가 아직 세상에 속한 그 장소를 매만지고 지나간 것 같은, 그런 기운이 감돈다. 수도자들은 모든 피조물, 즉 태양과 달과 별, 공기와 개울과 바다, 모든 살아 있는 것들이 완벽한 조화와 기쁨으로 이 수도원에 깃들여 있다고 말한다. 그레고리오 성가의 아름다움 하나만으로도 우리 영혼은 이 세상보다 한층 높은 영역으로 치솟아 오를 수 있다고 주장한다. 노수도자들은 인간의 영혼이 위대한 심포니의 한 선율임을 안다. 모든 것이 자신의 음색을 가진다. 하느님의 질서에서 유래한 근원적인 소리를 지니고 있다. 그래서 교부 예로니모(347?-419 가톨릭의 성인으로, 암브로시오, 그레고리오, 아우구스티노와 함께 라틴 4대 학자로 일컬어진다)는 그리스도를 '모든 음악의 거장'이라 불렀던 것이다. 그리고 교회의 미사 의식은 우주에 숨겨진 하느님의 영화로움을 이 세상에 울려 퍼지게 한다는 중요한 사명을 띠고 존재한다.

예술가들은 바로 이 일에 복무한다. 적어도 위대한 예술가들은 자기 자신을 '우상'으로 만들고 스타로 떠받들게 하는 일과는 거리가 먼 사람들이었다. 미켈란젤로, 라파엘, 뒤러, 그뤼네발트, 라소(1532?-1594 플랑드르 악파의 마지막을 장식한 거장 작곡가이다. 미사곡, 모테트, 세속곡 등 2,000여 곡의 작품을 남겼다. 세속곡에서 각국 어를 완전히 구사하여 저마다의 국민성을 적확하게 표현했고, 종교곡도 뛰어났다. 후기 르네상스 폴리포니 음악의 한 정점을 이룩했다), 하이든, 모차르트, 바흐 같은 천재들……. 이들의 이름을 들자면 끝이 없다. 예술가들은 "완전한 사람이 되라."는 그리스도의 말씀을 다양한 영역에서 구현하는 이들이다. 건축, 미술, 교육, 음악, 문학 등 여러 분야에서 우리는 이러한 예술가들을 찾아볼 수 있다. 그런데 지금은 이런 거룩한 창조의 기운이 맥을 잇지 못하고 있는 실정이다. 어쩌면 그것은 우리 시대가 어린아이의 순진무구함을 잃어버렸기 때문인지도 모른다.

우리의 언어는 울림을 잃어버렸으며, 그림과 이미지는 타락의 길로 접어들었다. 숭고함의 경험은 고작해야 축구 챔피언스리그 결승전 경기가 열릴 때 느끼는 감흥 수준으로 격하되었다. 정신적 가치의 저하인가? 수용력을 상실한 영혼의 둔감함인가? 형이상학적 감수성의 결핍인가? 나도 확실한 답을 찾을 수 없다. 참으로 신기한 것은, 현대의 건축학은 그 유례를 찾아볼 수 없을 정도로 발달된 기술을 가지고 충분한 재정적 지원을 바탕으로 새로운 건물들을 지어 올리고 있는데도 그에 상응하는 효과를 내지 못하고 있다는 점이다. 현대 건축기술이 자랑하는 주택, 다양한 용도의 건물, 도시 건축물들을 보고 있으면, 거기에는 영혼이 깃들여 있지 않은 것 같은 차가운 느낌이 든다.

수도자들의 건축은 서구 세계의 위대한 걸작이며 종교적 정신 유산의 표현이다. 바스노르망디의 몽생미셸 수도원, 마드리드의 엘에스코리알 수도원, 레오나르도 다빈치의 '최후의 만찬'을 소장하고 있는 밀라노의 도미니코회 수도원 등 모든 수도원의 성당은 동쪽을 향해 지어졌다. 이는 떠오르는 태양빛을 최대한 받아 안으려는 의지의 표현이었다. 수도원의 도서관은 '영혼의 약국'으로 간주되었으며 전 유럽에서 가장 중요한 도서관이었다. 수도원의 필사실에서는 문자로 남겨진 서구의 정신적 자산을 보전하고, 번역하고, 베끼는 일이 계속되었다.

몬테카시노 수도원은 1944년 2월 15일 독일군과 연합군 사이의 치열한 전투장이 되었다. 거의 450톤에 달하는 폭발물이 수도원과 그 인근을 철저하게 파괴했다. 바실리카식 성당의 화강암 바닥에서 성물 보관소까지 모든 것을 새롭게 설비하지 않으면 안 되었다. 심지어는 제단의 계단에까지 폭탄이 떨어졌다. 그런데 그 폭탄은 폭발하지 않았다고 한다. 다행히 수백 년 동안 무사했던 선조들의 무덤도 전혀 훼손되지 않았다. 그 와중에도 그곳에 남았던 열두 명의 수도자들이 전투가 끝난 뒤 십자가를 앞에 들고 대열을 맞추어 폐허 더미에서 다시 세상의 빛으로 나왔을 때, 그 모습은 부활을 떠올리게 하는 것이었다.

그날 아침 존 신부는 유난히 기분이 좋아 보였다. 드디어 이 골치 아픈 방문객을 떼어버릴 수 있으니 벌써부터 기쁘다는 건가? 모르겠다. 존 신부는 나에게 손짓을 했다. 멀찍이서도 그의 눈에 서린 장난기를 알아볼 수 있었다. 존 신부는 정원에서 일을 하다가 왔는지 수도복 위에 정원사들이 입는 치마를 걸친 채였다. 그러고 보니 꼭 제초제 선전에 나오는 아저씨 같았다. 그런 그가 알 듯 모를 듯 한 표정으로 말을 건네왔다.

"혹시 이 세상 사람들이 가장 많이 어기는 법이 무엇인지 아십니까?"

"수도자들도 어기는 법인가요?"

내가 되물었다.

"수도자들도 어기지요. 특히 수도자들이 더 많이 어긴답니다."

나는 얼른 머리를 굴렸다.

"겸손? 복종? 혹은 성, 그러니까 순결?"

존 신부가 말했다.

"거의 모든 사람이 제일 갈망하는 것이면서, 이상하게도 그것을 실천하는 사람은 극소수지요."

사실 존 신부가 뭘 염두에 두고 있는지 알아맞히기란 그리 어려운 일은 아니었다. 수도원 사람들은 경건한 시를 해석하거나 강력한 힘으로 세상을 변화시키는 일에 천착하지 않는다. 그리스도를 따라 살겠다는 그들의 결단은 단순히 이 세상의 부정적인 면에 대한 실망에서 출발한 것이 아니다. 그들의 소명에는 그 이상의 무엇이 있다.

마더 데레사는 다음과 같은 이야기를 들려준다.

어느 젊은 여자가 어린아이를 품에 안고 우리 센터에 찾아오기 전까지는 예수님의 십자가를 바라보는 것을 부끄러워한 적이 없었다. 그녀는 아기에게 우유를 먹이기 위해 종교 단체를 벌써 두세 군데나 들렀노라고 말했다. 그때마다 그녀는 이런 말을 들었다고 했다. "이 게으른 사람아! 일자리를 찾아봐야지!" 아니, 그보다 더 심한 말도 들었다고 했다. 그녀가 우리 센터에 들어왔을 때 나는 그녀의 품에 있던 아이를 받아 안았다. 그 아이는 내 품에서 죽었다. 그때 나는 내 안에서 엄청난 부끄러움을 느꼈다. 너무나 부끄러워 도저히 십자가를 바라볼 수가 없었다. '예수님은 우리에게 그렇게도 많은 것을 주셨는데, 우리는 이 작은 아이에게 우유 한 잔도 주지 못하다니!'

이것이 바로 존 신부가 생각하고 있던 것이리라. 수도자조차도 너무나 자주 어기고 마는 계명, 온 교회가 어기고 있는 계명! 인도 콜카타의 데레사 수녀는 자신의 경험에서 큰 교훈을 얻었다. 그녀가 한 서원은 가장 어려운 서원이었다.

"너 자신의 집에서 사랑을 전파하라. 사랑이 시작되어야 할 곳은 바로 그곳이니."

사랑은 아무리 받아도 부족한 것이다. 모든 경계를 뛰어넘는 사랑은, 사랑을 찾는 이의 기도를 들어준다. 어머니의 사랑에서 볼 수 있듯이 사랑은 모든 두려움을 극복한다.

"사랑해."

이 세상에서 가장 아름다운 한마디 말이다. 사랑은 따뜻함과 친절함으로 가득 찬 아름다운 감정이다. 테제 공동체를 일구어낸 로제 수사의 말처럼 "사랑하기로 결단한 사람의 마음은 무한한 친절함으로 빛을 발한다." 이성에 대한 사랑, 자식에 대한 사랑 등 우리는 사랑에서 벗어날 수 없다. 사랑을 포기할 수 없다. 죽음이 고통스러운 것은 우리가 사랑하기 때문이다. 사랑이 고통스러운 것은 그것이 언젠가는 끝나게 된다는 사실에 위협을 느끼기 때문이다. 가브리엘 마르셀(1889-1973 프랑스의 철학자이자 극작가. 키르케고르와 야스퍼스 계열에 속하는 그리스도교적 실존주의자로, 파리 대학과 몽펠리에 대학에서 강의를 하다가 교단을 떠나 사색과 저술에 전념하였다)이 말했듯이 "어떤 사람을 사랑한다는 것은 그 사람에게 '너는 죽지 않을 거야.' 하고 말하는 것이다."

사람됨의 거룩한 모범인 성자들은 하나같이 사랑의 성자였다. 반면 인류 역사의 독재자들은 사랑에 대해 말하지 않았다. 설령 그들이 사랑을 운운한다 해도 그것은 지도자에 대한 사랑, 조국에 대한 사랑 등의 구호로 사랑을 왜곡한 것에 불과했다. 아시시의 프란치스코는 모든 사람, 모든 피조물을 예외 없이 사랑했다. 그렇게 하는 것이 어려운 상황에서도 하느님에 대한 사랑과 겸손으로 사랑을 배워나가려고 했다. 그는 온 세상을 사랑의 눈으로 파악했다. '작고 가난한 사람' 프란치스코는 형제인 바람, 공기, 구름, 날씨를 주시어 모든 피조물을 보살피시는 하느님을 찬양했다. 우리의 자매요, 어머니인 대지를 주시어 우리에게 많은 열매와 화려한 꽃과 풀을 선사하시는 하느님을.

사랑의 열정에 사로잡힌 사람들이 언제나 그렇듯이 프란치스코 역시 사람들로부터 조롱을 받았다. 더 가지고 더 소유하려는 욕심이 지배하는, 자기 자신의 욕망에 대한 사랑으로 사랑의 에너지가 소진되어 버리는 세상에서 나병 환자에게 입을 맞춘다는 것은 미친 짓이나 다름없었다. 클레르보의 베르나르도는 이런 세태를 다음과 같이 꼬집어 말한 바 있다.

"우리는 머리를 아래로 하고 발은 위로 치켜들고, 말하자면 전혀 인간적이지 않은 방식으로 버티고 서 있는 곡예사나 춤꾼과 비슷하다."

그리스도교 신앙의 특징은 한 분이신 사랑의 하느님을 믿는다는 것이다. 아빌라의 데레사, 에디트 슈타인, 샤를르 드 푸코와 같은 위대한 신앙인들은 하느님에 대한 헌신과 이웃에 대한 헌신을 구별하지 않았다. 그런 전통은 오늘날까지도 계속되고 있다.

1996년 5월 알제리의 티비린에서 일곱 명의 수도자들이 참수

당해 죽었다. 그때 살해된 수도자 가운데 한 사람인 크리스티앙 드 세르제의 편지가 발견되었다. 이 수도 공동체는 현지인들과 함께 메마른 땅을 일구어 아름다운 정원을 가꾸는 일을 했다. 그들의 주된 관심은 이슬람 신자들과의 이해의 폭을 넓히는 것이었다.

크리스티앙 드 세르제 신부는 자신의 죽음을 예견하고 있었던 듯싶다. 그는 얼마 후에 자신들을 살해할 사람에게 보내는 편지를 썼다.

"마지막 순간의 형제여, 당신은 지금 자신이 무슨 일을 하는지 모릅니다. 당신에게도 '감사합니다.', 그리고 '안녕히 계세요.'라는 말을 전합니다. 당신 안에서 저는 하느님의 얼굴을 봅니다. 우리 두 사람 모두의 아버지이신 하느님께서 원하신다면 우리는 '행복한 도살자'로 천국에서 다시 만나게 될 것입니다."

참 이상한 것은, 우리가 사랑에 대한 뿌리 깊은 갈망을 품고 있으면서도 자꾸만 다른 것들을 더 중요시하며 산다는 점이다. 명예, 권력, 섹스 혹은 별로 중요하지도 않은 책을 쓰는 것. 우리가 가진 에너지를 거의 다 이런 목표를 달성하는 데 소진하고 있다. 반면 사랑의 기술을 힘써 배우는 데는 신경을 쓰지 않는다. 사랑이란 결국에는 말에 불과한 것인가? 영원히 도달할 수 없는 신기루인가?

가끔 보면 존 신부는 사람의 생각을 읽는 것 같다. 그는 내가 말로 표현하지 않은 물음에 대해 답변하기 시작했다.

"사랑은 실존적인 것입니다. 낭만적인 경향이나 감정에 그치는 것이 아닙니다. 하지만 깨어지기 쉬운 것이 사랑입니다. 그래서 사랑에는 항상 구원의 손길이 필요하지요. 잘 아시다시피 사랑은 자꾸 퍼줄수록 늘어나는 것입니다. 여기에 아주 신비로운 비밀이 있습니다. 사랑을 받기 위해서는 사랑을 줄 수 있어야 합니다. 사랑은 구체적으로 나타나야 합니다. '나는 꽃을 사랑해요! 그 어떤 것보다 꽃을 사랑하지요.'라고 열렬히 말하면서 물은 안 주고 그래서 꽃을 말라 죽게 내버려두는 사람이 있다면, 그 사람에게 뭐라고 말씀하시겠습니까?"

예수 그리스도는 "사랑의 이중 계명이 모든 계명의 요약이다." 라고 힘주어 말했다. 그는 "네 마음을 다하고 네 목숨을 다하고 네 뜻을 다하여 주 너의 하느님을 사랑해야 한다." 하고 말했다. 또 이것이 '가장 크고 첫째가는 계명'이라 했다. 그런데 "둘째 계명보다 더 큰 계명은 없다."고 말하기 때문에 이는 역설이다.

"네 이웃을 너 자신처럼 사랑해야 한다. 온 율법과 예언서의 정신이 이 두 계명에 달려 있다."

예수는 이 계명의 실행 여부를 마지막 심판의 유일한 기준으로 제시할 만큼 그 중요성을 강조했다.

"너희가 내 형제들인 이 가장 작은 이들 가운데 한 사람에게 해준 것이 바로 나에게 해준 것이다."

이 단순해 보이는 계명이 이 세상에서 가장 지키기 어려운 계명일 것이다.

기독교인은 마르크스나 마오쩌둥이 그랬던 것처럼 온 인류를 변화시키려고 할 필요가 없다. 단 한 사람을 구할 수 있다면 그것으로 족한 것이다. 하지만 가장 가까운 곳에 있는 사람, 곧 이웃이 바로 '모든 사람'이다. 가장 보잘것없는 사람, 나의 심기를 가장 불편하게 하는 사람을 사랑하는 것이다.

요한 바오로 1세는 젊은이들에게 보내는 서신에서 다음과 같이 썼다.

"가난하고 소외된 사람들의 문제, 제3세계의 문제에 관심을 보이는 것은 좋은 일이다. 그러나 먼 곳에 있는 가난한 사람들을 돌본다는 구실로 네 가까이에 있는 가난한 사람을 소홀히 하지 않도록 하라. 예를 들어 네 어머니를 생각해봐라. 어째서 어머니의 말씀에 순종하지 않는가? 어째서 어머니의 마음을 불편하게 하는가? 너에게 가까이 있는 불쌍한 사람이 네 스승이기도 하다. 어째서 그 사람을 그렇게 무자비하게, 또 하찮게 대하는가? 너는 평화라는 대의명분을 위해 싸운다고 했다. 하지만 '저들이 평화, 평화하고 돌아다니지만 평화는 흔적도 없다.'라고 한 예언자 예레미아의 말이 너에게 해당되지 않도록 조심하여라."

인생을 살아가면서 옳은 일을 하는 사람, 올곧은 사람을 칭찬하는 것만으로는 충분하지 않다. 그리스도께서 가까이하셨던 사람들, 즉 가난하고 병든 사람들을 일차적으로 사랑하는 것이 필요하다. 성 프란치스코 살레시오도 '감수성과 감정으로 넘쳐나는 사람들'은 너무나도 많다고 말했다. 그들은 성지순례도 빠뜨리지 않고, 종교적인 훈련을 통해 '내적인 행복의 감정' 속에 있다고 착각한다. 그러나 교회의 스승 살레시오는 손사래를 친다.

"아니! 그것은 신앙의 본질이 아니다."

일찍이 사도들도 이 문제에 관한 자신들의 입장을 분명히 밝힌 바 있다.

"믿음이 있다고 말하면서도 행함이 없으면 무슨 소용이 있겠는가? 그런 믿음이 그를 구원할 수 있는가? 믿음에 행함이 따르지 않으면 그 자체만으로 죽은 것이다."

존 신부가 말을 이었다.

"바로 이것이 우리가 구원이라고 말하는 것입니다. 그리스도의 운동은 순수한 평화 운동, 사랑의 운동이었습니다. 사랑에 '예' 하는가 '아니요' 하는가, 이것이 가장 본질적인 문제입니다. 이 세상의 역사는 사랑할 능력이 없는 세력과 사랑하는 세력 사이의 투쟁입니다. 한번은 라칭거 추기경이 '영혼의 황폐화'에 대해서 말한 적이 있습니다. 인간이 양적으로 측량 가능한 가치만을 유용한 가치로 받아들일 때 영혼의 황폐화가 일어난다고 했습니다. '사랑의 능력이 파괴되면 지독한 단조로움이 찾아오고 이것은 인간을 독살한다. 이런 단조로움이 퍼져 나간다면 인간은, 그리고 모든 세계는 파괴되고 말 것이다.'라고 그분은 말했습니다."

성 아우구스티노는 사랑이 있는 곳에 사람도 있다고 선언했다. 사랑이 없다면 무슨 선한 것이 있겠는가? "사랑하라. 그리고 네가 하고 싶은 일을 하라!" 이것이 그의 주된 모티브였다. 진정으로 사랑하는 사람은 자기가 하고자 하는 일을 할 수 있다. 그는 잘못된 일을 하지 않는다. 사랑이 있어 얼굴에 웃음이 가시지 않는 사람은 사악한 생각을 품지 못한다. 성 아우구스티노의 표현은 고대의 주지주의적 세계관에 맞선 그리스도교적 존재 인식의 영원한 절정을 보여준다.

"그 사람이 무엇을 생각하는가가 아니라, 무엇을 사랑하는가가 그 사람을 결정한다."

베네딕토는 삶의 우선순위가 분명한 사람이었다. 그는 초대교회의 '아가페', 즉 그리스도교적 '사랑의 식사'를 가장 우선시했다. 그는 "병든 형제에 대한 염려가 모든 것에 앞서야 한다."고 명령했다. 또 "자신의 이익보다는 다른 사람의 이익에 더 신경을 쓰라."고 말했다. 부자들은 저절로 존중을 받으니 오히려 우리에게 아무것도 해줄 수 없고 나아가 우리가 도와주어야만 하는 사람들을 환영하고 그들의 발을 씻어줄 것을 권했다. 그들의 존엄성을 찾아주고 그들 안에 있는 선한 점을 발견하여 그것이 성장할 수 있도록 하라는 것이었다.

존 신부는 우리의 대화를 끝맺으면서 이렇게 말했다.

"하지만 이런 사랑을 항상 실천하는 것은 얼마나 어려운 일입니까? 우리 수도회의 아버지인 베네딕토에게도 그것이야말로 인간의 모든 실수와 경직됨을 막아주는 최고의 처방이라는 것을 배워서 깨닫는 계기가 있었습니다.

베네딕토는 이 세상과 악마에 맞서 싸워 찬란한 승리를 거둔 사람이었습니다. 그는 자신의 죽음을 내다보았습니다. 그래서 죽음의 시간이 가까이 오자 형제들에게 자신을 성당으로 싣고 가서 성체성사를 받을 수 있게 해달라고 부탁했습니다."

존 신부는 조용히 일어서더니 손을 벌리고 인상적인 자세를 취했다.

"그는 수도자들의 부축을 받고 이렇게 서서, 두 손을 하늘로 향하고, 숭고한 모습으로 죽음을 맞이했습니다. 그는 모든 것을 할 수 있었습니다. 사람의 마음을 들여다볼 수도 있었고 기적을 일으키기도 했습니다. 그러나 단 한 가지, 하느님이 고쳐주신 것이 있습니다."

나의 존 신부는 아주 닳고 닳은 자그마한 책 한 권을 손에 들고 뒷부분에서 한쪽을 펴서 읽기 시작했다.

"나는 그대에게 성 베네딕토의 소원, 그가 끝내 성취할 수 없었던 한 가지 소원에 대해 말하려고 한다. 베네딕토의 누이 스콜라스티카는 전능하신 하느님의 딸로서 거룩하게 구별된 여인이었다. 그녀는 매년 한 번씩 베네딕토를 방문했다. 어느 날 그녀는 여느 때와 마찬가지로 그를 찾아왔다. 그들은 내내 하느님을 찬양하며 거룩한 대화를 나누었다. 해 질 무렵 그들은 함께 식사를 했다. 식탁에서 누이는 베네딕토에게 청하였다.

'오늘 밤은 저의 집에 머물면서 아침까지 천국의 삶의 기쁨에 대해서 이야기하시지요.'

베네딕토가 대답했다.

'누이여! 어찌 그런 것을 청할 수 있는가? 내가 수도원 밖에 머무는 것은 불가능한 일이오.'

하늘은 청명하여 구름 한 점 없었다. 베네딕토가 거절하자마자 그 거룩한 여인은 두 손을 식탁 위에 모으고 머리를 그 손 위에 기댄 채로 하느님께 기도했다. 그녀가 머리를 다시 들자마자 강한 천둥과 번개와 함께 억수 같은 비가 쏟아져 베네딕토도 다른 수도자들도 문지방 너머로 발을 내디딜 엄두조차 내지 못했다. 하느님의 사람 베네딕토는 이런 상황에서 수도원으로 돌아갈 수 없음을 알고 기분이 상해 불만의 말을 쏟아놓았다.

'누이여, 왜 이런 일을 저질렀는가?'

그러자 누이는 이렇게 대답했다.

'내가 당신께 부탁했지만 내 말을 들어주지 않았습니다. 그래서 내가 나의 주님께 부탁했더니 그분이 들어주신 겁니다.'"

존 신부는 그레고리오 대교황이 집필한 〈성 베네딕토의 생애〉를 옆에 내려놓고, 안경테 너머로 나를 가만히 바라보며 말했다.

"바로 이런 점 때문에 우리의 수도 규칙은 어떤 이데올로기로 변질되거나 지배의 도구로 악용될 위험이 없는 겁니다. 편협하고 가차 없는 사람들과 완벽한 권력가들은 법률의 문구에 얽매이지요. 하지만 우리의 규칙에서는 예외 규칙이 아주 중요합니다. 질서에도 예외가 있어야 참된 질서, 인간적이고 거룩한 질서가 될 수 있습니다. 그렇다고 어느 하나의 규칙이라도 소홀히 여기는 것은 아닙니다. 다만 우리의 규칙에는 모든 시대를 관통하는 정신, 즉 사랑의 정신이 담겨 있는 겁니다. 스콜라스티카가 바로 그 순간, 베네딕토보다 더 큰 힘을 가질 수 있었던 것은 간단히 말해 그녀가 더 많이 사랑했기 때문입니다."

일상 속의 수도자

수도원이니 수도자니 하는 말은 아직도 낯선 어휘인 것 같습니다. 속세를 떠나 금욕적으로 생활하면서 오로지 기도에 몰두하는 사람들의 삶도 우리와는 너무나 다른 세상의 풍경입니다. 가끔은 매스컴이 보도해주는 멋진 수도원의 모습, 거룩해 보이는 수도자들의 생활을 접하며 신선한 매력을 느끼는 사람들도 있습니다. 그러나 그 신비로운 세계에 좀 더 가까이 가고 싶다는 생각은 별로 들지 않지요. 수도원은 우리와는 전혀 별개의 비범한 소수 사람들을 위한 장소니까요. 비범하다는 말은 좋은 뜻이기도 하지만, 평범한 현대인인 우리가 그다지 상관하고 싶지 않은 부류의 사람들을 가리키는 표현이 될 수도 있습니다. 대다수의 사람들에게 수도원은 어쩌면 바로 그런 부정적인 의미에서의 비범한 곳, 특별한 곳이 아닐까요? 한마디로 우리와는 무관해 보이는 극단적 종교성의 영역입니다. 그런데 우리는 이 책에서 그 비범함의 세계를 우리의 평범한 일상과 연결시키는 특이한 이야기꾼과 만나게 됩니다.

그는 비근한 일상에 찌든 한 남자입니다. 바쁘고 피곤하고 약간 짜증스럽고 우울한 이 남자는 우리 주변에서 쉽게 볼 수 있는 캐릭터지요. 남들에게 뒤처질세라 안간힘을 쓰며 일하는 한편 가정에도 충실한 평범한 사십 대입니다. 일과 가족 사이에서 부지런히 뛰고 또 뛰지만 점점 이런 일상에 대한 회의와 혐오가 몰려옵니다. 그와 더불어 스스로에게 느끼는 염증도 심각한 수준입니다. 자유와 희망으로 탁 트인 전망이 아니라 두려움으로 일그러진 미래가 삶을 압박합니다. '가슴을 열고 우정을 꽃피우지 못하는' 자기의 모습에 절망합니다. 무력감에 휩싸여 관계 맺음의 능력마저 상실한 채 세상을 배회하던 이 사람, 바로 이 책의 저자 페터 제발트(1954-)에게서 우리는 평범한 현대인의 초상을 발견할 수 있습니다. 진정한 생명의 근원으로부터 단절되어 퀭한 눈으로 하루하루를 살아가는 그는 오늘 우리의 모습이기도 합니다.

원래 저자는 전통적인 가톨릭 집안 출신이었습니다. 그러나 기존의 정치적, 문화적, 종교적 권위에 저항했던 68운동의 영향으로 신앙의 길에서 급격히 멀어졌고 결국에는 철저한 마르크스주의자가 되었다고 합니다. 1973년에는 급기야 공식적으로 교회를 탈퇴합니다. 외적인 면에서 봤을 때 그의 삶은 그리 나쁘지 않았습니다. 1981년에서 1987년까지 독일 최고의 시사 주간지 〈슈피겔〉의 편집실에서 일했으며, 그 후로도 유명 주간지인 〈슈테른〉과 일간지 〈쥐트도이체 차이퉁〉의 기자로 활약했거든요. 그런데 교회를 떠나 세속적인 삶에 몰두하며 살아가던 그에게 결정적인 변화가 찾아옵니다. 1996년 당시 추기경이었던 요제프 라칭거(현 교황 베네딕토 16세)와의 대담 덕분이었지요. 추기경과의 진지한 대화는 그리스도교 신앙에 냉소적이었던 제발트의 태도를 완전히 바꾸어놓았고 〈이 땅의 소금〉이라는 제목의 책으로 세상에 소개되었습니다. 2000년에는 라칭거 추기경과 함께 〈하느님과 세상〉이라는 책을 펴냈습니다. 이 두 권의 도서는 세계 여러 나라 말로 옮겨져 베스트셀러가 되었지요.

하지만 한두 번의 강렬한 체험만으로는 삶 전체가 변화하지 않습니다. 뜨거운 종교적 체험을 했다고 주장하는 사람들 중에서도 진정한 삶의 변화가 느껴지지 않는 이들이 얼마나 많은지 모릅니다. 그 체험이 진지한 자기 성찰과 꾸준한 훈련을 거쳐서 성숙을 향해 나아가지 않을 때 순수했던 신앙도 왜곡되는 모습을 여기저기서 많이 봅니다. 그렇기에 제발트가 수도원을 찾아간 것은 최상의 선택이었습니다. 들뜬 마음을 가라앉히고 우리의 오늘을 영원의 빛 아래 차분히 비추어 '믿고 우러르는 삶[信仰]'의 기초를 다지는 데 수도원만 한 곳이 없을 테니까요. 더구나 제발트가 머물렀던 장소는 누르시아의 베네딕토가 창건한 몬테카시노 수도원이었습니다. 교회가 타락하고 수도원마저도 타락의 길로 접어들고 있을 무렵, 확고한 수도 규칙을 제정하고 이를 실현함으로써 수도원 운동의 일대 전환을 일으킨 베네딕토 성인의 숨결이 배어 있는 그곳 말입니다. 거기서 제발트는 삶을 근본적으로 새롭게 하는 창조의 기운을 호흡할 수 있었습니다. '수도자들의 학교'를 경험한 셈이지요. 그 경험을 아주 편안하면서도 진지한 목소리로 들려주고 있군요.

이 책의 원제는 '수도자들의 학교'입니다. 우선 이 말은 '수도원'이라는 말을 조금 친근하게 풀어 쓴 것 같은 인상을 주지요. 사실 수도원이란 전문 수도자를 양성하는 학교니까요. 이 세상의 온갖 소음으로부터 철저히 멀어진 곳에서 이 세상과는 전혀 다른 삶의 질서를 배우는 곳이 수도원 아닙니까. 자발적인 고독 속에서 자신의 유한성을 절감하며 이 세상과 하느님의 신비를 깊이 묵상하는 곳, 노동과 기도가 서로를 보완하는 새로운 삶의 리듬을 익히는 곳, 무절제와 폭력과 쾌락으로 뒤엉킨 이 세상에 맞서 정도와 중심을 지키는 대안적 공동체를 일구어나가는 곳입니다. 물론 수도자라고 해서 모두 수도원의 정신을 완벽히 구현해낼 수 있는 것은 결코 아닙니다. 그들도 과정 속에 있으며, 여전히 부족하고 실수하고 화를 내기도 합니다. 제발트는 이 책에서 그런 모습까지도 있는 그대로 보여줍니다. 중요한 것은 현재의 상태가 아니라, 스스로를 닦고 비우는 그 여정에서 늘 '한 걸음 더' 나아가려는 마음가짐이라는군요. 그런데 그런 소박한 마음이라면 꼭 수도원에서 수련하는 사람들만이 아니라 우리같이 평범한 사람에게도 가능한 것 아닐까요? "맞았어요, 바로 그겁니다!" 제발트는 그렇게 말하고 있습니다.

'수도자들의 학교'는 바로 우리가 무언가를 배우는 학교입니다. 우리가 오늘의 일상 한복판에서도 실천할 수 있는 소중한 가치들을 수도원의 삶을 통해 배울 수 있다는 겁니다. 정신을 가다듬고 나의 참된 정체성을 찾으려는 의지, 고요함 속에서 나의 고집을 내려놓는 것, 삶의 속도를 늦추고 생명의 리듬을 회복하는 것, 무절제한 소비를 줄이고 정도와 중심을 추구하는 것, 고통 속에서도 사랑을 실천하는 것……. 그 학교에 입학한 사람은 페터 제발트만이 아니라 이 책을 읽은 우리 모두입니다. 그것이 이 책

을 번역한 나의 믿음이기도 합니다. 입학식, 졸업식, 등록금, 성적
표도 없는 이 학교에서 우리는 수도자로 발돋움합니다. 수도원의
수도자가 아닌 일상의 수도자로!

　수도원에서건 일상에서건 수도자로 살아가기로 마음먹은 사람
에게 이 세상은 결코 만만한 곳이 아니지요. 시류를 거스르는 외
톨이처럼 느껴질 수도 있습니다. 원래 수도자라는 말도 그리스어
로 '혼자'라는 뜻의 '모나코스'에서 나왔다고 합니다. 그러니까
'홀로 있음'은 수도자의 운명과도 같습니다. 그런데 곰곰 살펴보
면 '홀로 있음'의 능력만큼 오늘날 우리에게 절실하게 필요한 것
이 있나 싶습니다. 우리 시대의 절대다수는 과연 어떤 가치를 향
해 시간과 에너지를 쏟고 있을까요? 많은 이들이 그 방향으로 가
기 때문에 외톨이가 되기 싫어서, 아니 다른 삶을 선택하기가 두
려워 그냥 같이 갑니다. 이게 아닌데 하면서도 떠들썩하게 대세를
따릅니다. 어렵고 불편하지만 그 행렬에서 벗어나 진정한 삶의 목
소리에 귀 기울이는 사람들이 없다면 이 세상은 어떻게 될까요?
이 책은 우리에게 베네딕토 성인의 차분한 목소리를 전달해줍니
다. "세상의 흐름에 휩쓸리지 말라." 또한 기꺼이 외로움을 선택한
사람들에게 역설적으로 진정한 우정의 기쁨이 선사된다고 속삭입
니다. 그것은 하느님과의 우정이요, 이 세상 곳곳에서 작은 수도
자로 살아가기로 결단한 사람들과의 우정입니다. 전에는 무심하
게 지나쳤던 이 세상 만물의 목소리를 듣게 되니 뭇 생명과의 우
정이기도 합니다. 수도자는 이렇듯 '가슴을 열고 우정을 꽃피울

줄 아는 사람'입니다. 그 창조적 우정의 힘으로 조금씩 맑아지는 이 세상을 꿈꾸고 또 직접 경험하지 않고서는 살아도 살았다고 말할 수 없을 것입니다.

이 가슴 벅찬 우정의 학교가 단아한 책의 모습으로 독자들에게 새로 선보일 수 있도록 열심히 기도하며 노동한 '문학의숲' 사람들에게 감사의 마음으로 두 손을 모으지 않을 수 없습니다. 다소 현학적이고 사변적인 저의 문체가 이 숲을 지나면서 훨씬 편안하고 시원한 리듬을 타게 되었습니다. 덕분에 '수도자의 학교'는 고즈넉한 숲 속의 학교가 되었습니다. 고맙습니다.

2010년 가을
손성현

페터 제발트

사제가 되려고 했으나 학생운동의 소용돌이를 겪으며 마르크스레닌주의에 심취했던 페터 제발트는 김나지움을 졸업한 뒤 저널리스트 교육을 받았다. 독일 대표 주간지 〈슈피겔〉과 〈슈테른〉〈쥐트도이 첸 차이퉁 마가진〉의 편집인으로 활동한 그는 지독하리만큼 반종교적인 글을 썼다. 그러던 어느 날 유력 언론사로부터 라칭거 추기경 비판 원고를 청탁받게 되었고, 보다 효과적으로 공격하기 위해 추 기경에게 장시간 대담을 요청했다. 그런데 이 만남은 신앙에서 벗어나 있던 이 마르크스주의자를 추 기경의 팬이 되게 만들었다. 커다란 삶의 변화를 경험한 그는 대담을 책으로 엮어 〈이 땅의 소금〉을 출간했다. 이후로도 추기경과 끊임없이 정신적 대화를 주고받으며 전 세계 24개 언어로 번역된 베스 트셀러 〈하느님과 세상〉을 비롯해 〈가톨릭에 관한 상식사전〉〈내가 다시 하느님을 생각했을 때〉〈베 네딕토 16세의 삶과 사명〉 등을 펴냈다. 독일의 대표 작가이자 저널리스트이다.

손성현

한국외국어대학교 독일어과를 졸업하고 감리교신학대학교와 동 대학원에서 신학과 기독교교육학을 공부했다. 독일 튀빙겐 대학교에서 신학박사 학위를 받았으며 현재 웨스트민스터신학대학원대학교 와 감리교신학대학교 등에서 강의하고 있다. 생명과 평화를 지향하는 공동체 교육, 윤리적 교육과 미 적 교육의 맞물림에 관심을 가지고 연구하고 있으며 그 작업의 일환으로 〈몸으로 읽는 성서―비블 리오드라마〉〈성서, 어떻게 가르칠 것인가〉(공역)〈어린이의 다섯 가지 중대한 질문〉〈생태주의자 예 수〉〈역사적 예수〉〈크리스마스의 해방〉 등의 책을 번역했다.

사랑하라 하고 싶은 일을 하라

1판 1쇄 발행 2010년 11월 25일
1판 2쇄 발행 2011년 5월 15일

지은이 페터 제발트
옮긴이 손성현
기 획 류시화

발행처 문학의숲
발행인 고세규

신고번호 제300-2005-176호
신고일자 2005년 10월 14일

주소 (121-896) 서울시 마포구 동교로13길 34 (서교동 474-13)
전화 02-325-5676
팩스 02-333-5980

값은 표지에 있습니다.
ISBN 978-89-93838-05-3 03850